Dans la nuit aussi le ciel

Le Manoir – 38, rue Jean-Sellier – 69520 Grigny
ISBN 2-84384-022-8 - ISSN 1243-1680

TIFFANY TAVERNIER

Dans la nuit aussi le ciel

Roman

Collection Noces

À mes deux grands-pères,
Daddy et René,
l'un pour les voyages,
l'autre pour la poésie.

PROLOGUE

La petite ville de Cambrin est dans la brume. La voiture franchit le portail du pavillon n° 3. Michel Tarnet habite là depuis vingt ans. Avec sa femme et Justine, sa fille unique. Nous sommes le 2 septembre : la petite famille rentre de vacances.

Le pavillon n° 3 est identique au n° 4, au n° 5... et à tous les autres... mais pour Michel et sa femme, c'est l'aboutissement d'un rêve : vingt ans de privations.

Chaque matin, elle pointait à l'usine. Ils se rencontrèrent sur la route qui longe la zone industrielle.

Sylvie marchait droit, vite. Dans son regard on sentait du courage : elle partait à l'assaut de l'argent, de l'avenir, pas seulement pour elle, pour certains de ses proches et, peut-être, une future famille. Quand il lui adressa la parole pour la première fois, il alla droit au but. Elle trouva cela bien. L'idée du mariage vint avec celle de la maison. Leur maison. Un rêve auquel personne dans leur famille ne pouvait croire. Mais pour Michel et pour sa compagne, ce rêve allait s'accomplir au prix de tous les sacrifices. Il avait alors seize ans, elle, dix-sept. Ils se marièrent dans la petite église Sainte-Foy, à l'angle du chemin des Carètes et de la route des Croix. À eux deux, ils gagnaient à peine cinq mille francs mais à force d'aller chez le banquier, l'air têtu, le regard décidé, ils finirent par obtenir l'impossible : un crédit de six cent cinquante mille francs. Le pavillon était à eux : ne restait plus qu'à rembourser.

Ils se mirent à travailler double avec une volonté de fer : tenir le crédit, garder la maison. Tel était le mot d'ordre. Une petite fille vint au monde. On l'appela Justine. Elle fut l'enfant du ciel, l'enfant de la réussite. On la mit à l'école avec la certitude qu'elle ferait de grandes études. Elle eut très rapidement le privilège d'avoir sa propre chambre, sa maison de poupées, son bureau, une bibliothèque, des livres...

En ce 2 septembre, Justine a dix ans. La voiture de son père s'engage doucement dans l'allée. Jusqu'à l'entrée de leur pavillon. La mère dort. Les graviers grincent sous les roues : elle aime ça. Son père tout à coup freine. Il regarde sa femme :

– La niche, elle est renversée.

Sylvie ouvre les yeux. Elle le voit s'avancer vers la porte d'entrée et se figer sur place.

Michel découvre le loquet défoncé. Une sorte de vertige le prend. Il pousse la porte qui résiste à peine et, brusquement, se met à hurler. Sylvie accourt. Aucun son ne sort de sa bouche mais son regard...

Alors Justine sort, elle aussi. Elle gravit les petites marches du perron en serrant fort contre elle Tranquille, son petit ours. Elle se fraie un passage, et à son tour regarde : le sol est jonché de débris, de peinture, de coussins éventrés, de mousses, de verres brisés. Les murs sont défoncés, on les a maculés d'ordures, de merde, de sang. Une main métallique a tout broyé, tout balancé aux quatre coins. Elle traverse ce néant. Elle monte le grand escalier. Personne ne fait un geste. De sa chambre ne reste plus qu'un matelas éventré. On a volé le reste. La moquette est trempée d'un liquide jaunâtre. Les portes ont été enfoncées. Dans la salle de bains, les robinets pendent. La baignoire a été fracassée à coups de masse. Tout a été l'objet d'un massacre. Il ne reste plus rien.

– Mes parents sont restés immobiles près d'une heure, hébétés. Combien de temps avait duré cette fête ? Peut-être trois jours à compter les bouteilles de bière éclatées de toutes parts. À cause des

charges, mon père n'avait pas payé l'assurance depuis cinq mois. Rien ne lui serait remboursé. Pour lui, la fête n'avait que commencé.

Je me suis avancée vers eux mais ils ne me voyaient pas. J'ai tendu la main à mon père, il n'a pas cherché à la prendre. Il ne savait plus qui j'étais : sa petite Justine.

CAMBRIN-PARIS
16 septembre 1987

Mon corps est froid. Mon corps est comme la nuit qui tombe…

Derrière la vitre la pluie. Son front tambourine et la vitesse du train l'emporte.

« Ça te dit une journée à la mer ? »

Oui Pierre, ça me dit bien. J'en ai envie là dans mes mains de cet océan que nous avons touché ensemble. De ce soleil rouge sang qui dansait sur ton corps tandis que tu traçais sur le sable les contours de la carte du monde.

« Et maintenant regarde ! Là c'est nous sur la plage, le petit coquillage. Je prends le chemin le plus direct. Je vais traverser la Turquie, l'Afrique du Nord, l'Iran, l'Arabie saoudite, le Pakistan, et j'en passe… Pas moins de huit mille kilomètres, Justine ! Et soudain, après un vol ininterrompu de plus de quinze heures, les voyageurs du Boeing 1324 découvrent à leurs pieds, majestueuse, immense, mystérieuse : l'Inde… New Delhi, Calcutta, Bombay, Pondichéry… 750 millions d'habitants, 33 millions de dieux… Mon rêve à moi, Justine, mon rêve depuis que j'ai cinq ans. »

Le train freine. Une gare sous la pluie. Un quai presque désert.

Son cœur bat violemment. Un creusement en elle. Une perte de tout. Et ce ciel gris qui tape contre la vitre.

« Justine, il y a quelque chose qui ne va pas chez toi. Ça ne va pas bien là-dedans. »

Ça, c'est la voix de Monique. Celle qui l'a hébergée sans rien lui demander. Celle à qui elle vient de voler six mille francs. Pour fuir… Pour…

Elle ne sait pas. Le train file. Elle ne sait plus.

« Là-dedans », se répète-t-elle.

Là-dedans comme un mur. Là-dedans comme un glissement qui l'emmène vers une mort toute proche. Une mort sans trace. Une mort qui tombe de la fenêtre de son quatorzième étage. Sans bruit. Sans rumeur. Là-dedans comme un lac où tous les poissons sont morts…

Mais tout ceci est loin, enfoui dans un sanglot qu'elle réprime depuis près de sept ans. Avec son corps qui s'ouvre à tous les hommes, ses petits poings serrés, ses échecs scolaires, ses dents qui ne mâchent plus la nourriture mais qui l'avalent, cette sensation de dégoût d'elle-même, et son regard qui fixe l'horizon sans plus rien y chercher. Ni même le cri silencieux du jour qui se lève…

« Fais un effort. »

Non, Monique. Je ne peux pas. Je ne peux pas. Tu comprends ?

Mais elle n'entend pas la voix de sa réponse. La vitesse du train dans la nuit efface tout de son visage. La vitesse du train. La nuit. Son visage.

« L'Inde, Justine, c'est comme tout ce qui vibre. »

« Qu'est-ce que t'en sais, Pierre ? »

« Je sais pas mais j'en suis sûr. Ça te plairait là-bas. »

« Pourquoi ? »

« Les couleurs, les parfums, la différence. »

Elle le regarde. Il lui sourit. Il la prend dans ses bras. Elle a soudain envie de rire.

Mais le train accélère, l'image de Pierre s'évanouit, une nouvelle gare. Et de nouveau la voix de Monique.

« Justine, tu ne me dis pas tout. Tu vomis, tu t'évanouis, tu frappes à ma porte et je vais croire à une simple dispute ? Et ta famille ? Ton père ? Ta mère ? Pourquoi moi ? Pourquoi pas eux quand tout va mal ? »

« Ils sont en vacances. »

« Justine, tu ne me dis pas tout ! »

« O.K. ! j'ai compris, je me barre ! »

Je m'en vais au bout de la rue, au bout de moi-même, et je me plie en deux de douleur, et tu me vois vomir encore, ça m'arrache une sorte de cri, tu cours, tu poses ta main sur mon épaule, et merde si tu veux pas me croire parce que de toutes les façons je te mentirai jusqu'au dernier jour, c'est comme ça putain, ça fait trop de temps, ce silence en moi, trop de temps. Alors, ne demande pas. Il y a ce type, Pierre. Ces trois jours qu'on vient de passer ensemble. Là, il contourne l'angle de ton immeuble. Je lui ai dit que j'habitais chez toi. Trop de douleur là-bas, chez moi. Pas une parole depuis sept ans. Une envie d'ouvrir la fenêtre et de m'écraser sur le sol. On a mangé des glaces, des gaufres. Il m'a serrée dans ses bras. Personne m'a jamais touchée comme ça. Mes parents, ça fait combien d'années qu'ils ne me regardent plus ? Et puis là, tout à coup, son absence. Après trois jours de mer. J'ai l'impression que je vais crever. Disparaître. Je coule, Monique.

« À l'aide ! »

Et son corps chancelle une fois encore et elle se demande tout au fond d'elle-même tandis que Monique lui assène de violentes gifles :

« À quand la fin de cette danse macabre ? »

Le train fonce dans la nuit. Sa mémoire éclate. Personne assis à côté d'elle. Personne à qui dire tout à coup :

« On m'a cambriolée. On m'a volée. On a cassé tous mes jouets. On a tué mes parents. Je n'ai plus de chambre. »

Elle l'avait rencontré lors d'un bal. Elle travaillait alors dans le magasin de Monique. Un magasin de chaussures. Souvent, à cette époque, on la voyait gravir les escaliers du petit hôtel miteux de Cambrin avec Alain, Rachid, Marc ou un autre. Cent francs pour faire l'amour. Une façon comme une autre de vivre sans rien demander à ses parents. Pas un ami, toujours la solitude. Au lycée, depuis longtemps elle ne parle plus à personne. Les profs ont comme abandonné tout espoir pour elle. Et puis ce bal du 14 juillet. Les pétards qui éclatent dans tous les coins de rue. Sa petite robe noire moulée sur ses hanches. La foule excitée. Les vieux couples qui se lancent sous les applaudissements. Alain puant déjà la bière. Ce même Alain qui lui fait l'amour depuis quatre dimanche et lui a proposé deux cents francs pour qu'elle ne soit qu'à lui. Ils se dirigent vers le stand de tir. Ils rejoignent Karine, Vincent, Roger, André et Joël. Les mauvaises blagues fusent. Vers onze heures du soir, ils sont ivres. Roger prétend que sa queue est plus grosse que celle d'André, ce qui fait éclater de rire Karine. On lui demande son avis. Elle hausse des épaules.

« Pourtant, Juju, t'es certainement la mieux placée pour nous dire qui a la plus grosse ! Avec toutes celles que t'as dû sucer ! »

Éclat de rire général. Elle les quitte, exaspérée. La musique bat son plein. Elle se fraie un chemin, parvient jusqu'à la piste de danse, musique disco, ferme les yeux et se met à danser. Quelqu'un s'approche, l'embrasse dans le cou. Elle garde les yeux fermés.

« Ce soir je te fais l'amour, Justine. »

Cette voix elle la connaît. L'homme lui a enserré la taille. Ils dansent maintenant ensemble. Il la caresse. Elle se laisse faire. Elle ne pense plus à rien. Elle n'est plus rien. La nuit au-dessus d'elle et son corps si froid. Son corps comme la nuit qui tombe. La musique prend fin. Il l'entraîne à l'écart. Il lèche son oreille. Il plaque sa main entre ses cuisses.

« Je te donne envie, hein ? »

Elle ne répond pas. La nuit est pleine d'étoiles. Il bande. Il se frotte contre elle. Et soudain tout bascule. Daniel n'a pas le temps de pousser un cri. Une main le pousse violemment et le fait tomber. Alain et ses copains sont là, ivres morts. Daniel se relève mais déjà André et Joël sont sur lui. Justine pousse un cri. Alain s'avance vers elle pour la frapper à son tour mais il titube et rate son cou. Roger surgit devant elle. Il la regarde avec dureté. Elle recule. Il s'approche d'elle et la coince contre le mur. Il colle sa main sur sa bouche et se met à rire salement. Justine se débat. Alain s'approche. Roger se met à la peloter dans tous les sens.

« Sale petite pute, c'est ça que tu veux, qu'on te baise, c'est ça ? »

Elle lui mord la main. Il la gifle.

« J'aime bien quand tu me fais mal, salope ! »

Elle pousse un deuxième cri. Alain est à moins d'un mètre d'elle. Il lève son poing et frappe sur la bouche. Elle tombe. Du sang coule. Elle tente de se relever, mais Roger l'en empêche. Alain se penche vers elle. Il prend son temps. Il va recommencer. Pas un son ne sort de sa bouche. Il prend son temps. Il va la tuer. Il lève le poing mais une voix l'arrête dans son geste.

« Si tu la touches, t'es un homme mort. »

T'es un homme mort. Mort. Mort. Mort... Ce n'est pas la voix de Daniel. C'est la sienne à lui. La sienne qui parle du sang qui coule sur ses lèvres.

Ils passent trois jours ensemble. Il l'emmène au bord de la mer. Ils nagent tout habillés dans les vagues, il dessine sur le sable les contours de la carte du monde.

« Tu as des rêves, Justine ? »

« Des rêves ? »

Elle le regarde.

« Pierre comment tu fais ? »

« Comment je fais quoi ? »

« Comment tu fais pour être si vivant ? »

Il se met à rire.

« Et chaque matin je me réveille avec une envie d'en croquer plus. »

« D'en croquer plus ? »

« Oui, d'en avaler même. Des morceaux entiers de vie. Tu verras, tu comprendras cela un jour, Justine. J'en suis sûr. Croquer, manger, boire, avaler, ne rien perdre de la vie parce que c'est si beau. »

Et maintenant, ce train qui file dans la nuit, sans lui, sans personne. Cette vitre que son front frappe et ces gares vides, ces gares qui n'ont pour elle aucune résonance, aucun nom, aucune histoire...

Bains chauds. Semaines entières à l'attendre. Semaines entières à vomir la douleur que creuse sa joie. Monique appelle un médecin. L'homme arrive et parle de dépression, de seuil à ne pas franchir, de médicaments… Elle voudrait dire encore :

« On m'a cambriolée. On m'a volée. On a cassé tous mes jouets. On a tué mes parents. Je n'ai plus de chambre. »

Mais elle hurle, personne n'entend.

Le train file, le train et sa blessure qui saigne.

– Votre billet, mademoiselle.

Un billet blanc avec une encre noire. Un billet rectangulaire qui lui fait traverser ce territoire à plus de deux cents kilomètres à l'heure. Un billet qu'elle remet dans sa poche tandis que son regard retourne à la vitre derrière laquelle tout est nuit.

Ça fait trois semaines qu'elle ne l'a pas vu. Elle a tant crié la dernière fois. Tant crié sa douleur. Comme une dent qu'on vous arrache. Malgré le bonheur. Malgré l'amour soudain. Une dent plantée dans une chair à vif, une chair qui vous brûle l'estomac, la nuque, les tempes… Une chair foutue, remplie de fièvres et de cauchemars. Malgré lui. Ses caresses. Telle l'avalanche d'un trop-plein de détresse, au milieu de l'été… À l'instant même du premier pas. De la première fugue. Comme s'il avait fallu à son corps cette puissance-là de joie pour extraire enfin de son sang, ce réel désespoir. Un désespoir contre lequel elle ne peut rien sinon crier. Hurler même. Malgré son sourire à lui, sa douceur. Malgré cette façon qu'il a de la regarder droit dans les yeux. Droit dans l'âme.

Samedi 5 septembre. Sonnerie de téléphone. Elle se souvient. Un sifflement aigu. Et ce train qui l'éloigne, la nuit qui dérape, son front contre la vitre, la pluie, qui cogne plus fort, plus vite…

« Justine, c'est moi, Pierre, j'ai de bonnes nouvelles. Un mélange de vanille, de sucre, de café, de pain d'épices. De la vitamine en barre ! On se voit samedi prochain à treize heures au café de la Mairie. »

Elle raccroche. Elle respire profondément.

Elle marche le long des grands murs de brique de la rue principale. Elle arrive avec un peu d'avance. Un couple enlacé. Elle s'assied à l'écart. Elle aimerait qu'il vienne vite. Elle a tant de choses à lui dire. Elle ferme les yeux. Elle retrouve son visage rieur. Elle se met à sourire. Le ciel est vif.

« Mademoiselle ? »

Une voix inconnue. Un jeune garçon.

« Vous êtes Justine ? »

« Oui. »

Il respire vite, comme pour retenir son souffle. Il a l'air perdu. Ses deux mains se posent sur la table comme s'il ne pouvait pas tenir debout sans cet appui. Il est jeune. Très jeune. Peut-être treize, quatorze ans. Ses yeux plongent dans ceux de Justine avec une étonnante tristesse. Il porte un costume très élégant. Une chemise blanche.

« Qui êtes vous ? »

La question de Justine lui a donné une force nouvelle. Elle sent qu'il est au bord des larmes.

« Je suis son frère. Il n'est plus là. Il est mort dans un accident de voiture mercredi, à huit heures du soir. Un camion qui ne l'a pas vu… Je… je sais qu'il voulait à tout prix vous donner cela. »

Il parle avec précipitation. De grosses larmes roulent sur ses joues. Il les essuie maladroitement. Il sort une enveloppe blanche de l'intérieur de sa veste.

« C'est pour vous »

Il a tout dit. Justine reste interdite. Il fait demi-tour. Elle le voit se mettre à courir. Elle n'a toujours pas compris. Ses petites mains étreignent l'enveloppe blanche qui brille. Il a écrit : « *Pour Justine.* » Elle ne sent plus rien, ni même le soleil qui tout à l'heure la brûlait. Elle déchire l'enveloppe. Elle en tire une pochette. Sur celle-ci, elle peut lire : « SURPRISE ! »

À l'intérieur : un billet d'avion d'Air France avec un départ fixé au 17 septembre à 13 h 00 de Roissy-Charles-de-Gaulle émis au nom de Justine Tarnet. Vol 1245.

Destination : Calcutta (Inde).

Aéroport Roissy-Charles-de-Gaulle. Comptoir Air France – Classe Éco.

« Vous voyagez seule, mademoiselle ? »

« Oui. »

« Votre sac, s'il vous plaît… Passeport ? »

L'hôtesse lui adresse un charmant sourire, mais elle n'y répond pas. Quelqu'un lui aurait demandé ce qu'elle fait dans cet aéroport, elle n'aurait su y répondre. Elle est là sans être là. Rien ne l'atteint.

« Fumeurs ou non fumeurs ? »

« Fumeurs. »

« C'est la première fois que vous partez là-bas ? »

« C'est la première fois que je prends l'avion. »

Elle a dit cela sèchement mais l'hôtesse continue de sourire.

« Formidable. Quel beau voyage ! Je vous mets près d'un hublot. Pour la douane, vous prenez les escalators à votre droite. Vous embarquez porte n° 5. C'est indiqué sur les panneaux. Voilà votre carte d'embarquement. Ne la perdez surtout pas. Bonne route, mademoiselle ! »

Justine traverse la foule. Elle se présente à la douane. L'homme sans la regarder assène un violent coup de tampon sur l'une des pages vierges de son passeport. Il lui fait signe d'avancer. Deux femmes flics la fouillent. Elle se laisse faire. Elle a envie tout à coup de leur murmurer : « Vous savez, je n'ai rien demandé, ni d'être là ni d'être en vie. »

« C'est bon, avancez ! »

Devant elle, un très long tapis roulant qui s'enfonce dans un couloir dont elle ne voit pas le bout. Ses bracelets cognent sur la rampe. Les panneaux publicitaires défilent. Un homme la dépasse en courant. Il la bouscule. Mais elle ne réagit pas.

Dans la salle d'embarquement, il y a déjà de nombreux passagers. La plupart sont européens. Justine s'assied là où il y a le moins de monde. Certains fument. Une femme allaite son tout-petit. Un groupe de jeunes jouent aux cartes. Le haut parleur appelle les rangées 1 à 30. Des gens se lèvent. 31 à 50, 51 à 70. Justine regarde la foule disparaître lentement derrière les portes ouvertes. C'est maintenant son tour, le haut parleur va appeler sa rangée. Elle se lève. D'autres ont fait comme elle. Mais ce n'est pas la même voix, ni le même message. C'est un homme qui parle :

« Le passager Pierre Frémont est attendu porte d'embarquement n° 5. »

L'homme répète le message. Il le dit en anglais. Justine se fige. Pierre ?

Elle voudrait crier. Elle voudrait fuir.

« S'il vous plaît, le passager Pierre Frémont est prié de se présenter immédiatement à la porte d'embarquement n° 5. »

Combien de fois va-t-il le redire ? Pierre, où es-tu ? Je t'en prie, dis-leur de se taire. Dis-leur que tu n'es pas mort. Dis-leur que moi aussi je t'attends.

« À chaque fois que je vois une fleur, je pense à toi. À samedi, Justine, ne m'oublie pas. »

L'INDE

L'avion commence à rouler. Elle a collé sa tête contre le hublot. Le paysage est terne. L'avion bifurque. Il avance le long d'une piste qui n'en finit pas. À côté d'elle deux vieux Anglais qui discutent. Ils fument. Sur l'écran, les consignes de sécurité. Justine sent son cœur battre. Ses yeux sont inquiets. L'avion s'est arrêté. La plupart des passagers se sont tus. Un bébé pleure. Justine clique sa ceinture. Elle regarde le paysage. Soudain, les réacteurs se mettent en marche. L'avion se remet à rouler. Mais il ne roule pas comme tout à l'heure. Il glisse. Il se propulse. En moins de dix secondes, il atteint une vitesse stupéfiante. Justine est plaquée contre son siège. Le gazon vert n'est plus qu'une ligne, un rayon. L'aile rase les prés comme une faux. Elle se cabre. Justine se cabre. La surprise est totale. Une grande peur s'empare d'elle. L'avion quitte le sol. Un sol qui prend de plus en plus d'importance. Est-ce possible ? Justine est saisie. L'avion à la verticale s'élance vers le ciel tandis que la terre s'élargit à ses pieds. Une terre grise et marron tachée de vert. L'aile déchire les nuages. L'avion vole toujours à la verticale. Jamais elle n'a eu la sensation d'aller si loin, si haut. Mais la carcasse en veut plus. Elle veut monter, monter encore. Justine s'accroche. Elle a oublié Pierre. Elle a tout oublié de sa vie. Il n'y a plus que cette incroyable ascension qui la pousse vers le ciel avec une force vertigineuse. La terre disparaît. Le soleil surgit. Elle est en face de lui. Les nuages comme une mer blanche à ses pieds. Une mer d'une douceur infinie. Elle vole. Elle a tout laissé. Tout abandonné. Plus que ce ciel pur, ce soleil pur et cet oubli. Cet oubli magnifique qui l'entraîne à travers ciel.

L'avion reprend sa position horizontale. Un ding ! sonore lui fait lever la tête. Le signal lumineux pour le bouclage des ceintures vient de s'éteindre. Détente générale. Les deux Anglais reprennent leur conversation. L'un d'eux se tourne vers elle.

– Miss, vous vous arrêtez où ?

Justine hésite.

– Mais à Calcutta, en Inde.

Cela lui semble une évidence. Les yeux du vieil homme à ce nom s'éclairent.

– How perfect ! Nous aussi. Permettez-moi de me présenter. Je m'appelle Ben Hoopley et mon ami se nomme Jim Ockland. Chaque année, nous nous payons le voyage pour revoir le pays. Je suis né à Bombay en 1923.

Il a parlé moitié français, moitié anglais. Elle est épatée. Bombay ! Comment peut-on naître si loin ?

« Et vous, miss, qu'allez-vous faire à Calcutta ?

Son cœur se met à battre à tout rompre. La question du vieil homme l'a comme percutée. Elle prend tout à coup conscience que dans moins de quinze heures cet avion va atterrir avec elle. L'Anglais attend patiemment sa réponse.

– Je ne sais pas très bien encore.

Il sourit. Justine tourne sa tête vers le hublot. La magie des nuages a disparu. Elle ne voit que l'ombre de l'avion qui file. Qui va. Qui l'emmène. Mais où ? Elle n'a rien lu sur l'Inde. Elle sait seulement que c'est un pays chaud. Un pays très chaud et pauvre. Une panique la gagne. Où va-t-elle dormir ? Où va-t-elle manger ? Elle tâte de sa main sa pochette. À l'intérieur, elle a mis son passeport, son billet d'avion et son argent. Près de dix mille francs dont les six mille volés à Monique pas plus tard qu'hier après-midi au magasin. Mais tout semble déjà très loin, sa vie.

Nuages.

– Poulet ou bœuf, mademoiselle ?

Justine sursaute. Elle regarde l'hôtesse.

– Pour votre dîner, vous prendrez du poulet ou du bœuf ?

– Du poulet.

Elle mange. Sur l'écran, un film américain d'action. *Le Convoi*. Une histoire de poursuites.

– Thé ou café ?

– Café.

Sa main caresse nerveusement la vitre.

Calcutta ?

Elle a beau tenter d'imaginer, rien ne lui vient à l'esprit. Par-delà le hublot, le soleil jette inlassablement son feu sur la terre blanche tandis que l'avion, impassible, avance.

– Il n'y a plus qu'une solution, s'exclame alors Ben.

Il se tourne vers Justine.

– Une seule ! C'est vous !

– Moi ?

– Miss, nous nous disputons souvent au sujet de la hauteur des volcans que nous avons gravis. Je suis persuadé que le mont Merapi de Sumatra atteint 2911 mètres. Mais Jim n'est pas d'accord. Pour lui, le Merapi dépasse les 3000 mètres. Vous trouverez cela sans doute ridicule mais c'est pour moi une question d'honneur. Voyez-vous je suis volcanologue et je prétends connaître les hauteurs de tous les volcans du monde. Je vous propose d'être notre arbitre. Je vais mettre un penny dans l'une de mes mains. Vous fermez les yeux et vous choisissez. Si vous tombez sur celle qui a le penny, vous me donnez raison. Si vous tombez sur la main vide, Jim aura raison. Tu es d'accord avec le procédé, Jim ?

– Tout à fait, Ben.

– Vous aussi ?

Justine écarquille les yeux. L'information voltige en elle. Elle voudrait demander : où est-ce, Sumatra ? mais l'Anglais ne lui en laisse pas le temps.

– Fermez les yeux.

Justine s'exécute.

– C'est bon, vous pouvez choisir.

Justine hésite. Jim et Ben sont muets. Ils ont pris un air inquiet et sérieux. Justine désigne la main de droite. Ben l'ouvre. Le penny est dedans.

– Miss, vous m'avez sauvé la vie.

Il tend sa main à Jim.

– Sans rancune mon vieux.

Justine ne peut s'empêcher de sourire.

– Nous sommes un peu loufoques mais tout à fait convenables. Je serais ravi de vous offrir un thé à Dubaï si vous aimez le thé.

– Dubaï ?

Ben la considère un instant.

– Notre escale, miss. L'Arabie saoudite. Un aéroport somptueux. Nous y serons dans moins de deux heures.

Le ciel est crépuscule. Il n'y a plus un seul nuage. Tout en bas, la terre est or. Le soleil jette sur elle un manteau de feu. Pas un mouvement. La terre ondule comme un océan et s'étale de toutes parts jusqu'à l'horizon. Le désert souffle une voix en Justine. Le désert de sable qu'elle a vu dans les magazines. Immense. Et elle, suspendue au milieu de nulle part. Tout simplement éblouie.

Il fait nuit maintenant. L'avion descend. À terre, des petites lumières indiquent la vie de l'homme. Le ding ! sonore retentit. Justine attache sa ceinture. Les Anglais ronflent. La plupart des passagers dorment. Il lui est impossible de savoir à combien de mètres du sol elle se trouve. Un bruit violent la fait sursauter. Elle réprime un petit cri. Que se passe-t-il ? L'avion continue de descendre. Justine est paralysée. L'aile est toujours là, mais ce bruit ? L'avion a-t-il perdu quelque chose ? Vont-ils tous mourir ? Les lumières se rapprochent à grande vitesse, elle distingue une maison. Elle n'est plus qu'à deux mètres du sol. La peur décuple. Non, elle ne veut pas de cette mort ! Un choc. Un freinage d'une violence inouïe. Un haut-le-cœur. Des applaudissements. Les Anglais se réveillent. Justine est sonnée. Le capitaine de bord annonce leur arrivée. Elle ne retient que deux choses : il fait 38°Celsius dehors, elle est vivante.

Comme tous les passagers, elle a emprunté le couloir d'accès direct à l'aéroport. À travers ses parois, elle peut sentir la chaleur mais l'air conditionné fait rage dès le passage de la première porte. L'aéroport ne ressemble à rien de ce qu'elle a déjà pu voir dans sa vie. Un dôme superbe le surplombe. Des fontaines, des murs couverts de mosaïques, des oasis viennent décorer l'immense hall d'attente cerné de galeries marchandes. La plupart des femmes sont voilées. Elles portent des quantité de bijoux. Les hommes sont drapés de blanc. Ils fument. Ils ne lui prêtent aucune attention. Justine s'approche des vitrines. Là, on vend du matériel hi-fi dernier cri, hors taxe : appareils photos, caméras vidéos, magnétoscopes, télévisions géantes, antennes paraboliques... Elle a une heure devant elle. Les Anglais sont partis vers le bar. Elle reste à contempler les palmiers grandeur nature qui occupent le terre-plein central. Des vrais comme ceux-là, elle n'en a jamais vus. Et, surprise ! une multitude d'oiseaux colorés s'en évadent.

– Bonjour.

Elle tourne légèrement la tête. C'est un jeune garçon roux qui vient de la saluer.

– Je fais partie d'un groupe. On se disait que ce serait sympa de t'inviter à prendre un café. Tu voyages toute seule ?

– Oui.

– Bon, moi je m'appelle Jean. Les deux filles, là-bas, c'est Caroline et Marie-Noëlle. On va tous les trois travailler en Inde pour une association humanitaire. L'association Raoul-Follereau. »

Justine le suit. Depuis trois ans les filles font le voyage. L'une est parisienne, l'autre vient de Clermont-Ferrand.

– Et toi ?

– Moi je suis du Nord.

Les cafés arrivent. Caroline, vingt-six ans, parle parfaitement l'anglais. Elle a terminé ses études de droit. Jean et Marie-Noëlle sont ses amis d'enfance. Elle se met à parler de la mousson qui les attend, des rues pleines d'eau. De la misère. Jean soupire. Justine écoute. Ils resteront trois jours à Calcutta pour livrer des draps aux petites sœurs de la Charité puis ils partiront vers Pondichéry. Dans un village proche, les attend une équipe de la fondation. Caroline et Marie-

Noëlle connaissent le boulot. Il faut s'occuper des lépreux, soigner les plaies, nourrir les plus handicapés. Parfois, il faut partir à bicyclette dans la campagne et placarder les arbres d'affichettes de prévention contre la tuberculose, la lèpre, le choléra. Distribuer les médicaments.

Justine n'ose plus dire un mot. Les images évoquées se bousculent dans sa tête. Jamais elle n'a rencontré de sa vie de telles personnes.

– Je parle, je parle, et je ne te demande même pas ton nom !

– Moi, c'est Justine.

– Tu as quel âge ?

– Dix-sept ans.

– Eh ben ! Pas mal pour un premier voyage ! Tu n'as peur de rien !

– Ça doit être ça.

La discussion reprend. Les deux Anglais se joignent au groupe. Ils ont cueilli au passage un Espagnol qui répond au nom de Prem, danseur de flamenco. Il vit à Lisbonne. Justine le regarde parler. Aux alentours, les femmes voilées passent, indifférentes, entourées d'enfants turbulents couverts d'étoffes soyeuses. L'horloge électronique indique 21 h 03. Un mickey mouse lui sert de support. Justine se penche. Le reflet d'un miroir au loin la révèle. Elle se contemple. Elle lève un peu le bras. Le bras d'en face lui répond. Comme un enfant, elle répète le geste. Un espace étendu pourtant la sépare de cette image. De cette Justine précisément. Un espace rempli de langues dont elle ne connaît pas le sens, de femmes dont elle ne verra jamais les lèvres. Un espace où l'air est froid pour ne point être brûlant. Mais il s'agit bien d'elle, ici et là. Ici, buvant un café noir qui coule en elle, là-bas, entre les mains d'un monde neuf, chaotique et bruyant. Un monde tout juste né.

Elle est de nouveau assise dans l'avion à côté des Anglais. Ils lisent ensemble le journal et commentent un match de cricket. Elle ne comprend pas grand-chose. La lumière à bord s'éteint. Les réacteurs vrombissent. L'avion décolle. Le désert en bas n'est plus qu'une masse noire sans vie. Elle pense maintenant à ce qu'elle a entendu. À la mousson dont Caroline a parlé. Elle voudrait pouvoir se lever, aller près d'elle. Lui dire son inquiétude. Mais elle n'en a pas le courage. Le va-et-vient des questions reflue en elle sans réponses. L'avion s'enfonce dans la nuit. Elle garde les yeux grands ouverts.

Cinq heures du matin. Le commandant de bord vient de nommer l'Inde. Justine se penche. Ces lignes blanches que depuis tout à l'heure elle prend pour l'écume des vagues d'un océan, c'est la terre ! L'avion chute pas à pas. Il va vers la lumière d'en bas. Une lumière qui jaillit d'une terre brune couverte d'eau. Immense tissu rapiécé qui vire du vert au noir, à l'argent, sans logique. De longs serpents la pénètrent, la cisaillent. Fleuves épais. Ci et là, quelques arbres tordus. Puis l'eau brune, l'eau boueuse, l'eau mêlée au ciel, aux hommes, aux restes des villages. Une eau que rien n'a arrêtée. Une eau qui s'étale jusqu'à l'horizon tel un puzzle de flaques laissant à celui qui la découvre l'impression qu'il survole un continent dévasté.

L'avion descend. Il traverse la torpeur. L'aile se renverse. Elle semble toucher le sol. Justine ferme les yeux. Le bruit sourd retentit une fois de plus mais elle ne réagit pas. Le spectacle qui s'est offert à ses yeux l'a trop impressionnée. L'avion se redresse. Il rase la piste. Justine goûte à ce dernier instant d'ignorance. Bientôt la vieille carcasse ne sera plus là pour la protéger. Il n'y aura plus que ce dehors qu'elle vient d'apercevoir. Ce dehors sur sa peau, sur ses mains, sur son front. Comme un nouveau réel.

Les portes s'ouvrent. L'air bouillant s'engouffre. Chacun prend son temps pour descendre. On suffoque. À peine a-t-elle fait un pas qu'elle s'immobilise. À l'humidité, à la chaleur, son corps cède tout entier. Il s'entrouvre, se liquéfie. En moins de cinq secondes la moindre parcelle de sa chair transpire. Quelqu'un la pousse. Elle traverse la piste. Ses yeux cherchent un réconfort. Une aide. Mais l'avion est déjà loin et la foule avance, l'entraînant avec elle.

Face à elle, un vieux baraquement rouillé. Sur toute une partie de l'aile gauche, il est couvert de ronces et de lianes. Le reste pourrit d'humidité. Les murs sont fissurés. On croirait un entrepôt abandonné. Au seuil d'une petite porte, deux policiers indiens en uniforme. Ils sont armés. Justine n'arrive pas à croire qu'il s'agit là de l'entrée de l'aéroport. Elle pénètre dans une pièce où sur un écriteau en bois elle peut lire : *« Welcome at Dom Dom International Airport of Calcutta. »* Comment y croire ! Cependant les lettres sont bien là. Seul signe d'activité, vingt ventilateurs suspendus au plafond brassant l'air brûlant. L'un d'eux est mûr pour tomber. Justine recule. Dans la pièce, quatre Indiens badgés installent une sorte de tapis roulant d'à peine trois mètres. Ils le déplacent devant une trappe et le branchent. Les bagages arrivent. Justine est sidérée. Ça, un aéroport international ! Elle regarde autour d'elle. Trois armoires métalliques, une chaise, un vieux poste de radio éteint. La pièce est très haute. Les Indiens récupèrent les bagages au bout du tapis et les disposent par terre. Chacun est tenu de présenter son billet pour le récupérer. Justine voit beaucoup de passagers donner des pourboires. Elle n'a que de l'argent français. Les deux Anglais s'emparent de leurs valises. Ils disparaissent dans un couloir. Son sac n'arrive pas. Caroline, Jean et Marie-Noëlle récupèrent les leurs à leur tour. Justine s'approche d'eux.

– Dites, il n'y a pas de banques ici ?

– Non, mais tu peux changer quelques dollars au noir si tu veux.

– J'ai que de l'argent français.

– Quoi !

Justine sent tout se contracter en elle. Est-ce si grave ? Elle n'est pas à l'aise ici. Trop de monde, trop de délabrement. Pourquoi est-elle venue ? Elle n'a jamais voyagé. Et pourquoi les Indiens ne trouvent-ils pas son bagage ? Que va-t-elle devenir dans ce pays ? Elle se met à trembler. Le vomissement va revenir. Ses deux poings se ferment. Le contact de la main de Caroline l'apaise.

– Du calme Justine, du calme. On a tous eu le même choc en arrivant. Ici, c'est pas Paris, c'est pas New York, mais on s'y fait. Pour ton argent, on va trouver une solution. Respire bien fort. L'important, maintenant, c'est de trouver ton sac.

Marie-Noëlle est déjà en train de questionner les Indiens. Justine respire profondément. Avec ces filles, elle se sent mieux.

– De quelle couleur il est ?

– Bleu.

Elle murmure ça d'une petite voix qu'elle ne se connaît pas. Les Indiens font des gestes. L'un d'eux parle très vite. Il donne un ordre à un autre. Marie-Noëlle croise les bras.

– Ça va venir, je crois.

– Il est où ? demande Caroline.

Marie-Noëlle sourit.

– Comme d'habitude. Ils m'ont dit : il est quelque part.

Un policier arrive. Il est accompagné du commandant de bord. Il s'avance vers Justine.

– Est-ce vous qui n'avez pas votre sac ?

Justine opine de la tête. Les hôtesses arrivent. Puis des Indiens venus de la piste. Ils sont au moins quinze autour d'elle. Caroline se met en colère. Justine se tait.

– Mais enfin vous l'avez mis où ? Il n'est pas à Dubaï au moins !

Les Indiens haussent des épaules. Ils proposent à Justine de s'asseoir. L'un d'eux arrive avec un thé. Le policier s'approche d'elle. Il sort un papier et un crayon.

– Combien pèse votre sac ?

Justine est étourdie. Dans ses mains un verre brûlant rempli d'un liquide crémeux auquel elle n'ose goûter. Juste devant elle, le policier prononce ses mots très lentement, à voix haute, et inscrit minutieusement toutes ses réponses au moins deux fois d'un air très grave. Elle a envie de fermer les yeux. D'entendre le bruit d'un train français. De la langue française. Elle est si fatiguée. Depuis combien de jours n'a-t-elle pas pris ses médicaments ? Les personnages autour d'elle ne lui semblent pas réels. Elle lève la tête. Ni ces ventilateurs d'ailleurs ni cette chaleur qui l'opprime. Elle entend soudain un « ah ! » général de soulagement. Son sac arrive sur le dos d'un tout petit garçon. Il est fier comme un roi. Le commandant lui donne deux pièces. Le policier range son papier et son crayon. Justine le prend, sans comprendre.

– Surtout, ne leur demande pas où ils l'ont trouvé. On en aurait pour des heures ! s'exclame Marie-Noëlle.

Justine serre les mains qu'on lui tend. De toutes parts on se confond en excuses. On s'incline. Elle est devenue la célébrité de l'aéroport en moins d'un quart d'heure.

– Ça va mieux ? lui demande Jean.

– Oui.

– J'ai vraiment eu peur pour toi. C'est le chaos ici.

Justine s'efforce de sourire. Elle est encore faible. Son sac est là, c'est comme un trésor. Un rescapé de cette mémoire en elle, de sa vie. Ses mains se cramponnent à lui comme à un ours en peluche. Elle se sent pareille à un enfant perdu.

Douane. Un policier assis à une table. Trois tampons. Justine présente son passeport.

– Vous êtes là pour du tourisme ?

– Oui.

– Vous êtes française ?

– Oui.

L'homme lève les yeux. Il est très maigre. Ses yeux brillent de plaisir.

– Ah ! la France ! Mon rêve. Le pays de Napoléon Bonaparte.

Justine reste bouche bée. L'homme lui fait un grand sourire. Il a parlé en français.

– J'étudie votre langue.

Il appose un grand coup de tampon sur son visa.

– J'espère que vous aimerez notre pays.

Caroline, Jean et Marie-Noëlle l'ont attendue. Elle se trouve maintenant dans le hall de l'aéroport. À sa gauche, des vieux comptoirs en bois qui répondent aux appellations des compagnies aériennes. À sa droite, les deux portes d'entrée grandes ouvertes. Une foule d'Indiens derrière une corde : des porteurs, des amis de passagers. Plus que deux pas pour franchir cette dernière frontière. Elle entend déjà le tintamarre des klaxons, les cris des vendeurs, les coups de frein des bus, les coups de sifflet des agents de la circulation. Tout cela n'est pour elle encore qu'une couleur. Une couleur à dominante jaune, une couleur explosive, furieuse. Caroline franchit la porte. Une horde de porteurs l'assaillent. Elle fait signe à Justine.

– Viens vite !

Justine fait un pas. Elle est dehors. Un pas de plus et les porteurs l'encerclent. Ils essaient de prendre son sac. Ils la poussent vers un taxi. Marie-Noëlle vient à son secours. Elle entraîne Justine mais les porteurs courent derrière elles. Marie-Noëlle pivote sur elle même. Elle crie durement.

– Nous n'avons pas besoin de vous. *Go away !*

Jean les a rejointes. Caroline est dans un taxi. Ils s'y jettent tous les trois. Un taxi de couleur jaune, une vieille Ambassador. Justine monte devant. De l'encens brûle. La voiture démarre. Vent. Vent sur son visage en sueur. Elle a fermé les yeux. Pour l'instant elle ne veut pas voir. Elle a l'impression d'avoir été sauvée de justesse d'un tremblement de terre. Derrière elle, les autres rigolent. Pas elle. Le taxi fonce. Il traverse une flaque de boue, il klaxonne. Que va-t-elle bientôt découvrir ? Quel monde ? Caroline tapote son épaule.

– Pour une première tu t'en es bien sortie ! L'Inde, c'est comme les grandes écoles ! tu es obligée de passer par un bizutage !

Justine tente de sourire. Elle garde les yeux fermés. Caroline peut-elle comprendre à cet instant combien elle lui est reconnaissante ? Elle aimerait pouvoir le lui dire. Mais un coup de frein brusque l'en empêche. Ses mains se plaquent contre le pare-brise. Au milieu de la route, une charrette à bœufs renversée. Deux silhouettes étendues. Un accident. Elle n'a pas le temps d'analyser la situation. Le taxi redémarre encore plus vite. Et même il semble fuir. Trois bus passent en sens inverse. Fumée noire. Des deux côtés de la route, des dizaines et des dizaines de gens marchent, des matelas sur le dos, des fagots, des montagnes de cartons, tirent des briques, du bois, des sacs, vendent, courent… Tous vêtus de milliers de couleurs. Des femmes à moitié nues allaitent leurs tout-petits. Boue. Fontaines. Vaches noires assoupies. Mouches. D'autres bus encore plus remplis, plus bondés. D'autres fumées noires. D'autres klaxons stridents. De chaque côté de la route, érigées ci et là, des cabanes, des huttes façonnées de monceaux de déchets, de bouses de vache séchées. Des centaines d'enfants en sortent, y entrent, y vivent, le ventre nu à l'air. Dans le taxi, la radio à fond. Une musique hurle. Voix de femmes, tambours, cymbales. L'encens répand une odeur de rose. Pas de feu rouge. Le taxi ne s'arrête que pour éviter les collisions avec d'autres taxis, avec d'autres bus. Pas de voitures particulières. Des charrettes, des animaux. Justine laisse ce monde entrer en elle. Il défile à une allure splendide. Elle n'a plus peur. Elle est excitée. Elle n'en a jamais autant vu. Une procession. Une statue de femme colorée, au cou cerclé de têtes de morts. Neuf bras. Chant des porteurs. Fleurs aux pétales orange lancées haut dans le ciel noir. Noir, si noir tout à coup. Gouttes de pluie. La lumière se densifie. La blancheur des vêtements que portent les hommes éclate plus violemment. Une gamine lève les mains au ciel. Le taxi continue de foncer. Le chauffeur chante avec la voix des femmes. Et soudain un bruit déchire le ciel. Un fracas de trombes d'eau s'abat sur la mince couche de métal qui la sépare du ciel. Jet de sable surpuissant sur de la tôle ondulée. Le chauffeur ne ralentit pas. La boue gicle. Les flaques augmentent à vue d'œil. Hommes et femmes sont pris dans des tornades d'eau. Ils restent immobiles. Seule la gamine s'est mise à courir avec ses deux bras levés. Elle bénit la pluie. Elle bénit cette rage, cette folie. Elle bénit cette vision apocalyptique d'un monde soudain noyé, ravagé, englouti. Elle bénit cette eau qui frappe son petit corps menu, son ventre gonflé, cette eau qui entre dans sa bouche ouverte avec la force d'un océan déchaîné. Justine s'est accrochée à la poignée. La violence de l'averse est telle qu'elle se demande comment le toit du taxi résiste, comment les toits de ces cabanes résistent. Flaques géantes. L'Ambassador plonge. La voix des chanteuses se mêle au tapage. C'est presque la nuit dehors. Va-t-elle survivre ? Vont-ils tous survivre ? Ses yeux sont ahuris. La démence de l'eau l'abasourdit. Sur le pare-brise coule une rivière. Elle se demande comment l'homme à côté d'elle parvient même à conduire. Le monde en face est devenu flou. La foule de tout à l'heure n'est plus qu'un amas de formes, de taches comme dans un tableau irréel. Seul le vacarme indique qu'il s'agit bien là de la vie et non d'un songe. Seul le parfum de l'encens, ce parfum de rose. Caroline derrière elle crie pour parler :

– PAS MAL, NON ?

Mais Justine feint de ne pas entendre. L'eau se fracasse contre le sol et c'est comme si elle était ce sol. Tout vole en éclats en elle. Sa mémoire. Son esprit. Sa peur. Sa souffrance. Comme un verre de cristal qu'on jetterait d'une falaise. Justine ? Justine ? crie une voix en elle. Mais Justine fait non de la tête. Que la pluie continue de s'abattre sur moi mille ans, murmure-t-elle. Que la pluie me retire toute ombre et me délivre à jamais de ma peine. Que la pluie détruise le fer en moi. Que la pluie me fasse liberté.

Une heure de route. Corps de femmes, corps d'enfants, vapeurs, parfums, bracelets multicolores, odeurs de cannelle, de rose et de piments. La pluie a cessé. Le taxi traverse maintenant les rues d'une ville. Plus un brin d'herbe, plus de cabanes. Une multitude de taxis et de bus. Maisons coloniales à l'abandon, buildings 1900, chaussées défoncées. L'eau ruisselle encore. Feux rouges. Justine a le temps de mieux regarder les gens. Les femmes portent toutes le même grand tissu drapé autour de leur taille et jeté par-dessus leur épaule. Ils sont verts, roses, orange, bleus et claquent dans le soleil. Certaines s'éventent, d'autres cherchent l'ombre. Presque toutes sont suivies d'une multitude d'enfants aux yeux noirs. Les hommes sont habillés de blanc. Certains portent de grandes écharpes. Très peu sont vêtus à l'européenne. Les riches se distinguent facilement à la beauté de leur vêtement. Les pauvres sont presque nus et leur peau est plus mate. Elle vient d'en voir deux endormis sur le trottoir. Des boutiques par centaines où l'on vend des photos, des cartes, des outils. Des cafés. Des bazars. Des vendeurs de rue. Malgré la confusion, malgré la foule, Justine est calme. La ville lui semble moins archaïque que la banlieue qu'elle a traversée. Moins pauvre. Il y a des maisons achevées. Des maisons habitées. Il y a des trottoirs. Des feux qui fonctionnent. Des arrêts de bus. Des lois.

Le taxi s'arrête. Caroline paie. Ils descendent sur une grande avenue bordée d'élégants buildings. Il y a peut-être dix bus à la minute dans les deux sens. Jean est crevé. Marie-Noëlle a soif. Justine n'a d'yeux que pour ce qu'elle découvre.

– La Choringwee, la plus grande avenue de Calcutta, s'exclame Caroline, la plus chic, la plus victorienne.

L'Ambassador démarre. Elle éclabousse un petit garçon nu qui tient sa sœur dans ses bras. Il n'a sans doute pas plus de quatre ans.

– Justine j'ai réfléchi pour ton problème d'argent. La meilleure solution, ce n'est pas la banque. Tu vas devoir changer deux fois tes francs, une fois en dollar une fois en roupies. Tu vas y perdre beaucoup.

– Mais qui va me les changer alors ?

– Je connais le consul français. On va aller le voir. C'est un excentrique toujours prêt à rendre service. Il connaît bien sûr beaucoup de monde ici. Je crois que ça vaut le coup d'essayer. Je suis certaine qu'il connaît des gens qui seront intéressés par tes francs.

– Tu es sûre ?

– Disons, presque sûre. Si ça marche, tu économiseras beaucoup.

– Je te rembourserai le taxi.

Caroline éclate de rire.

– Le taxi ? Ça m'a coûté dix francs. Alors dix francs divisé par quatre, tu me dois deux francs cinquante !

Justine est stupéfaite.

– Seulement ?

– La vie n'est pas chère ici. Un franc vaut cinq roupies, un dollar en moyenne vingt-cinq. Tu dors dans un hôtel pour trois ou quatre francs, tu manges pour un à deux francs dans la rue, pour quatre à cinq francs dans un restaurant.

Marie-Noëlle s'est approchée avec Jean.

– Caro, on y va ?

– Non, vous y allez, je vous rejoins. J'emmène Justine voir Desjardin. Il sera content de me voir. Il faut régler son problème d'argent.

Elle traverse la grande avenue avec Caroline. Le consulat est proche. Elles longent un marché couvert. Odeurs de viande morte. Justine n'ose pas regarder. Ce qu'elle respire l'écœure. Elle marche plus vite. Cris de corbeaux, miaulements de chats. Elles s'engouffrent dans une autre rue. Là, ce ne sont plus les bus qui font la loi mais les rickshaws. Des hommes qui tirent un pousse-pousse à pied ou à bicyclette. Ils sont des dizaines. Les torses de ceux qui sont à pied dégoulinent de sueur. Leurs yeux sont hagards de fatigue. Justine croise les yeux rieurs d'un enfant revêtu d'un uniforme blanc très chic. Il est assis sur le siège du pousse-pousse, à l'ombre, tandis que l'homme court afin qu'il ne soit pas en retard. Odeurs d'épices. Dans de grandes poêles, des femmes font frire des légumes.

– J'ai faim, dit Caroline.

Justine ne sait pas, elle, si elle a faim. Son regard ne cesse pas de découvrir, de surprendre. Trois hommes à demi nus qui se savonnent près d'une fontaine. Une gamine les fesses à l'air chiant dans le caniveau. N'ont-ils pas de maison ? Sont-ils obligés de se laver là ? Et cet homme au pousse-pousse ? Ses pupilles dilatées ? Voici qu'ils sont soudain si proches d'elle. L'allure du taxi ne lui permettait pas tout à l'heure de les toucher, de les croiser de si près. Ils n'étaient que des visions. Mais voilà qu'elle marche désormais avec eux, parmi eux, qu'elle sent l'odeur de leur corps, l'odeur de leur sueur, de leur faim. Caroline la précède. Elle enjambe un bébé qui dort. À côté de lui, un maçon fait sécher ses briques au soleil. Et Justine la suit, accomplissant les mêmes pas, effarée. La chaleur inondant son corps. La honte.

Caroline s'arrête devant un bâtiment ancien d'aspect délabré. Un drapeau français flotte au-dessus de la porte cochère. Dans le hall, un vieil Indien balaie. Elles gravissent un escalier de bois qui grince. Au premier étage, Caroline frappe deux coups sur une petite porte de bois. Un Indien en uniforme vient lui ouvrir. Il s'incline pour lui dire bonjour. Elle demande M. Desjardin. L'air est frais ici. On respire. Un ventilateur tourne nonchalamment. Une pendule années quarante-cinq indique 8 h 30. La pièce est rectangulaire. Au fond, un Indien tape sur une machine à écrire poussive. Il prend son temps. Une porte s'ouvre. Un homme blanc d'une cinquantaine d'années entre. Son air est pensif et chaleureux. Il a les mains dans les poches. Son col est ouvert et sans doute ne s'en est-il pas aperçu, pas plus que de sa chemise débordant légèrement de son pantalon.

– Ça alors quelle surprise !

Caroline se met à rire.

– Que voulez-vous, je ne peux pas me passer de vous !

– Elle n'a pas changé !

Il se tourne vers Justine. Elle lui tend la main.

– Justine Tarnet.

– Enchanté, mademoiselle.

Il se retourne vers Caroline.

– Qu'est ce qui me vaut cette visite ?

– Quelques petits soucis, mais rien de grave ! Du tout cuit pour un consul aussi épatant que vous l'êtes…

Desjardin croise les bras.

– Voyons, voyons… dites-moi tout, Caroline. J'aime la clarté. Vous le savez bien.

Caroline expose les faits. Desjardin lève les yeux au ciel, prend une longue inspiration et se tourne vers Justine.

– En somme, mademoiselle, vous voulez que je trouve quelqu'un qui échange votre argent français contre des roupies.

– Oui, c'est cela, murmure-t-elle.

– Combien avez-vous ?

– Dix mille francs.

Il siffle.

– Mais ça nous fait la modique somme de cinquante mille roupies, ça ! Eh bien l'on peut dire que vous ne manquez pas de toupet, vous !

Il réfléchit. Justine baisse la tête. Sa voix se radoucit.

– Enfin vous êtes jeune, et c'est votre premier voyage je suppose.

Elle acquiesce.

– De plus, vous êtes accompagnée du meilleur ambassadeur de Calcutta. Mmmm… Une fois de plus, je ne vais pas pouvoir me montrer méchant.

Il soupire.

– Un limca peut-être ?

– Un quoi ?

– Un soda frais.

– Je veux bien, s'il vous plaît.

– Et pour toi, Caroline ?

– Pareil. Merci.

Il se tourne vers Justine.

– Ça fait deux ans que je suis ici. Avant nous étions en poste à Bagdad. Vous connaissez Bagdad ?

– Non.

Il a pris un air songeur. L'Indien revient avec un plateau en argent sur lequel il a disposé deux bouteilles de limca et deux pailles. Il a pris un air condescendant et présente son plateau avec révérence. Desjardin ne lui prête aucune attention.

– Ma femme préfère Calcutta. Question de goût.

Justine boit. Elle aimerait pouvoir dire quelque chose. Être drôle. Mais elle n'y parvient pas. Elle rougit. Desjardin s'en rend compte. Il la regarde avec amusement.

– Bon, je m'occupe de trouver l'argent. Revenez demain. Nous sommes invités chez les Hopkins ce soir. Je trouverai bien un diplomate en partance pour Paris. À propos, tout va bien là-bas, Caroline ?

– À ce que je sache la tour Eiffel tient encore debout et les joueurs d'échecs du jardin du Luxembourg attirent toujours autant de curieux. Au fait, j'ai quelque chose pour vous !

Caroline sort triomphalement de son sac deux tablettes de chocolat au lait Côte d'Or ! Elle les tend à Desjardin.

– Pour vous !

– Non ! Je ne peux pas y croire !

– Mettez-les vite au frais, elles sont déjà toutes molles !

– Caroline vous êtes formidable.

Il s'adresse à Justine.

– Comment pourrais-je vous laisser tomber après une telle marque d'attention ? Soyez là demain à 14 heures.

Il fouille dans sa poche, en tire deux cents roupies.

– Ça c'est pour le dépannage. Je les prélèverai de l'argent que je vous devrai. Où dormez-vous, au fait ?

– Je… je ne sais…

Caroline l'interrompt.

– Je vais l'emmener à l'Armée du Salut. Ce n'est pas loin et ce n'est pas cher.

– Parfait, parfait.

Justine descend les escaliers avec Caroline.

– Tu es de sa famille ?

– Non pas du tout. Je l'ai rencontré il y a deux ans. Je l'ai aidé à rapatrier deux Françaises qui étaient tombées malades. Depuis, nous sommes copains.

– Copains ?

– Eh oui. C'est un consul unique en son genre ! Allez, viens, il faut que je me dépêche. J'ai du pain sur la planche, moi. Les petites sœurs m'attendent.

Elles sortent dans la rue. La chaleur les enveloppe. Caroline marche vite. Justine est épuisée. Le consul lui a semblé un peu fou mais vraiment sympathique. Elle ne tient plus sur ses jambes. Elle n'a pas dormi depuis trente-cinq heures. Elle tient ses billets serrés dans sa main droite. Caroline la regarde.

– Tout est bien qui finit bien !

– Je te remercie !

– Ça m'a désaltérée, ce limca, je me sens revivre !

Justine se demande d'où cette fille tire toute son énergie. Elle aimerait être comme elle. Si lumineuse.

– Hé !

Caroline a poussé un cri. Justine se sent happée par derrière. Un taxi passe comme l'éclair. Un Indien l'a sauvée de justesse. Il s'incline et s'en va. Caroline est encore sous le choc.

– Bon Dieu, Justine, j'ai cru que tu y passais. On roule à gauche ici !

Justine ne s'en était même pas rendue compte. Trop de nouveautés, trop de miracles, trop de désordre dans sa tête. La mort vient de l'effleurer mais elle n'a rien sentie. Elle regarde autour d'elle. Son sauveur est parti comme si de rien était. Et la foule continue de marcher sans s'arrêter. En France, il y aurait eu des cris. On aurait insulté le chauffeur. On aurait parlé des jours durant de ce moment d'émotion. Pas ici. La mort était venue comme le vent et l'homme l'avait repoussée. Son devoir accompli, ne lui restait qu'à continuer à vivre. Qu'à disparaître sans un mot, sans un bruit.

– Ça va aller ?

– Je crois, oui.

Caroline pense qu'elle a eu peur. Pourtant, non. Elle n'en a pas eu le temps. Toutefois, cet incident lui a fait prendre conscience d'une force qui existe ici. Une force qu'elle cherchait. Une force plus grande qu'elle.

– T'es sûre, ça va aller, Justine ?

– Oui, ne t'inquiète pas.

Caroline s'est arrêtée devant un grand bâtiment jaune décrépi. Le portail est grand ouvert. Un Indien en uniforme beige est assis à une table. Caroline montre la cour.

– C'est là.

Il ne reste de places libres qu'en dortoir. Caroline lui assure que c'est O.K. ! L'Indien sort alors un registre d'un tiroir. Il l'ouvre et la prie d'indiquer son nom, son adresse en France, son âge, son numéro de passeport. Il vérifie une à une les informations. Il reprend son stylo.

– Suivez-moi, lui dit-il.

Caroline l'embrasse. Elle griffonne un numéro de téléphone sur un bout de papier.

– Le numéro des petites sœurs. Je passe te voir avec les autres quand j'ai le temps. Pas plus tard qu'après-demain. Au fait, laisse ton argent dans le coffre. On vole facilement ici. Et puis ne bois rien qui ne soit pas bouilli ou hermétiquement fermé. Pour la bouffe, pareil. Tu ne manges rien de cru. Que du frit ou du bouilli. D'accord ?

– D'accord.

– Bon, ben je crois que mon rôle de petite mère prend fin. Bye et repose-toi bien. Je pense à toi.

Justine la regarde disparaître. L'Indien lui fait signe de la suivre. Il parle avec un accent très prononcé.

– France ?

– Oui, France.

– Bonjour.

Justine sourit. Il a parlé dans sa langue.

– Bonjour, oui, bonjour, dit elle.

Il lui fait gravir les marches d'un escalier tout juste repeint. À l'étage, elle aperçoit un salon où une fille blanche comme elle prend des notes dans un cahier. Elle a de longs cheveux roux. L'Indien continue jusqu'au deuxième. Il la fait patienter devant un petit comptoir. C'est le lieu des consignes. Une vingtaine de coffres s'offrent à sa vue. À sa droite un couloir mène à des chambres. L'Indien revient avec un autre registre. Elle doit réécrire à nouveau les mêmes informations. Il les vérifie scrupuleusement et tamponne. Elle tend l'un de ses billets et garde l'autre.

– Quarante-cinq roupies par semaine. Vous payez à la fin de chaque semaine.

Ils redescendent les escaliers. La fille écrit encore. Elle ne lève pas la tête. Elle est pieds nus. Justine remarque une bague à son orteil. Elle porte des bracelets comme les femmes dans les rues. Ni les klaxons, ni les tambours, ni les coups de marteau, ni les sifflement ne la dérangent. Elle écrit sans interruption et ne se rend pas compte que quelqu'un la regarde. L'Indien continue de descendre. Justine le suit. Il traverse une courette. Du linge européen sèche. Il pousse une porte de bois repeinte en jaune. Elle ouvre sur un dortoir où sont disposés huit lits en fer. Il lui désigne le sien, à côté de la porte. Un vasistas de la taille d'une brique laisse passer un peu de jour. Trois ventilateurs à l'arrêt. Il lui montre les boutons de mise en marche et repart après lui avoir fait signe de l'attendre, toujours avec le même sourire. Elle se demande s'il n'est pas un peu retardé. Elle active le ventilateur qui est sous sa tête sur force cinq. Il prend son temps avant de se mettre à tourner si vite qu'elle n'en distingue plus les pales. L'air est frais soudain. Il soulève un peu sa robe collée à son corps. Elle s'assied sur son matelas. Sur les murs, des fissures, des traces d'humidité. Tout sent le renfermé. Sous les autres lits, des sacs à dos. Mais à cette heure il n'y a pas un chat. Que font-ils ? Elle-même que va-t-elle bien pouvoir faire dans cette ville ? Combien de temps va-t-elle tenir dans ces rues ?

L'Indien revient avec des draps et un flacon de DTT. Il en propulse la poudre sur son matelas, tout heureux.

– Animals, murmure-t-il.

Justine a compris. Son regard détaille la pièce avec plus d'attention à la recherche d'éventuelles araignées vénéneuses. Rien. Au bout du dortoir une deuxième porte. L'Indien pose les draps sur le lit et va l'ouvrir. La pièce est sombre. Pas une ouverture. Un pommeau de douche sort du mur. Pas de rideaux. À côté un W.-C. et un lavabo. L'Indien ouvre le robinet, un jet d'eau en jaillit. Il s'exclame :

– De l'eau maintenant mais pas toujours !

Justine a peine à le comprendre. Il ferme le robinet, s'incline. Elle lui a tendu la main mais il n'a pas compris.

Il est parti. Elle est seule. Ici, c'est assez calme. La rue est lointaine. Justine se déshabille. Elle se place sous la douche. Elle ouvre le robinet. Une eau glacée s'abat sur elle.

Toujours personne quand elle revient dans le dortoir. Cette solitude lui convient tout à coup. Ce presque silence. Elle s'allonge. Les rues de Calcutta défilent dans sa tête. Ses bruits. Sa musique. Elle se revoit à l'aéroport de Dubaï, puis à Dom Dom. Elle pense aux deux silhouettes entr'aperçues sous la charrette à bœufs. Sa première vision. Puis à ces regards de gamins nus. Ces regards d'hommes en prière…

Ses paupières lourdes se ferment. Elle n'entend pas le bruit sourd qui déchire à nouveau le ciel. Le souffle frais des pales du ventilateur passe comme une brise sur son visage. Elle s'enlise dans un profond sommeil, se demande : « Depuis combien d'années suis-je là ? »

C'est la faim qui la réveille. Il est près de quatre heures. Le ventilateur tourne toujours. Quelqu'un prend sa douche. Une fille dort dans le lit qui lui fait face. Une autre se peigne mais ne la voit pas. Elle se lève, s'habille et sort. Elle tient son billet de cent roupies dans la main. Elle traverse la cour. Le gardien l'aperçoit, c'est le même que tout à l'heure, il s'incline. Elle franchit le porche. Flaques, cris, rickshaws, hordes de gamins qui font la manche. Elle ne sait pas où aller. Elle baisse les yeux, accélère sa marche. Des gamins la poursuivent. Elle ne veut pas, ne sait pas leur répondre. Elle évite un rat mort. L'angoisse la saisit. Ses yeux fixent le trottoir. Peur de ce monde extrême. Ils n'osent affronter cette frénésie. Des femmes la bousculent, des enfants, des hommes lui crient des « hello ! miss, hello ! miss », d'autres s'écartent à son passage. Tout grouille. Le sol est jonché d'ordures. Justine a le vertige. Elle a chaud, elle a faim. Des larmes montent en elle. La foule l'envahit. Le soleil frappe. Elle s'approche d'un mur, s'y adosse. Il faut qu'elle se réveille, qu'elle lutte. Il n'y a plus de vide ici, plus de gouffres. Il n'est plus question de se recroqueviller. De mourir à soi-même. Le fond de la douleur et de la mort a comme explosé. Elle se remet à marcher. Elle passe devant un vendeur de thé. Elle lève le pouce. Il lui remet un verre et jette une louche de liquide brûlant dedans. En face, trois tailleurs pédalent et font danser des mètres de soie blanche. Machines Singer 1934. Elle boit. Le thé à la cardamome fond en elle. Il crève l'angoisse. Il crève la faim.

– Un autre, s'il vous plaît.

L'homme reprend sa louche. Il évente le liquide de telle façon que les mouches ne tombent pas dedans. Depuis quel âge sert-il le thé aux passants ? Et elle, que fera-t-elle plus tard ? Elle rend le verre. Elle tend son billet. L'homme fait les yeux ronds. C'est beaucoup. Elle fait signe qu'elle n'a rien d'autre. Il appelle un marchand. Le marchand fait trois allers et retours. Les pièces tombent dans sa main. Elle en bourre ses poches. Elle salue l'homme, se remet en route. Ses cuisses collent. Elles suent. Elle n'ose pas entrer dans le restaurant qui fait l'angle. Des hommes fument à l'entrée. Ils portent de grands turbans colorés. Pas de portes, pas de fenêtres. Des chaises et des tables, des serveurs de tout âge, de la fumée, des assiettes qui volent.

– Salut !

Justine se retourne. Une femme blanche assez âgée lui fait face.

– Je m'appelle Sarah, je t'ai vue dormir tout à l'heure. On dort dans le même dortoir.

Justine la dévisage. Dans les yeux qui la regardent, elle déchiffre une intensité rare. Sarah lui tend sa main.

– Tu t'appelles comment ?

– Justine.

– J'ai faim, je peux t'inviter en face ?

Elles sont assises à une table qui donne sur la rue. Sarah a commandé pour elles deux. Il n'y a pas de menu. Un enfant est venu laver la table sur laquelle traînaient du riz et du poulet. Il est si petit qu'il a dû monter sur une chaise pour passer l'éponge. Sarah lui a caressé la tête. Justine a baissé les yeux. Odeur de friture. Par terre c'est très sale. Elle est un peu dégoûtée. Il n'y a pas grand monde dans le restaurant. Quelques Indiens qui boivent du thé ou du café. Quelques ventilateurs lents.

Les assiettes arrivent. Riz safrané et poulet. Sarah porte la nourriture à sa bouche à l'aide de sa main gauche. Justine l'observe, effarée.

– Il n'y a pas de couverts ?

– Non ma belle. Et surtout ne mange qu'avec cette main-là. L'autre est impure.

– Impure ?

– Dès qu'on a terminé, je t'explique.

Justine hésite. Sarah lui montre comment on fait.

– Avec ton pouce, tu roules une petite boulette de riz, et tac, dans la bouche.

Justine essaie. Elle en fait tomber la moitié.

– Normal, ne t'inquiète pas.

Le riz est très parfumé. Le morceau de poulet rachitique. Elle dévore maintenant. Sa main plonge dans l'assiette et monte vers ses lèvres. Sarah raconte :

– Ça fait cinq mois que je suis ici. Ça fait vingt ans que je voyage. J'ai commencé par l'Asie et je crois bien que je terminerai par l'Asie. Je passe mon temps à travailler pour des associations humanitaires. J'en connais un paquet. Je suis savoyarde. Un jour que je rentrais de faire des courses, j'ai trouvé mon mari mort. Une simple crise cardiaque. J'ai tout plaqué. J'ai pris un sac à dos. Mes enfants avaient grandi. J'étais seule. J'avais de l'argent. Et voilà. Vingt ans de vadrouille. Parmi mes plus belles années.

Justine imagine vingt ans de voyage dans son être. Vingt ans d'errance. Elle imagine le mari mort dans son fauteuil et la femme en face d'elle les bras chargés de lessive, de dentifrice, de corn-flakes.

– Et toi, tu viens visiter ?

Elle déteste cette question pour laquelle elle n'a pas de réponse. Comment expliquer qu'elle n'a rien décidé ?

– C'est le hasard.

Elle se mord la lèvre. La phrase est sortie de sa bouche trop vite. L'image de Pierre réapparaît soudain en elle, Pierre sur son tronçon d'arbre criant que son bateau coule, éclatant de rire. Elle se crispe. Son visage s'assombrit.

– Un hasard un peu triste alors ? lui murmure la voix douce de Sarah.

Elle ne répond pas. Sarah lui prend les deux mains. Elle ne trouve pas l'énergie de les dégager. Elle reste immobile. Ce premier contact la protège. Il l'abrite de ce monde qui la renverse. Ce monde nu où sa peau est à vif.

– J'ai soif, dit-elle.

Sarah marche à côté d'elle. La rue est illuminée. Les ampoules électriques pendent aux bicoques où les cordonniers, les repasseurs, les couturiers, les vendeurs s'activent à leur métier. La foule est encore plus dense. L'air plus frais. Le soir est descendu. Il est près de six heures. Elles ont marché une demi-heure à travers des ruelles où des enfants nus sautent à pieds joints dans les flaques tandis que d'autres lancent leur cerf-volant des toits qui s'étagent en terrasses. Vaches. Une file d'attente. C'est l'heure de la traite. Chacun porte son seau. Pousse-pousse. Ils bondissent, ils surgissent. Les taxis les frôlent. À chaque instant c'est la possible tuerie, le possible carnage. Bandes de mendiants. Bandes d'écolières en kilts et en chemisiers blancs. Bandes de chiens. Richesse et misère, splendeurs et décadences se côtoient à l'état brut. À l'état de plaie.

Sarah parle. Elle nomme les vêtements, les dieux, les religions :

– Là, le sari des femmes, six mètres de tissu, six mètres de grâce et d'élégance, ici le salvar khamiz, pantalon bouffant recouvert d'une longue chemise, et là le gurta panjabi des hommes, tissu blanc enroulé autour de la taille qui passe entre leurs jambes et s'accroche à leur bas-ventre. S'habiller européen est à la mode. Les jeunes gens riches adorent exhiber jeans, rayban et baskets du plus mauvais goût, prendre des airs de play-boys. Ici un sikh et son turban. Il n'a pas le droit de se couper les cheveux ni la barbe. Ainsi le veut sa religion. Et là, une statue de Siva qui danse avec ses six bras et son luth. Partout des dieux. Un dieu pour le matin, un dieu pour le soleil, un dieu pour la femme enceinte, un dieu pour la rue, pour la maison, pour la cuisine, pour les morts, pour le pain. Partout des statues. Des fêtes. Des chants. Des sacrifices.

Elle se tourne vers Justine.

– Tu verras.

Justine a écouté. Elle en voudrait encore. Un court instant, ce monde lui est devenu plus familier. Il portait des noms. Il avait une histoire. Elle regarde Sarah à son tour.

– Tu aimes ici ?

Sarah prend son temps pour répondre.

– J'aime et je hais.

– Tu hais ?

– Comment ne pas haïr cette misère ? Comment ne pas haïr ce qu'elle dit de nous tous ? De notre humanité ?

Elles franchissent le porche de l'Armée du Salut. C'est un autre gardien. Il porte une moustache franchement ridicule. Il est petit et se montre désagréable. Il vérifie le nom de Justine dans le grand registre et la laisse finalement passer. Sarah est partie vers le dortoir. Elle a demandé à Justine de l'attendre dans le salon. Là, au premier étage, deux garçons jouent aux cartes. Ils misent des roupies. Justine se tient à l'écart. Elle s'est assise dans un vieux fauteuil club rapiécé.

Voix de la rue. Voix de la fraîcheur du soir. Justine pense à Sarah. À ses voyages, à ses connaissances, à son âge. Elle se sent si petite. Si nulle. Elle n'a su dévoiler que son angoisse. Quoi d'autre pouvait-elle offrir de toutes les façons ? Ses allers et retours dans le petit hôtel de Cambrin ? Ses deals ? Ses vols ? Dehors, le boucan persiste. Les joueurs de cartes se disputent. Justine est songeuse. Ses mains caressent le vieux bois de la table de bridge.

– Tu veux jouer avec nous ?

Il s'appelle Tom, il vient d'Australie, et l'autre c'est Frédéric, il est irlandais. Tom lui tend une cigarette roulée. Justine hésite.

– Cigarette locale. Une roupie les dix.

Justine la prend. Il l'allume. Ils sont à Calcutta depuis une semaine et partent demain pour le Ladakh. Depuis huit mois ils voyagent. C'est dans un train au Kenya qu'ils se sont rencontrés.

– Une seule ligne pour les deux sens ! Le train allait à Mombassa, un vieux train des années quarante. On était face au Kilimanjaro. Ciel rose de crépuscule. La brousse s'étalait jusqu'au pied de la montagne. Là-haut, les neiges éternelles. Le train était à l'arrêt depuis deux heures. On attendait celui d'en face. Il n'y avait qu'à cet endroit qu'ils pouvaient se croiser. J'avais de la fièvre. Je m'étais allongé dans l'herbe et je m'étais endormi. Si Frédéric n'avait pas été là, s'il n'avait pas poussé des cris de sa fenêtre jusqu'à ce que je me réveille, le train partait sans moi. J'ai couru comme un fou. On est devenu potes.

Sarah les a rejoints. Tout le monde semble la connaître. Justine les regarde jouer au poker. Entre deux mises, Tom, le plus bavard, raconte une crise de palu dont il a failli mourir en 1984 dans un village du Sénégal situé à deux heures de route de la capitale. Plus tard, Sarah décrit une clinique à Madagascar dans laquelle elle s'est réveillée, un matin, sans savoir ce qui lui était arrivée. Elle était restée trois jours dans le coma. Des chèvres lui léchaient les mains, les pieds. Un accident de bus. Puis c'est au tour de Frédéric. Il raconte comment à New Delhi il a failli se retrouver en train de chier par terre dans la Grande Mosquée. Une des plus grandes angoisses de ce voyage. Des dizaines de musulmans qui le regardent horrifiés. Puis la course effrénée du gardien avec son trousseau de clefs et lui, derrière, tordu de douleur, découvrant dans son malheur les coulisses du grand monument.

Tout le monde éclate de rire. Justine écoute. Elle est comme plongée dans un roman. Elle pense à Alain, à son tabac. À Roger et sa petite entreprise agricole. À Marc. À Rachid, au chômage depuis deux ans. À Monique et sa boutique de chaussures. Elle pense à leur conversation. À tout ce qu'ils n'ont pas vécu, au monde auquel ils lui ont fait croire, par leur ignorance, leur médiocrité. Elle pense à son collège, à ses profs. Aux murs qui l'ont enfermée partout où elle allait. Des murs sales qui se sont glissés en elle et qui l'ont forgée. Ni brousse, ni rizières, ni moussons là-bas. Juste des pavés gris, des pavés sales, des murs de briques. Pas de rêves vraiment. Le désespoir des télés, l'indifférence des regards... Et maintenant ?

Il est près de 21 heures. La partie se termine sous des applaudissements. Frédéric a bluffé magistralement. Il empoche cinquante roupies. Justine s'est approchée du balcon. Plus un bruit dans la rue, seul le ronronnement d'un générateur. Elle se penche. Sur le trottoir, l'ombre de corps endormis. Hommes, femmes, enfants. Plus un taxi. Plus un rickshaw. Un passant furtif. Deux sikhs à l'angle de la rue en train de fumer. Pas une lumière. Tout est plongé dans le noir.

– Onze millions d'hommes et de femmes endormis, c'est le prix du silence ici, murmure la voix douce de Sarah qui s'est approchée d'elle.

Onze millions... Onze millions un avec moi, pense Justine. Onze millions deux avec Sarah. Pas d'étoiles. Des corbeaux. Des chiens errants. Et l'humidité sur sa peau comme une rosée chaude.

– Bonne nuit, Justine.

– Bonne nuit.

Maintenant, elle est seule. La nuit l'entoure. Elle aimerait que cette obscurité dure, que ce silence dure. Elle s'y sent bien. Elle s'y fond. Elle y est invisible. Là, aucun contact, aucun combat. Seule une profondeur immobile, invariable. Comme si tout dormait. Comme si l'existence avait implosé sans laisser d'autres traces que ce sommeil intérieur. Ce sommeil refuge. Mais le jour va se lever dans moins de huit heures. Et Justine ne parvient pas à l'oublier. Il va naître ici même à ses pieds, devant son corps. Jour brûlant de lumières, d'hommes et de soif. Jour terrassé par les pluies, impitoyable, qui sans répit viendra l'assaillir, elle, Justine, jusqu'à arracher la réponse de sa présence ici, cette réponse folle, absurde, violente, qui plie son corps d'angoisse.

Elle s'allonge sur son lit. Les ventilateurs tournent. Ils dorment tous. Elle ne peut voir leur visage. Elle reste quelques minutes les yeux ouverts. Elle aimerait pouvoir parler à quelqu'un. Dire qu'elle a peur. Dire qu'elle n'est pas grand-chose par rapport à eux tous, et qu'elle se sent très seule, d'une solitude qui lui pèse et qu'elle ne connaît pas.

Croassements de corbeaux par milliers dans le ciel. Elle ouvre les yeux. À sa montre il est neuf heures. Autour d'elle, les lits sont défaits. Les dormeurs sont partis, même Sarah. Ses membres sont engourdis. Elle a dormi d'un sommeil profond, fait de rêves étranges. Elle se lève, son corps est mouillé de sueur. Les draps sont humides. Douche froide. Dans son sac, elle trouve sa robe noire qu'elle enfile. Pas un miroir pour se regarder. Elle s'assied sur son lit, commence à se coiffer. La journée s'annonce longue et chaude. Que faire ici ? Elle se lève, cherche une idée. Un but. Le dortoir est sinistre. Les trois minuscules ouvertures ne laissent entrer que quelques rayons de jour.

Il fait sombre. Les murs semblent encore plus fissurés qu'hier. Elle tâte sa pochette. Son retour est prévu le dix-huit octobre. Il va lui falloir rester un mois ici. Trente jours. Cela lui semble terriblement long, presque impossible. Va-t-elle tenir ? Elle se rassied. Mais cette immobilité l'accable. Elle ne la supporte pas. Elle ouvre la porte du dortoir et la lumière l'éblouit. Pas un brin d'air. Elle traverse la courette. Peut-être trouvera-t-elle Sarah au salon ? Elle s'engage dans les escaliers. De là déjà elle peut entendre la ville. Son festival de bruits. Pas trace de Sarah. Pas trace de Frédéric, de Tom. Ils ont dû partir. Elle hésite à revenir sur ses pas. Que faire en bas ? Elle se tourne alors vers le balcon. Telle une vapeur invisible, le tintamarre monte, incessant. Justine s'approche. Elle veut revoir ce spectacle, cette explosion de couleurs, de chairs, et de cris. De là, elle domine. Rien de la foule ne peut l'atteindre. Cet abri la protège des coups, des odeurs trop fortes, de l'asphyxie générale. À ses pieds, elle redécouvre ce monde impulsif, primordial, chaotique. L'homme y marche envers et contre tout. La chaleur est intenable. Mais il va, sans se soucier de ses brûlures ni se poser la question de l'acte qui le pousse à une telle audace. Marcher. Survivre. Ne pas succomber à la démence solaire, à cette mort qui guette dans les yeux des gueux, prête à bondir. Tenir debout. Lever la tête. Traverser ce champ de guerre, ce champ de folle humanité, ce champ de déesses et de nourritures, d'offrandes et de colliers. Porter son âme sur ses épaules. Porter sa vie. Sa conscience. Sans cesser de marcher, sans cesser de participer à ce bouillonnement, à cette effervescence, cet éclatement. Tenir jusqu'au bout, jusqu'à la délivrance. Marcher jusqu'à l'anéantissement comme le seul témoignage de sa force. Tel un défi. Parmi les cris, les rats et l'encens. Tel un but ultime.

Justine s'abreuve. Cette vision la nourrit. Elle y sent une urgence qui lui ressemble. Impossible de la nommer, de la définir. Mais plus elle contemple cette foule, plus l'urgence se révèle. Et son cœur bat. Sa vie bat. Elle porte ses mains à ses tempes perlées de gouttes. Un instant elle revoit Cambrin. La tentation d'y retourner a disparu. C'est la mort là-bas. Ici, il y a quelque chose. Un parfum. Un goût. Un réel saisissant en face duquel on ne peut que se révolter. Se battre. S'affronter.

Elle reste ainsi plus d'une heure à apprivoiser ce qui n'était hier que le chaos. Toujours personne dans le salon. La faim la gagne. Elle connaît le marchand de thé et décide de s'y rendre. Le porche s'ouvre, elle s'engouffre. La bousculade l'amuse, elle ne s'y sent plus agressée. Les saris volent, ses pieds dérapent dans les flaques. Le marchand n'est pas loin, il la reconnaît et lui adresse un sourire. Son pouce se lève, le verre bouillant est dans sa main. À deux pas, une vache. Un Indien boit à côté d'elle. Lui aussi s'est arrêté pour prendre un thé. Il s'incline légèrement pour saluer Justine. Elle lui rend son salut, sourit. Elle n'a pas vu de visages fâchés jusqu'à présent. Le thé brûlant coule en elle. Elle aime ce goût de cardamome. Pas de mendiants. Pas de « hello ! miss » comme si, ce matin, on avait décidé de l'épargner. Elle revient sur ses pas, remonte au salon. Elle a accompli sans peur son premier parcours. Un garçon est assis dans l'un des fauteuils. Il consulte une carte. Justine s'approche. Elle veut parler, elle veut partager ce qu'elle ressent. Il l'aperçoit. Elle lui apprend qu'elle n'est là que depuis un jour.

– Moi, la première fois que je suis venu ici, j'avais dix-neuf ans. Je suis arrivé par l'aéroport de Bombay. Pour atteindre la ville, le taxi traverse quarante kilomètres de bidonvilles. Je n'ai pas pu supporter, j'ai demandé au chauffeur de faire demi-tour et je suis reparti à Stokholm.

Justine sourit. Il a répété plusieurs fois certaines phrases pour qu'elle comprenne bien.

– Et maintenant ?

– Maintenant, ça y est, je peux. J'ai enseigné en Afrique, en Amérique du Sud, en Corée. Je me suis formé. Tiens voilà Hans et Isabelle !

Ils sont allemands, ils vivent en Guinée. Il est ingénieur agronome, elle est médecin généraliste. Ils sont là depuis trois mois. Ils ont pris un an de congé sabbatique.

– Pour adopter un enfant.

La voix d'Isabelle est douce mais renferme une douleur mûre de plusieurs années. Justine n'ose pas poser davantage de questions. Elle a rarement vu tant d'espoir et de souffrance entremêlés dans le même regard. Jacob propose une partie de gin-rummy. Justine a préféré se tenir à l'écart. Elle pense à cette envie d'être mère un jour. Aura-t-elle un jour un fils ? Une fille ? Devra-t-elle errer comme ce couple pour le trouver ? Et puis quel nom lui donnera-t-elle ?

Une fille entre dans le salon.

– Justine, n'est-ce pas ?

– Mais oui ! s'exclame Justine, surprise.

– Sarah m'a parlé de toi. Je m'appelle Déborah.

Vingt-deux ans. Irlandaise. Trois années d'économies pour se payer le voyage. Elle est infirmière et travaille dans une clinique de rue. Elle tient entre ses mains une lettre de ses parents. Ils s'inquiètent. Ils n'ont jamais voyagé. Son frère est au chômage, il déprime. Ses parents la supplient de revenir.

– J'irai pas. J'ai encore neuf mois devant moi. Ici, c'est ma vie. Ils ont pas le droit de me demander ça.

Justine ne sait que dire. Elle ne trouve rien de chaleureux en elle. Pas un mot.

– Ça va passer. Excuse-moi. Je suis toujours comme ça après leurs lettres.

Justine ne bouge pas. Les autres à côté jouent. Ils parlent politique. Elle les contemple. Comparé à elle, elle les trouve beaux. Elle réalise combien ils sont vrais. Un bonjour leur suffit pour se mettre à nu, pour se livrer sans défense, sans fausse pudeur. Ici, aucune hiérarchie, d'âge, de classe ou de culture. Justine est leur égal. Elle voyage, voilà l'important. Elle est. Les études, les étiquettes, les accents, personne ne les remarque, personne ne les souligne. Le vernis disparaît comme sous le coup d'un charme. Ne reste que l'essentiel, l'immanent : des regards qui se cherchent, des regards qui se trouvent. Est-ce là le secret de cette ville furieuse ? Ou le simple effet du hasard ? Où sont les pervers, les vicieux, les maniaques, les cons en masse, les déprimés, les coincés ? Où sont-ils ceux qui la traitaient de pute à mi-voix, dans la rue lui octroyant un sourire en coin ? Justine ne les trouve pas en eux. Ni en la fille à côté d'elle.

Déborah a repris son air jovial.

– N'en parle pas à Sarah, elle se ferait de la bile.

– T'as pas à t'en faire. Au fait, tu sais où elle est en ce moment ?

– Oui, bien sûr, elle travaille au mouroir.

Elle n'a pas bien compris le dernier mot.

– Au mouroir. Un des centres de mère Teresa. Elle y passe la journée.

Justine écarquille les yeux. Mère Teresa ! Elle fouille dans sa mémoire des images vues à la télévision. Lits alignés, hommes au visage creusé par la maladie, enfants dont le regard n'a plus de sens. Une grande salle. Des voiles blancs, fugitifs. Vision inaccessible. Impénétrable. Se peut-il que ce monde, hier si lointain, soit aujourd'hui si proche ? Se peut-il qu'elle ait fait un tel pas ?

– Tes parents, ils t'ont laissée partir facilement ?

– Ils sont morts.

Déborah se mord la lèvre. Justine se tait. Elle s'en veut. La colère l'envahit. Elle voudrait crier : « Mais non, ils sont vivants. Je suis en train de mentir ! Ils sont vivants et salauds. Vivants et cons. Rien de plus. J'arrive seulement pas à le dire ! »

– Moi, la mort, je ne la connaissais pas jusqu'à ce que j'arrive ici.

Justine la regarde. Mais Déborah a fermé les yeux. Derrière ses deux paupières, la mort danse, la mort comme Justine ne la connaît pas.

– Où ? demande-t-elle.

Déborah rouvre les yeux.

– Où quoi ?

– Où tu l'as vue pour la première fois ?... La mort ?

– Dans les bras d'une femme... À la clinique. Elle attendait depuis des heures. Quand son tour est venu, j'ai tapoté le visage du petit qu'elle tenait dans ses bras. Pour le réveiller. Mais j'ai senti un grand froid. La mère m'a regardée. J'ai appelé le docteur. Le pouls ne battait plus. Les petits bras pendaient. Je me suis mise à gueuler. Mais le corps ne bougeait plus et la mère, sans larmes, me regardait crier. Nous nous sommes mis à le masser, à le frapper pour lui redonner vie. Mais rien. Pas une réaction. Ça a duré vingt minutes, plus peut-être. À un moment, elle a tendu les bras. Elle nous demandait de le lui rendre. Le bébé gisait sur le sol. Je le lui ai rendu. Il avait les yeux grands ouverts. Elle l'a pris. Elle l'a enveloppé de ses bras. Elle s'est levée et a fait volte-face. Elle est repartie son bébé mort dans les bras, sans un mot. La faim l'avait tué. Le manque de lait. Le manque de tout.

Justine respire profondément. Déborah vient de parler avec un tel calme.

– Tu continues à travailler là ?

– Oui, je continue. Et je crois bien que j'ai trouvé ma route. C'est pour la vie, maintenant.

Sa route. Justine pense à la sienne. Elle a l'impression de ne l'avoir qu'à peine entamée. À peine franchie. Son passé n'est qu'une longue noyade. Un lent glissement vers le néant.

– C'est formidable ce que tu fais.

Déborah la regarde, surprise.

– Non, vraiment, c'est formidable.

Ce que vous faites tous et tout ce que je ne fais pas, moi, moi Justine. Déborah est gênée. Elle n'est pas une habituée des compliments.

– Tu connais le Blue Sky Coffee ?

– Non.

– J'ai rendez-vous avec une fille. Viens si tu veux. On peut manger du porridge là-bas.

Elles ont longé le trottoir de droite. Foule. Mendiants. Cris. Klaxons. Invariable débâcle, invariable incendie de couleurs. Le Blue Sky est à deux cents mètres. Il fait l'angle de la première rue qu'on traverse. Beaucoup de Blancs y sont assis. Le sosie de Michael Jackson lave les tables. À coups de marteau, le cuisinier casse des blocs de glace. Le poste de radio hurle. Il y a six tables. Quinze chaises. Un ventilateur. Elles s'asseyent. Michael prend la commande. Vera arrive. Dès son entrée, elle fait une grande impression sur Justine. Elle porte un sari et rien ne la distingue des femmes d'ici, sinon la couleur cuivre de sa peau et son visage. Ses gestes sont gracieux, son corps maigre. Elle se met à parler en allemand à Déborah. Justine ne comprend rien. Déborah ne la regarde plus. Sa voix exprime de l'angoisse. Justine avale son porridge en silence. Devant elle, deux Blancs dévorent des toasts à la confiture. À leurs pieds, des sacs à dos gigantesques bardés d'étiquettes de tous les pays. Ouganda, Turquia, Minneapolis, Copenhague, England, Japon, Sydney, Singapour... Ils n'ont pas d'âge. Peut-être vingt-cinq, peut-être quarante... Ils tracent des traits sur une carte. Ils parlent du Bhoutan. À un mètre d'eux, une fille seule. Elle boit son café, songeuse. Justine se dit que ce pourrait être elle. En un peu plus jeune.

Dans la rue, l'écran des corps tel un rideau. Tintements des bracelets, tintements des tambours, crissements de pneus.

– Bientôt la pluie, annonce Michael Jackson.

Entre Vera et Déborah la tension monte. Plusieurs fois, Déborah secoue la tête en signe de désapprobation. Justine termine son porridge. L'ennui la gagne. L'ennui au futur. Elle n'ose toujours pas se lever, partir à l'aventure. Les visages, les vêtements, les gestes renferment encore pour elle, l'étrangère, une menace. Que voient-ils d'elle, quelle image ? Quelle couleur dans ses yeux ? Quelle énergie ? Quelle résistance dans son corps ? Quelle mémoire ?

Coup de tonnerre. Michael Jackson lève le bras. La mousson déchire le ciel et s'abat sur la ville. En moins d'une minute quelque cent personnes trouvent refuge dans le café. Il n'y a plus moyen de bouger. La pluie vient s'abattre avec violence contre l'asphalte. On n'entend plus qu'elle. Elle a pris possession de la ville. Le tonnerre gronde. Le déluge déferle. Dans le petit espace, tous sont collés les uns contre les autres. Trempés. Le sari jaune vif d'une femme goutte sur Justine. Il brille comme de l'or. Trois bracelets en verre touchent son épaule. Dehors, les rues débordent. L'eau atteint les genoux. Elle est boueuse, elle brasse des ordures, de la merde, des rats. Les hommes pressés enlèvent leurs chaussures et roulent leur pantalon. Les rickshaws brandissent leur pousse-pousse. On se bouscule pour avoir sa place. On hisse les enfants puis les femmes. On crie un ordre. L'homme esclave repart au pas de course sous l'eau qui martèle son corps sans répit, ses deux jambes prises dans un torrent d'égouts. Quelques femmes dans le café s'éventent. Beaucoup portent leurs enfants. Ils sont muets. Le spectacle de la mousson les fascine.

La pluie cesse.

Instantanément, la foule sort de ses abris. Avec elle, les vendeurs recommencent leurs cris, les radios réengagent leur guerre.

Michael Jackson, lui, reprend nonchalamment son service.

Vera en a profité pour se lever et partir sans un mot. Déborah l'a laissée faire.

– Qui est-ce ?

Justine a posé la question. Elle lui brûle les lèvres depuis tout à l'heure.

– Elle ? soupire Déborah, elle est quelqu'un qui a bouleversé ma vie. Je l'aime, Justine.

Justine baisse les yeux. Cet aveu brutal la bouleverse. Il anéantit en bloc les dernières fondations du monde qui était le sien hier encore, ce petit monde normal, légal, banal. Il entre en elle telle cette pluie violente, sans calcul, et renverse cet ordre médiocre soi-disant légitime. Déborah enchaîne :

– Nous nous sommes rencontrées il y quatre ans lors d'un échange entre nos classes. Je suis allée en Allemagne. Je l'ai aimée très vite sans mesure. Vera m'a emmenée dans son monde. Je l'ai suivie. Nous sommes sorties ensemble, elle m'a tout appris. À mon retour, j'ai dépéri. Je la voulais. Je la désirais. J'en étais folle. Mes parents l'ont invitée à venir passer l'été chez nous. Elle est venue. Elle est revenue. Elle était ma drogue, ma liberté, ma vie. Mes parents ne savaient rien, ils ne savent toujours pas. Puis il y eut ce jour de décembre. Un coup de téléphone. Vera. Son avion pour Delhi partait dans deux heures. Quelques mois plus tôt sa mère lui avait avoué que son vrai père était un danseur indien. J'avais vingt ans. Vera en avait vingt-neuf. Avec son départ, ma vie s'effondrait. Je trouvai un travail nocturne. Mon amour pour elle virait à l'obsession. Je voulais la rejoindre à tout prix. Le 12 mai dernier, je me suis envolée, avec toutes ses lettres. J'ai enquêté deux mois. On me disait toujours : « La dernière fois que je l'ai vue, c'est avec Gautam Parvati, le danseur. » À Pondichéry, on m'annonça qu'ils étaient partis pour Calcutta. J'ai pris le train et j'ai fini par la retrouver. Elle était assise dans ce café. Elle lisait. Elle avait terriblement maigri. Ce fut un choc. Elle avait tout oublié de nous. De moi. Il n'y avait plus que ce père, ce père indien, ce père qu'elle devait retrouver avant tout. Je n'avais plus devant moi ma Vera, ma Vera d'amour, mais un être humain malade. Et aujourd'hui la revoilà. Plus maigre encore.

– Qui peut arrêter ça ?

Déborah a retenu un sanglot.

– Qui, Justine ?

– Je ne sais pas, murmure Justine.

Déborah est partie marcher dans la rue. Justine est revenue à l'Armée du Salut. Elle est remontée au salon. Il est midi. Elle doit passer au consulat dans deux heures. Elle prend un livre qui traîne. *Siddharta*, Hermann Hesse. Elle commence à lire lentement. Ses yeux se ferment. Les mots s'évaporent… La rue crie.

Un songe…

Trois pommiers sur la colline enneigée. Elle s'approche. Il n'y a personne aux alentours. La neige est encore plus blanche. Aux branches des trois arbres, des pendus, immobiles. Elle les contemple. Ils ne lui font pas peur. Elle ne les connaît pas. Elle traverse une plaine qui s'étend jusqu'au bout de l'horizon. Déborah surgit, elle tient un ballon rouge. Justine veut s'en emparer. Mais Déborah se met à courir et disparaît. Un grand vent se lève. Justine court dans la direction de Déborah. Mais le paysage change. Elle se retrouve sur une route. Une voiture passe, ne s'arrête pas. C'est la voiture de ses parents. Justine se met à crier.

Elle se réveille. Il est plus d'une heure. Clameurs de la rue.

L'Ambassador passe. Justine traverse. Elle s'est décidée au bout d'une demi-heure à effectuer, seule, ces quelque cent mètres. Des femmes se mettent à rire en la voyant. Elles portent leur main à leur bouche et pressent le pas. Justine ne sait pas quoi penser. Porte-t-elle quelque chose qui ne se met pas ? Mais l'incident ne se reproduit pas.

Un pousse-pousse la frôle. Deux hommes à lunettes discutent. L'homme qui les tire crache. Justine fraie son chemin. La chaleur est insupportable. À sa gauche, une longue file d'hommes. Tous hindous. Plus loin, une pancarte sur laquelle est écrit : « Pas plus d'une bouteille d'alcool par personne. » À proximité, des femmes font frire des légumes dans d'immenses poêles. Des passants s'arrêtent et mangent. Pas d'assiette. Pas de couverts. Du pain et les doigts. Quand l'un d'eux est rassasié, il jette ses restes par terre. Une bande d'enfants nus surgit alors et se rue sur la nourriture. Justine ouvre la foule devant elle. Elle achète du thumps-up et des biscuits dans une bicoque. Elle boit un thé. Sous les porches, des femmes arracheuses de poux, des joueurs de cartes. Radios. Justine marche toujours. Elle atteint la grande halle qui recouvre le New Market. Là, des centaines de boutiques contiguës proposent, à l'ombre, leurs cavernes d'Ali Baba bourrées de tissus, de valises, d'argenterie, de fromages, de bijoux, de savons, de plantes médicinales, de stylos, de bougies, de jeux, d'huiles essentielles… C'est le vrai souk.

– Dollars ? Dollars ?

Justine fait non de la tête. Elle accélère le pas. Les deux sikhs l'abandonnent. Odeurs de jasmin et de rose. Justine respire, elle ferme les yeux. Prairie couvertes de fleurs. L'image la fait sourire. Combien de gens ici peuvent imaginer des prairies ? Combien même en ont vu ?

Dans la rue du consulat l'eau est encore haute. Elle retire ses chaussures et continue à marcher. Impossible de voir où l'on pose les pieds. Parfois on perd l'équilibre, parfois on bute contre une brique ou quelque chose de dur, parfois on lutte contre un tourbillon qu'une bouche ouverte d'égout provoque, parfois on sent sa plante des pieds s'écraser dans une boue qui pourrait être de la merde, de la bouse, un tas de cendres… Free School Street. Le drapeau français flotte. Justine s'engage dans l'escalier en bois. Elle frappe à la petite porte. C'est un jeune Français qui lui ouvre. Il doit avoir vingt-huit ans et porte des vêtements d'une extrême élégance. Son air est empreint d'une gravité inexplicable. Il est coopérant depuis sept mois et vient de s'acheter une Renault 5. La porte du fond s'ouvre.

– Ah ! vous voilà, vous !

Elle se lève, intimidée. Il tire de sa poche une liasse de billets.

– J'ai pu changer cinq mille francs, soit l'équivalent de vingt-cinq mille roupies. Il faudra changer le reste à la banque.

Il se tourne vers le jeune homme qui s'est mis à épousseter une vieille machine à écrire.

– Vincent, vous indiquerez à cette demoiselle où se trouve le Crédit lyonnais et laissez cette machine, elle ne vous a rien fait.

Desjardin fait volte-face. Il a parlé d'un ton sec. Justine ne reconnaît pas l'homme de la vieille.

– Sa femme vient d'être hospitalisée, rien de grave mais il ne supporte pas son absence. Notez, je le comprends parfaitement. Je déteste moi-même la solitude. C'est une plaie. D'ailleurs, j'aimerais bien me marier.

Justine retient un fou rire. Elle se lève pour lui dire au revoir. Il la raccompagne jusqu'à la porte.

– Au fait, quand vous aurez le temps, faites-moi signe, nous ferons un tour dans ma nouvelle voiture. Un objet rare ici. Je vous emmènerai à la banque.

– C'est gentil.

Justine dévale les escaliers. Ses lèvres sourient. Quel monde de fous !

Cinq heures. Elle a passé l'après-midi assise dans son fauteuil. Caroline n'est pas venue lui rendre visite. Combien de fois a-t-elle regardé le ventilateur valser au-dessus de sa tête ? Le boucan de la ville rugit autour d'elle et la nargue. Où donc est ta fièvre, Justine ? Où sont tes cris ? Ils dansent comme de mauvais diables hissant haut leurs miroirs cruels, ils chantent, ils clament. Tu es morte ! Tu es morte ! Tu es morte ! Morte ! Morte !

– Pierre, où es-tu ?

Qui est plus grand en moi ? La volonté de vivre ou la douleur ?

Qui est plus vaste ?

Sarah l'a trouvée allongée sur son lit. Elle a essayé de lui parler mais elle ne lui a pas répondu. Son avant-bras sur ses yeux fait écran au monde.

– Justine, je sais que tu ne dors pas.

Mais Justine garde le silence. Ses poings sont fermés, son corps tendu. Elle a trop pleuré. Sarah s'assied à côté d'elle.

– Tu veux que je te laisse ?

Justine reste muette. Elle ne peut pas parler. Il n'y a plus que ce noir dense qui la protège.

– Je vais rester là jusqu'à ce que tu bouges.

Sarah vient de prononcer les mots justes. Ils glissent en elle, ils s'installent. Les ventilateurs sont éteints. Il n'y a pas un bruit. Son bras se desserre, son poing s'ouvre. La chaleur entre à nouveau dans son corps. Sarah n'a pas bougé. Le silence grandit dans la pièce. Justine l'écoute. Il est bon pour sa blessure. Il est bon pour tous ces hurlements qu'elle ne sait formuler.

– Je vais mieux.

– Je vois.

– Sarah ?

– Je suis là, Justine.

Sarah, j'ai si peur de moi-même. Dès que je ne suis pas en mouvement j'ai mal. Je suis restée assise trop longtemps. Combien de fois ai-je voulu plonger dans la foule ? Faire disparaître ma douleur au milieu de leurs coups, leur ivresse, leurs couleurs ? Mais je ne pouvais pas bouger. J'avais peur. J'étais si seule.

– Je t'écoute, Justine.

Justine ouvre alors les yeux. Ce qu'elle va dire est important. Elle ne sait pas pourquoi encore, elle ne sait rien. Elle sent juste la force inouïe de cette volonté qui brutalement monte à ses lèvres, droite, claire, précise.

– Sarah, demain quand tu te lèveras, réveille-moi. J'irai avec toi.

Moi aussi, en un jour à venir,
On me mettra en terre comme la plume de la flèche
Je retiens la parole à venir
Comme on retient le cheval avec les rênes.

Hymne funèbre - Rigveda X. 18

Valse des bus. Choringwee Avenue. Un bossu lèche le trottoir et lève les mains, implorant la pitié. Il est huit heures trente du matin. Justine suit Sarah. Elles ont pris leur petit déjeuner au Blue Sky.

Motocyclistes, bicyclettes, taxis. La ville est debout depuis longtemps. Le soleil est haut. La peau sue. Bus n° 61. Sarah fait un signe. Le bus freine. Des dizaines d'hommes à l'extérieur accrochés aux barreaux. Justine s'engouffre dans la foule compacte. Le bus redémarre. Beaucoup manquent tomber mais chaque corps retient l'autre. Chaque corps touche l'autre. Ventre, bras, front, jambes... Là où elle est, il n'y a que des femmes. Sur leur front une pastille bleue, orange, jaune, parfois comme une perle. Un anneau à leur narine gauche et souvent une raie couverte de poudre ocre... Sarah est tout près d'elle. Peau blanche parmi les bras bronzés. Les hommes sont à l'avant ou à l'extérieur. La lumière du jour dérape sur les visages, les soies, les bijoux. Le bus fonce et s'arrête crissant des pneus puis reprend son élan d'un coup sec. Un seul homme s'occupe de tout ce monde. Il porte un uniforme sur lequel son nom est brodé en lettres rouges. Il tient, en bandoulière, sa machine à tickets : un rouleau de ferraille, armé d'une manivelle, qui fait un bruit de vieille machine à coudre. De cet instrument fantastique, il sort tous les prix, tous les billets. À peine surgit-il qu'il est déjà ailleurs. Son activité est prodigieuse. Il attrape au vol les roupies, les paisas, tape les épaules de ceux qui sont arrivés à destination, agrippe ceux qui arrivent, crie le nom des stations, se plante devant ceux qui n'ont pas payé, prend la monnaie, la rend à ceux qui ont trop donné, retient les enfants qui tombent, jette le mendiant, siffle quand il voit un passager sur la route, chante avec la radio, et il exécute tous ces mouvements à travers des corps de plus en plus serrés, une foule de plus en plus dense dans une chaleur infernale… Justine ferme les yeux. Sa main se cramponne à la rampe d'un siège où trois enfants dorment. Elle est en nage. Elle repense à ce que lui a dit Sarah ce matin.

– C'est dur, là-bas, Justine. Les gens qui y viennent y sont préparés depuis longtemps. Je t'emmène parce que tu me l'as demandé. Il va te falloir un paquet de force.

Elle a.

Ce mouvement lui fait du bien. Ce but. Ces peaux en sueur qui ne cherchent pas à l'éviter. Cette route.

– Khalighat, Khalighat ! Khalighat, Khalighat !

L'homme écarte la foule. Justine et Sarah sortent. Rue de marché. Un homme nu couvert de farine debout sur une jambe. Le ciel de plus en plus noir. Des femmes brandissant des tissus, des hommes fabriquant des instruments de musique. Béton brûlant. Des enfants pieds nus courant. Fronts moites. Battements de tambour. Corbeaux par centaines et vaches s'abreuvant aux fontaines. Vieilles demeures décolorées entourées de jardins sauvages pour la plupart laissés à l'abandon. Une place.

– Là, c'est le temple, et là, c'est le mouroir.

Les deux bâtisses sont contiguës. À l'entrée du temple, des prêtres vêtus de blanc, au front barré de trois traits de la même couleur. Des vaches assoupies, des fumées d'encens, des vendeurs d'offrandes et d'images saintes, des feux. À l'entrée du mouroir : quelques gueux assis sur les marches, deux religieuses, drapées dans un voile blanc en pleine discussion, des chiens. Sarah s'approche de l'une des sœurs et désigne Justine. La sœur opine de la tête.

– C'est bon, tu peux venir.

Justine est au pied des marches. L'odeur est déjà forte ici. La peau de ces femmes à moitié nues peut-être. Elle tourne ses yeux vers le temple, vers les bois de santal, les guirlandes de fleurs, les corps mats oints d'huiles. Dernière image de la lumière avant d'entrer dans la pénombre et l'humidité de la pierre. La porte est ouverte. Elle entre. Sitôt accompli le premier pas, son corps se met à tressaillir. L'odeur qui la pénètre est intenable. Justine retient avec violence une nausée qui monte en elle. Jamais elle n'a respiré une telle puanteur. Sa main vient se poser sur le mur. Ses jambes vacillent.

– C'est l'odeur ?

Oui, c'est l'odeur. Ce ne sont pas les râles, ce ne sont pas les corps allongés dont elle n'aperçoit que les os, ce ne sont pas les cris déchaînés des folles à ses pieds mais cette odeur de viande pourrie, de chair morte, de pisse et d'excréments. Une odeur qui met en branle sa vie, convulse ses membres, réduit à néant sa pensée frappant son existence avec la force d'une hache. Elle ferme les yeux, plonge ses narines au creux de son coude.

– Tu devrais sortir, Justine.

Mais Justine secoue la tête. Elle ne veut pas céder à cette répulsion qui l'envahit. Ce serait comme se soumettre à la mort, à sa danse macabre. Non. Elle veut survivre à cela, survivre soudain à tous les abîmes de son être. Il lui faut juste un peu de temps. Un peu de solitude. Que l'odeur l'emplisse, la gagne. Qu'elle en identifie la matière, la texture. Qu'elle la fasse sienne, une fois pour toute. Qu'elle en affronte non pas la seule conséquence, ce désespoir inerte, mais bien la nuit implacable qu'elle contient. Une nuit hideuse qui mâche le corps de l'homme, le broie, le dévore, le déchiquette. Une nuit qui le fait hurler comme une bête.

– Justine, dis-moi.

Justine lève la tête. Elle se tourne vers Sarah.

– Je vais y arriver.

À sa droite, des lits de camp à même le sol. Squelettes de femmes aux yeux exorbités, aux cuisses plus minces que leurs bras, aux bouches ouvertes édentées. Certaines griffent leur visage. Elles sont devenues folles. D'autres hurlent et bavent. Elles frappent ceux qui tentent de les approcher. Une quantité semblent déjà mortes. Justine traverse la salle à pas pressés. Quelques sœurs agenouillées, deux filles volontaires qu'elle ne connaît pas autour d'un lit. Pas un mot ne s'échange, que des regards. Les murs sont nus et épais. Un christ en bois cloué. Une vierge qui sourit. Les plafonds sont très hauts. Il y a peu d'ouvertures pour le jour. Les bruits de l'extérieur proviennent atténués. Ils ne sont plus que des échos. Sarah l'entraîne vers une immense salle qui fait l'angle.

– Ce que tu viens de traverser, c'est la salle des incurables. Ici, c'est le dortoir. C'est surtout là qu'on travaille.

De chaque côté de la salle, deux rangées de lits longent une allée centrale de plus de soixante mètres. Pas un lit n'est vide. Des femmes de tous âges, malades, affamées, estropiées, les occupent. Là, une petite fille de huit ans, entièrement brûlée. Ici, une femme qui a roulé à terre et qui pisse sur elle. Au fond, une femme qui rit aux éclats en frottant son moignon. À côté d'elle, une autre à qui l'on donne à boire et qui fait un effort pour ouvrir ses lèvres. Près d'une fenêtre, une jeune fille hagarde qui geint en tenant son ventre décharné. Une autre, en face d'elle, les genoux comme des bouts de bois repliés sur son menton, aveugle. Quelques sœurs, quelques volontaires. Des perfusions. Une femme sur la droite se met à pousser des cris et déchire sa chemise de nuit. Elle est infectée de plaies. Une autre, dont la peau n'est plus qu'un vieux papier journal, se met à se balancer d'avant en arrière émettant une plainte unique. Elle n'a plus de bras. Celle qui frappe dans ses mains s'arrête lorsqu'on lui présente un pot. Il faut la soulever, elle est incapable de faire le moindre mouvement. Une autre tousse et tremble de fièvre. Son corps s'agite dans les draps. Elle crache puis tousse encore. C'est un enfer. Justine n'a pas bougé. Sarah est restée auprès d'elle. Des rires la font sursauter. Elle se retourne. Une volontaire d'à peine vingt-cinq ans mime une danse qui provoque l'hilarité de celles qui sont éveillées.

Au bout, les latrines. Un robinet coule en permanence. Deux novices soutiennent une vieille qui chie, entièrement nue. Elle la passe au jet. La vieille s'essuie du revers de sa main et joue avec l'eau. Les novices commencent à y prendre goût. L'une d'elles asperge l'autre puis la vieille. Et vice versa. Encore des rires. Et pour un peu Sarah se mêlerait à elles si Justine n'avait pas été à ses côtés. Elle se tourne vers elle.

– Je te montre les cuisines.

Elles retraversent la grande salle. Trois femmes crient le nom de Sarah en tambourinant sur leur écuelle avec leur cuillère. Sarah fait un geste pour qu'elles prennent patience. La cuisine est au centre de ce complexe. Elle ressemble à une cour couverte. Quatre sœurs épluchent des légumes, s'inclinent et posent la main sur leur cœur en voyant Sarah, qui les salue à son tour et présente Justine. De nouveau, elles s'inclinent en prononçant le « namasté » de bienvenue. Elles sont gaies. L'horreur qui les cerne ne semble pas avoir brisé leurs défenses. Pas l'ombre d'une angoisse, d'une peur sur ces visages. Pas l'ombre de ces sentiments violents qui traversent Justine en cet instant et qui l'ébranlent. Pas l'ombre d'une colère ou d'une haine contre ce résultat humain. Juste des yeux grands ouverts, des lèvres au sourire spontané, des bras musclés par le travail, des regards tendres.

Sur le feu, trois grosses marmites. Par terre, des bassines pleines d'écuelles sales. Sarah s'assied. Elle prend de la terre dans un pot et se met à frotter le métal. Justine s'assied à côté d'elle. Elle plonge sa main dans la même terre et se met à frotter. Elle se détend. Sarah ne parle plus, les sœurs épluchent une montagne de légumes en silence. Les images se culbutent dans son corps. Elle fixe les murs qui la séparent de cette souffrance et se met à réfléchir à toutes ces frontières qu'elle a traversées ces deux derniers jours et qui l'ont portée, sans cesse, plus en avant d'un elle-même aussi tragique que beau. Ses mains accomplissent le travail sans s'interrompre. Elles préparent l'âme au reste. C'est le mot qui lui vient, oui. L'âme. Cette force de vie invisible qui la retient ici parmi le pire spectacle que puisse offrir l'humanité. Car elle n'a jamais vu pire. Elle n'a jamais approché pire. Elle n'a jamais soupçonné pire. À la seule vision de ces mortes vivantes, toute sa douleur mentale s'est effacée, laissant place à cette vérité physique aberrante, porteuse d'une menace combien plus authentique, combien plus imminente soudain, combien plus réelle : la disparition du corps, sa dislocation, sa décomposition. Face à cet extrême, tous les lacs s'ouvrent. La nuit éclate. Il n'est plus question de couler, de plonger, de se taire au monde, mais seulement de résister à l'empoignement de la mort régnante. De résister, oui, avec des forces que Justine ne fait qu'entrevoir dans cette cuisine, assise par terre, entre l'eau et la boue. Mais dont elle sent ici même, au creux de son ventre, au milieu de l'intolérable, la beauté.

La vaisselle est terminée. Il faut maintenant préparer les plateaux repas. Sophia et Sharebani se sont jointes à elles. L'une est grecque, l'autre indienne. Celle-ci s'est approchée de Justine.

– Qu'est-ce que tu fais ce soir ?

– Ce soir ?

Justine ne peut cacher sa stupéfaction tant la question qu'on vient de lui poser lui semble irréelle. Ce soir, c'est si loin.

– Bon, tu n'as pas de plans, moi j'en ai. Alors tu nous attends à la sortie. On fête ton arrivée.

Sharebani se lève. Elle n'a pas laissé le temps à Justine de lui répondre. Sophia lui demande des couverts. Sarah lui tend un bol de lait bouillant et un pot de poudre.

– Tu rajoutes deux portions de Horlick et tu mélanges. C'est de la vitamine.

Justine s'exécute. Elle a chaud. La vapeur des marmites la fait transpirer.

Bientôt les plateaux sont prêts. Il faut les porter aux malades. Sarah en prend un.

– Pour l'instant, tu me suis. Tu m'observes. Pas la peine de te faire des frayeurs dès le premier jour.

Elles sortent de la cuisine. Passe un brancard sur laquelle est allongée une jeune fille rongée par la lèpre. Son regard est absent. Ses mains, ses pieds, ses jambes sont couvertes de plaies béantes d'où sort du pus. Justine s'est arrêtée, le cœur battant. Deux sœurs arrivent.

Elles se passent les cotons, puis les crèmes antibiotiques, les pansements. La jeune fille se laisse faire. Une multitude de poux dans ses cheveux. On les lui coupe puis on la lave, on la savonne, on frotte sa crasse, on la parfume. La fille les regarde faire. De ses yeux coulent des larmes. Elle ne peut pas parler mais son regard dit tout. Il remercie. Il ne cesse de remercier. Les sœurs lui passent une chemise de nuit, lui caressent le visage. Elles chantonnent une sorte de berceuse. Et la fille fait un effort surhumain pour tenir les yeux ouverts, pour ne pas les fermer. Comme pour garder le plus longtemps possible en elle cette vision d'un monde qui, pour la première fois, ne la méprise pas, ne la hait pas. Justine se fige. L'instant est si précieux. La fille bat des paupières et finalement s'endort. Les sœurs continuent de chanter. Elles ont compris l'angoisse de l'enfant à leur côté. Une enfant de quel âge ? se demande Justine. Une enfant de dix-sept ans, comme moi. Une enfant, oui, pas un adulte, une enfant démolie aux yeux grands ouverts.

Sarah est assise près de la femme manchot. Celle-ci a cessé de se balancer, elle ouvre la bouche pour recevoir sa nourriture. Justine s'approche. Elle n'est pas encore capable de toucher un tel corps. Il lui fait peur. Sarah tend la cuillère. La femme fait une grimace. Elle fait non de la tête. Sarah souffle sur la cuillère, essaie à nouveau. La bouche s'ouvre. Sarah sourit.

– Mala, je te présente Justine.

Leurs regards se croisent. Justine essaie de sourire. Mala se met à se balancer.

– C'est sa façon de te souhaiter la bienvenue.

Sarah tend une nouvelle cuillère. Justine s'assied sur le lit. De tous côtés, on mange. Certaines y parviennent toutes seules. D'autres ont besoin d'une aide. Près de Sophia, une femme très nerveuse. Plusieurs fois, elle jette sa cuillère par terre. Sophia va la rechercher, la lui redonne. Mais la femme la relance. Elle est hystérique. Au bout de dix minutes qui n'en finissent pas, elle se calme, elle ouvre la bouche. Elle n'a plus de dents. Pas d'âge non plus. Peut-être soixante-dix ans.

– Elle en a trente, figure-toi. Et la plupart ici n'ont pas la cinquantaine. Moi aussi, j'ai eu un choc en apprenant cela. La misère les a considérablement vieillies. Elles sont pourtant encore jeunes.

Justine scrute de nouveau un à un les visages. Ce que vient de lui dévoiler Sarah l'a stupéfiée. Pas une pourtant ne semble avoir moins de soixante ans. Elles ont perdu leurs dents, leur peau est toute fripée, des rides couvrent leur visage, elles n'ont plus de seins, plus d'épaisseur, plus de cheveux pour bon nombre.

– Et Mala ?

– Mala, elle en a vingt-cinq.

Justine se tait. Ses yeux croisent un instant ceux de la femme dont elle vient de parler. A-t-elle compris l'objet de sa question ? Une profonde tristesse s'est glissée au fond de ses pupilles. Sarah pose ses mains sur son ventre.

– Encore un peu, Mala, il faut que tu manges.

Elle a parlé en anglais mais a tâté le ventre, touché les os et montré le lait. Mala reste un instant les yeux fixés dans le vide puis ouvre lentement la bouche et Justine se demande au nom de quel espoir fou Mala vient d'exécuter ce geste qui laisse entrer la nourriture en elle. Au nom de quelle certitude ?

Les heures passent. Justine ne quitte pas d'une semelle Sarah qui nourrit, lave, soigne avec patience. L'heure du déjeuner arrive. Dans le grand dortoir, beaucoup dorment. Les sœurs et les novices se partagent un repas à la cuisine. Les volontaires ont droit à une heure de liberté. Justine se retrouve au soleil parmi l'encens et la foule. Derrière son dos, les corps immobiles, leur odeur. Elle descend les marches avec Sarah, Sophia, Marlène, et deux garçons bénévoles qu'elle ne connaît pas. Ils travaillent dans le secteur des hommes. L'un s'appelle Dave et l'autre Brian. Brian lève les bras au ciel et pousse un cri. Éclats de rires.

– Il fait toujours ça quand il sort, c'est sa façon de compenser.

Ils dévalent les marches. Le groupe l'entraîne vers un petit restaurant sikh dans une rue adjacente.

– Place à notre invitée, s'exclament Sarah et Dave. Tu te mets au centre.

Justine s'installe. Les ventilateurs tournent à fond. Tous prennent place autour d'elle. Les rires fusent. Dave se met à imiter l'accent indien, Sophia une danseuse, Sarah le gardien désagréable de la Salvation qu'apparemment tous connaissent. Justine les observe. Ils ont tout oublié du mouroir, de leur silence, de leur concentration. Les plats arrivent et on crie : hourrah ! C'est tout juste si une bagarre de boulettes de riz ne démarre pas. Sharebani parle de l'Amérique où elle a vécu. Sophia de sa tante grecque, une chanteuse. Dave, des putes en Thaïlande. Marlène, de son copain qui va arriver. Sarah, du Népal. Justine écoute. Par une sorte de contagion, elle aussi se met à rire quand Brian parle de son arrivée à Paris.

– Un chauffeur de taxi fou à lier qui parlait de tuer sa femme, un type à la réception de l'hôtel qui m'a presque demandé mon CV. Dans la rue, des gens qui ne voulaient pas me répondre quand je leur demandais mon chemin, sans parler d'un garçon de café qui s'est mis à m'insulter parce que je ne lui avais pas laissé de pourboire alors qu'il m'avait apporté un verre d'eau avec mon coca ! Quand tu viens de la Californie et que c'est ton premier voyage, tu te demandes si tu n'es pas tombé direct en enfer !

Sarah lui donne une bourrade.

– Il fallait venir en Savoie, mon vieux ! Là, je t'aurais cajolé ! Il n'y a que les Parisiens pour être comme ça !

Puis ils se mettent à parler de l'hospitalité indienne, de Gandhi, d'un film de John Boorman qui passe sur les écrans, des meilleurs samossas de la ville (grande dispute), des meilleures glaces du monde, de la violence à New York.

– Et toi, qu'est-ce que tu en penses, Justine ?

Mais elle ne peut que pouffer de rire.

– Moi ? Mais j'ai jamais été de ma vie à New York.

– Non, mais à nous entendre, tu donnes raison à qui ?

– Mais…

Sophia coupe court.

– Alors là tu exagères franchement, Dave ! Excuse-le, il est parfois lourdingue.

Et ils se remettent à rire.

Dave, pour se faire pardonner, propose une cigarette à Justine.

– Et si tu veux, un chewing-gum pour tout à l'heure !

Hurlements de convoitise. Marlène tape sur la table.

– Il en avait !

Et paf ! un verre d'eau dans la gueule. Et paf ! leurs rires qui reprennent, sous les yeux ahuris des Indiens.

Le repas prend fin.

Sur le chemin du retour, la petite bande s'arrête pour prendre un thé. Dave se met à réciter quelques vers en français qu'il sait par cœur :

Qui donc en nous voyage qui n'a vaisseaux sur mer ?
Vivre n'aurait-il sa fin ?
Que nul ne meure qu'il n'ait aimé !

Sarah s'incline.

– Dave, ta culture me surprendra toujours !

– Saint-John Perse, le poète, Dave Bradd son serviteur, pour votre plaisir, mesdames les Françaises !

Il fait une révérence et crie cette fois bravant du regard le mouroir.

– Que nul ne meure qu'il n'ait aimé, que nul ne vive qu'il n'ait aimé !

Montent les incantations vers le très haut ciel. Monte la fumée des feux. Justine passe la porte. La lumière éclabousse une dernière fois la foule. Valse de l'odeur. Valse des cris d'une malade qu'on ne parvient pas à calmer. Sarah s'approche d'elle avec de l'eau. Elle tente de lui parler. Justine est face au mur où pendent les tabliers. Elle respire par à-coups. Il lui faut quelques minutes pour apprivoiser de nouveau l'odeur. Deux novices la saluent. Elle s'incline. La folle s'est calmée. Elle traverse le grand dortoir. Une femme s'est laissée tomber. Justine la relève avec l'aide de Sarah. Elle ne pèse rien. La femme se débat.

– Elle est là depuis peu de temps. Elle a toujours dormi par terre. Elle n'est pas habituée au lit.

Sarah la recouvre d'un drap. Dans ses yeux, une expression de pitié intense.

– J'arriverai jamais à m'y habituer, même après tant d'années.

Crise d'asthme. Une dénommée Cécilia au très beau visage. Elle étouffe. Deux sœurs accourent avec de la ventoline. Les contractions cessent. Elle reprend vie. Justine commence à se déplacer seule. Elle apprend l'emplacement des placards où est stockée la lingerie. Elle apporte des draps propres à celle qui crache du sang. Sœur Maria Gloria lui désigne la porte d'un cagibi où l'on conserve les aliments. Pour atteindre le sucre, il faut monter sur un tabouret. Les malades en raffolent et souvent se lèvent la nuit pour en voler, même les plus gravement atteintes.

– Une nuit, lui raconte une novice, j'en ai trouvé une les mains plongées dans un sac de sucre. On la croyait paralysée des jambes ! Ce fut un sacré ramdam !

Vers quatre heures, arrivent les repas. Justine s'empare d'un plateau et décide de nourrir une femme que lui désigne Sarah.

– Elle est calme.

Calme, oui, mais si triste. Ses yeux ne croisent pas une seule fois ceux de Justine. Elle ouvre la bouche et la referme sans un mot. Ses bras pendent le long de son corps. Justine se tait, elle aussi. Elle contemple ce corps qui semble s'être tu depuis des siècles. Qui es-tu ? demande ses yeux. Qui es tu et quelle sorte de souffrance t'a réduite à un tel silence ? La femme termine son repas. Justine reste immobile un long moment. Elle sent qu'elle ne peut pas s'en aller comme ça. Sans un geste. Quelque chose d'indicible lui réclame un plus. Un plus dont elle est incapable. Elle se lève. L'écuelle tombe. Le bruit rebondit contre les murs. Justine se penche pour la ramasser et la pose sur le plateau. Elle se relève. La femme a gardé ses yeux fixes et vides. Si tristes. Justine bredouille un mot. Une sorte d'au revoir. La femme ne répond pas. Alors seulement, et peut-être par colère, par rage de ne pouvoir atteindre ce cœur-là, Justine prend la main de la femme et la baise.

– Je m'appelle Justine, murmure-t-elle, Justine.

Au contact de ces lèvres sur sa peau desséchée, la femme semble un instant sourire.

– Justine, répète-t-elle avec une douceur inouïe, Justine.

Il est six heures quand elle sort. Il fait noir. Elle reste un moment sur les marches à dominer le ballet de couleurs qui encerclent le temple. Elle a lavé, elle a balayé, elle a porté, elle a nourri huit heures durant. Son corps est épuisé, sa tête est vide, sa peau est comme abîmée. Mais elle sourit. Jamais la vie ne lui a semblé plus belle qu'en cette fin de jour. Un sentiment de victoire l'emplit. Elle a réussi, elle a tenu le coup. Elle a défié ce qu'il y avait de plus monstrueux en elle, de plus dur. Une terre désolée et sèche. Elle a affronté sa propre impuissance. Et pour la première fois de sa vie, elle s'est sentie utile.

Ce soir-là, Sharebani l'invite avec Sarah chez elle. Elle joue quelques morceaux à la guitare, raconte sa vie aux États-Unis et explique son choix de revenir vivre en Inde.

– Aucun autre pays ne lui ressemble. Je sais, Sarah, tu vas me parler des intouchables, tu vas me parler de la misère, de l'inégalité de la femme. Je sais, mais là-bas, je n'existais pas. Je ne respirais pas. Tout m'était étranger. Ici, je suis chez moi.

Sarah secoue la tête. Sharebani montre à Justine un petit Ganesh.

– Le dieu éléphant. Le dieu de la réussite. Je n'y crois pas et pourtant j'aime savoir qu'il est dans ma maison. Tout comme Siva, ou Visnu. J'ai beau être protestante, je suis fascinée par leurs statues, par leurs légendes. Le christ n'a pas autant de couleurs.

La soirée s'écoule. Sharebani apprend un morceau à Justine. Un air indien. Elle l'emmène dans un couloir et lui fait cadeau d'un sari.

– Il faudra que je t'apprenne à le mettre.

Justine se sent bien. Elle a tendu ses bras pour recevoir le tissu bleu pâle.

– Si tu voyais ton sourire, Justine ! s'exclame Sarah.

En rentrant, elle trouve un petit mot de Caroline : « Nous partons ce soir et serons de retour au mois de février ! Qui sait, tu seras peut-être encore là ! Bisous et bonne chance.

NB : Au consulat, Vincent ne parle que de toi, tu es célèbre ! »

Avant de s'endormir, Justine sent couler sur ses joues un flux de larmes. Elles ne sont pas de douleur. Dans le noir elles glissent, chaudes. Aucune détresse en elles. Un simple dénouement dont Justine est le centre. Telle une chevelure qu'on défait.

Le lendemain et le surlendemain, Justine est là. Elle se présente à la porte et entre sans plus hésiter. L'affrontement qu'elle vit dans ces lieux, elle a compris qu'elle ne pourra jamais le vivre ailleurs. Son instinct lui a fait entendre qu'il est à prendre maintenant ou à laisser pour la vie. Et Justine a fait son choix. Elle aime ce qu'il touche en elle, ce qu'il bouscule, ce qu'il balaie. Jamais personne n'a su être assez fou pour elle, assez fort pour la jeter, nue, en une telle expérience de vie, de mort. Qui donc aurait pu croire qu'un tel renversement de ses forces puisse l'amener à un tel désir de les retrouver plus neuves, plus belles, plus intactes ? Qui donc aurait pu imaginer que la vision d'un tel anéantissement de l'être puisse, si paradoxalement, l'emplir, elle, Justine, d'une matière si composée d'existence ?

Chaque jour, Khalighat le mouroir s'abat sur elle avec la force des moussons, et chaque jour elle en sort plus souveraine, plus heureuse.

Ses mains touchent la peau fripée d'une hystérique et l'enduisent de crème, ses doigts pétrissent la pâte qui va devenir le pain, ses bras soulèvent une femme paralysée qui a basculé. Elle, Justine, se meut à travers leur maladie, leur fureur, leur blessure et ses yeux absorbent leur réalité avec tous les jours un désir de vivre plus grandissant.

Dave, Brian, Sharebani, Marlène, Sophia sont devenus des familiers. Sarah, un peu plus, mais elle ne sait comment l'exprimer, comment le dire.

– Je voudrais être comme toi.

– Comme moi ? Mais qu'est-ce que j'ai de si particulier ?

– Tu as que… je ne sais pas. Quelque chose.

« 30 septembre 1987.

Aujourd'hui, en sortant du mouroir, j'ai regardé la foule. Jamais je n'ai regardé le monde avec ces yeux-là. C'est comme si je n'étais plus une étrangère. Comme si, tout à coup, j'étais parmi eux, avec eux. Eux tous. »

Dimanche 4 octobre. Elle attend Vincent qui doit l'emmener avec Sarah visiter le Marble Palace, un monument de Calcutta. La rue est calme, le gardien à moitié endormi. Sarah n'arrive pas et Justine s'impatiente.

– Alors, comment va la super Justine !

Justine se retourne. C'est Déborah. Elles se sont à peine vues depuis leur rencontre.

– Oh ! pas la peine de le cacher. Tout le monde dit que ce que tu fais à Khalighat c'est formidable. De toutes façons, ça ne m'étonne pas. Tu ne peux pas savoir combien tu m'as fait du bien, l'autre jour. Heureusement que tu étais là, tu sais.

Justine est tellement gênée qu'elle détourne son visage. Elle a l'impression que Déborah a parlé de quelqu'un d'autre. Elle ne sait comment prendre ce flot de compliments.

– Ce soir, on dîne chez le Chinois. Deux Australiens viennent d'arriver. Tu nous rejoins ?

– D'accord.

– Bon, je te laisse à tes amours, fait Déborah rieuse.

– Ce ne sont pas mes amours, Déborah. Ne redis jamais ça !

Déborah s'immobilise. Justine a parlé avec violence.

– Désolée, j'ai dû rater une marche.

– Une marche, oui. Une putain de marche.

Déborah est décontenancée.

– Je suis désolée, Justine.

– Laisse-moi seule, va.

Déborah la quitte. Justine est restée à la regarder s'éloigner. Elle voudrait pouvoir crier son nom, s'excuser, se justifier, mais une haine sourde pour la petite silhouette qui n'est plus qu'un point l'emplit. Impossible d'arrêter son cours. Impossible de tendre ses bras. La haine gagne tandis que le sang des mots prononcés saigne dans sa chair libérant une formidable douleur. « Déborah », crie la voix à l'intérieur d'elle-même, je te hais pour la souffrance que tu viens de me donner, je te hais pour la haine que je sens pour toi, je te hais pour cette haine que je ne peux surmonter et que tu viens de rappeler à ma mémoire.

Mais la chaleur vient à bout de son tourment. Elle fait transpirer son corps, la haine s'apaise aussi brutalement qu'elle est venue et Justine retrouve possession de ses sens.

Quand Sarah vient à sa rencontre, elle est encore bouleversée, mais elle ne montre rien. Vincent arrive et, sitôt dans la voiture, elle colle son visage contre la vitre sans dire un mot. Une grande tristesse l'a gagnée. Elle a cru naïvement que l'ancienne vie était morte à jamais. Ce relent de douleur, cette haine foudroyante lui révèlent le contraire. Tout stagne encore, son pourrissement, et ce constat imprévu fait table rase de la victoire qu'elle croyait déjà avoir remportée.

Et tandis que la Renault 5 bleue de Vincent se fraie un passage dans le vivat des foules, transportées de joie à la vue de l'engin, véritable incarnation du rêve occidental, la voix qu'elle n'entend pas scande derrière les murs :

« Pour la première fois de ta vie, tu n'as pas coulé avec la douleur. Cette haine, c'est l'arme que tu as trouvée pour te battre. Rien d'autre. C'est le début de ta force. Le premier cri de ta naissance. »

Marble Palace. Les grilles s'ouvrent sur les façades d'un vieux palais XIXe entouré d'un jardin dont on ne voit pas le bout. Vincent a présenté sa carte de visite. Le monument est exceptionnellement fermé ce mois-ci mais, pour un membre du consulat français... L'Indien s'est incliné trois fois et leur a fait gravir les marches rongées par un lierre florissant. Dans l'attente de celui qui va les recevoir, il les fait patienter sur un sofa au velours rouge, seul meuble d'ailleurs de l'immense pièce au centre de laquelle la statue d'un jeune cupidon lance sa flèche d'amour. Leurs pieds flottent dans l'air tant les pieds du sofa sont hauts. Au plafond, des mosaïques effacées, miroir d'un marbre vénitien qui parcourt le sol craquelé. À droite, le jardin se devine, à travers la large fissure d'une très haute porte noire.

À gauche, un patio longé par une galerie et où des oiseaux volent à leur aise. Chant d'une fontaine.

Les deux battants d'une porte en bois s'ouvrent. Un Indien fumant la pipe et tenant entre ses doigts une tasse de thé apparaît.

– Je suis très honoré par votre visite, s'exclame-t-il et je vous prie de m'excuser par avance de ne représenter en ma personne que le fils du propriétaire de cette demeure.

Vincent se lève et se présente. Puis Sarah. Puis Justine.

– Vous avez de la chance de tomber sur quelqu'un. L'endroit est souvent désert. Je ne profite du lieu que pour y jouer un peu de cithare et y recevoir des amis. Voulez-vous m'entendre ?

– Avec plaisir.

Il les fait entrer dans une chambre qu'un vieux lit à baldaquin occupe aux trois quarts. Sur un bureau Louis-Philippe, des encriers, des presse-papiers de collection.

– Je vous en prie, asseyez-vous.

Un boy, d'une onzaine d'années, vient discrètement leur servir du thé accompagné de biscuits. Sur un signal de son maître, il arrête les ventilateurs.

– Permettez-moi, le temps que je vous joue quelques airs.

L'air est lourd. La pièce sent le bois. L'homme entame un morceau de musique en fermant les yeux. Il a croisé ses jambes et accompagne le rythme de ses doigts par des mouvements de tête. La plainte du vieil instrument emplit la pièce. Elle étonne Justine tant elle dure, tant elle ne semble cesser. Il n'y a en elle ni début ni fin mais un continuel flux de tensions, de larmes, d'espoir qui la relance et la porte telle une onde infinie à travers la chambre… Comme s'il n'y avait pas d'histoire mais un seul et même mouvement perpétuellement remué par les mêmes drames, les mêmes émotions, les mêmes sentiments, en un éternel recommencement que ni l'homme, ni Dieu, ni les étoiles ne sauraient arrêter…

L'homme cesse de jouer.

– Je vous suis infiniment gré de votre écoute.

Il demande au gamin de remettre les ventilateurs en marche, lui remet un grand trousseau de clefs et les congédie poliment. Ils se retrouvent tous les trois silencieux derrière ce très jeune garçon tout habillé de blanc, pieds nus, émergeant tout droit d'une autre époque.

Lentement et au fur et à mesure les portes s'ouvrent. La première pièce qu'ils découvrent est ronde. Une gigantesque statue de la reine Victoria diffuse son ombre en son centre. Elle se tient comme un ange prêt à se battre. Un vase de Chine aussi haut qu'eux la contemple. Difficile dans cette pénombre d'en distinguer les couleurs. Deux portes sont ouvertes mais cela ne suffit pas. Le soleil entre et frappe le sol illuminant un faible espace qui laisse le reste dans l'ombre.

La seconde salle est très grande. Ici aussi il fait très sombre. Deux miroirs d'au moins trois mètres de haut se font face et démultiplient l'espace à l'infini. Les colonnes qui les soutiennent font penser à des accessoires hollywoodiens de la gamme la plus romantique. Au plafond, un lustre de cristal. Sur les tables, des coupoles en verre incrustées d'émail et de pierres précieuses, des couples de bergers et de bergères en porcelaine. Dans un coin, une minuscule statue de Napoléon Bonaparte cernée de figurines de soldats en bronze et de sculptures de chiens de chasse. Vases de Chine dans tous les recoins, service à thé, objets précieux... Les fauteuils, les banquettes, les sofas sont recouverts d'un vieux plastique. Au travers des fissures des persiennes, Calcutta au loin avec ses fumées noires, son linge pendu aux fenêtres et sa foule qui se meut comme un vent, un vent extraordinaire...

Le vieil escalier craque. Pour regarder les tableaux de cette troisième pièce, il faut s'approcher à moins d'un mètre. On y découvre des familles anglaises victoriennes imitant les poses royales en compagnie de leur jeune descendance aux joues rouge vif. Scènes de chasse à courre, scènes de courses de chevaux.

Avant de les faire pénétrer dans la quatrième salle, le boy se tourne vers eux.

– Il y a une surprise là

Il pousse les deux battants de bois qui grincent. La lumière jaillit et il s'exclame dans un accent des plus difficiles à comprendre et avec le même enthousiasme qu'un autre aurait crié « But ! » :

– Un Rubens !

Justine ne sait de quoi il parle mais, à la tête de Vincent, elle comprend immédiatement qu'il s'agit de quelque objet de grande valeur. Le boy traverse la salle dans sa longueur et vient se planter devant un tableau avec fierté.

– Le voici !

Justine s'approche. Le tableau est si abîmé qu'on ne peut même plus discerner les visages de ceux qui ont posé. Il est rongé par l'humidité et la poussière, ses couleurs sont passées. Ici et là seulement, quelques traces de ce qu'il fut un temps : l'image d'une magnificence…

Ils atteignent le patio. Une charmante galerie à colonnades le contourne. Un filet tendu aux quatre coins de l'espace ouvert empêche une centaine d'oiseaux de s'évader. Ils volent ainsi à travers les rayons de la lumière du jour, se jetant parfois dans la fontaine centrale d'où jaillit l'eau, piaillant, s'ébattant, roucoulant, offrant à l'œil un spectacle d'une incomparable beauté.

Puis de nouvelles portes s'ouvrent sur la salle d'attente, véritable grenier vivant où l'on a entreposé mille objets : des bacchus, des miroirs, des tapis rouges roulés étouffant de poussière, des tableaux délavés, des banquettes au velours usé, des armes, des bijoux cassés, des boîtes en marqueterie, des échiquiers, des tables vénitiennes, un buffet Louis XIII, des livres dévorés, un piano sans âge et, tout là-haut, trois superbes lustres jaunis qui aplatissent la pièce tant ils sont larges et lourds, surplombant ce monde avec une fierté digne de tout ce siècle mort. Ce siècle oublié. N'y manquent plus que les toiles d'araignées et la présence de spectres…

Avant de partir, le boy leur fait signer un livre d'or et leur désigne une table vitrée où des lettres sont exposées.

– Peut-être des lettres de la reine Victoria, allons voir, propose Vincent.

Quel fou rire quand il découvre un book de football avec la signature de sportifs venus ici en 1971 pour un match !

Bakchich pour le boy qui réclame davantage. Sarah rajoute cinq roupies. Son visage devient radieux. Ils sortent par le jardin où ils découvrent un petit zoo. Singes, biches, autruches... Odeur de fleurs et de palmiers.

– J'avais oublié ces parfums, murmure Sarah.

La grille se referme sur eux.

– Adieu ma solitude ! s'exclame Vincent, adieu tous les silences.

Ils s'engouffrent de nouveau dans la voiture que deux Indiens ont lavée avec soin pendant leur visite. Seule Justine n'a pas dit un mot. Le monde qu'elle vient de traverser l'a profondément troublée. Il est venu l'habiter sans qu'elle en prenne tout de suite conscience. La cithare tout d'abord, le chant de sa vision du monde, de son déroulement, puis ces pièces traversées en silence parmi le désordre, la poussière, l'abandon et la splendeur. Mémoire d'un temps de fêtes, d'un temps de gloire et d'insouciance... Rien d'aussi étranger et pourtant d'aussi familier à son être que cela. Il y a ici l'essence d'un elle même. Là, dans ces salles où les miroirs seuls se souviennent de ce qui fut sans doute un songe. Un songe solide et doux. Oui, Justine se retrouve. Chacun de ses pas l'a amenée au fin fond de sa mémoire quand les maisons tenaient encore debout, quand les fêtes acclamaient l'été, quand les familles parlaient à table sans se soucier des pluies, des neiges, quand Pierre lui tendait son amour... Ses doigts ont touché la poussière cherchant l'ancien éclat. Ses yeux ont contemplé. Demeure si vaste ! Elle a longé les corridors, traversé les parquets, franchi les marbres, les parterres de faïences. Et le monde intérieur en elle s'est agrandi, élargi, dévoilant pour la première fois l'immensité de son territoire, l'ampleur de son espace. Me voilà, lui a-t-il soufflé à chacun de ses pas. Me voilà, moi qui te contiens, moi qui t'ai faite. Telle est ma terre. Et sache-le : un seul voyage ne suffit pas pour la connaître, la route est longue. Combien de temps crois-tu qu'il faille pour traverser à la nage tous les fleuves du monde ? Tous les fleuves de peau, d'écaille et de sang tous les fleuves de boue et de ciel tous les fleuves prisonniers, tous les fleuves libres ? Qu'importe ! s'entend soudain crier Justine. Qu'importe ! tout ce que je sais, c'est que cette immensité, moi, me délivre ! Cette immensité me donne soif et soudain me fait patience.

Pluie.

Dans la voiture, Sarah et Vincent entament en chœur des chansons d'enfant. Ils crient à tue-tête.

– Allez, Justine, chante, merde, il faut que les dieux s'arrêtent de pleurer !

– C'est un ordre ! s'exclame Sarah en riant, nous devons agir avant que le monde entier ne se noie !

Torrents d'eau... Calcutta de nouveau victime de la folie dévastatrice du ciel.

– Le bon roi Dagobert...

Ils chantent, hurlant contre le bruit infernal des gouttes qui s'abattent en puissance sur la carrosserie. Ils chantent, tandis que partout autour d'eux le déluge semble menacer toute fondation, tout équilibre... Et leur voix se met à contenir autant de puissance, autant de barbarie que les cris de la tourmente, et leur joie autant de férocité, leur volonté autant d'acharnement à reconstruire en lumière ce que la tourmente, elle, détruit sous leurs yeux, implacable, par les eaux...

Le soir même, Justine se décide à se rendre au restaurant chinois. Elle doit parler à Déborah, tenter de lui expliquer son attitude de ce matin.

Elle pousse la porte. Cris d'exclamation. Déborah se lève et secoue la tête.

– J'ai perdu !

Justine la regarde, étonnée.

– Je viens de parier vingt roupies avec Sarah que tu ne viendrais pas ! J'étais sûre que tu m'en voulais ! Sarah a gagné.

Durant tout le dîner Justine ne parvient pas à atteindre Déborah qu'un type accapare. Il lui parle de Beyrouth, de son boulot de médecin là-bas, de la guerre. Tous le questionnent. Ils veulent savoir, ils veulent comprendre. Et, trop heureux de goûter à l'importance que cette assemblée inespérée lui donne, il répond, cherchant dans ces mots ce qui pourrait le plus choquer, le plus provoquer l'admiration générale. Il y réussit brillamment. Justine le déteste. La fin du repas arrive. Déborah est rêveuse. Justine s'approche d'elle.

– Déborah, comment pouvais-tu être si sûre que je ne viendrais pas ce soir ?

Déborah soupire.

– Tu sais, Justine, avec toi, on ne sait jamais trop quoi penser. Tu ne montres rien.

– Qu'est-ce que tu veux que je montre ?

– Ce que tu es, bon sang Justine ! Ça fait du bien quand quelqu'un partage, quand quelqu'un se donne. Moi, j'en ai besoin. Ce matin, j'ai cru que tu me haïssais. J'ai pas compris pourquoi. J'avais rien dit de mal. J'étais dans tous mes états. Et puis, ça change et... je sais pas, moi, je devrais peut-être pas te dire les choses comme ça. Mais tu me le demandes. Tu comprends ?

– Donne-moi un litchi.

Déborah la dévisage. Justine tend la main et porte le fruit à sa bouche. Le fruit glisse dans son corps, entraînant les larmes tout au fond. Elle se tait.

– C'est tout ce que tu trouves à me dire ?

– Ce soir, oui.

Déborah. Parce que je n'ai pas de mots pour t'expliquer ce silence, cette haine qui sont entrés en moi comme des couteaux, des gifles, pas de mots, non, aussi bien pour toutes ces années depuis lesquelles tout ça existe en moi que pour la mort de mon Pierre, une mort pourrie, Déborah, aussi pourrie que ce silence, que cette haine... Aussi con.

Dans la rue noire, Sarah et Justine marchent en silence. Corps endormis sur des cartons, une fillette de trois ans, les yeux grands ouverts. Chiens errants.

– Tu as repris ton air triste, Justine, ça ne va pas ?

Justine hausse les épaules. Elle désigne les endormis.

– J'ai pas le droit de me plaindre.

– Mais tu es triste.

Justine ne répond pas.

– Écoute, reprend Sarah, ça va te sembler bête ce que je vais te dire mais je veux que tu l'entendes. À ton âge, je ne savais ni lire ni écrire et c'était pour moi un terrible poids. Le garçon dont j'étais amoureuse était bien éduqué. Il ne me regardait pas. Ce fut une période très douloureuse. Mes idéaux ne correspondaient pas à la personne que j'étais. J'ai souvent perdu espoir, pensant que rien ne changerait jamais et que je souffrirais toute ma vie en silence de ce trop grand espoir en moi. J'ai haï la vie. J'ai pleuré. Je croyais la vie courte. Courte, oui. C'est comme ça que je me la figurais. Elle fut bien plus longue que je ne pouvais le penser. Si longue même. Et j'ai fini par apprendre. Pas tout, bien sûr, mais suffisamment pour me sentir bien dans ma peau. Sans honte. Tu comprends ?

Lundi matin. Retour à Khalighat. Sueur, ventilateur, sueur... Odeur. Trois lits vides. Une femme a pissé sur elle. Justine change ses draps et sa chemise de nuit. Sarah apporte de l'eau. À trois mètres d'elle, des sœurs entourent un lit et prient. Un long râle sort du pauvre corps de la femme qui va mourir... Combien de minutes lui reste-t-il à vivre ? Sarah la regarde :

– J'espère que j'aurai quelqu'un auprès de moi quand je mourrai.

Justine lève ses yeux vers elle.

– Tu sais, je ne suis plus toute jeune, Justine. Je pense à ma mort parfois.

Elle lui tend la main. Mais Justine s'est levée d'un bond. Elle traverse la salle en courant, s'engouffre dans celle des incurables. Elle pousse la petite porte, jet de soleil, et s'assoit sur les marches la tête dans ses mains.

– Justine !

Sarah s'assied à côté d'elle.

– Excuse-moi, je ne voulais pas te faire du mal.

– Je ne veux pas que tu meures, Sarah, je ne veux pas.
Sarah sourit.
– Tu sais, ça me fait plaisir que tu me dises ça.
– Moi, ça me fait mal.
Sarah prend son temps pour répondre.
– Redis-le.
– Ça me fait mal.
– Encore.
Justine la regarde avec violence.
– Ça me fait mal, ça me fait mal, ça me fait mal, oui, et je pourrais le dire cent fois parce que c'est vrai.
– Et moi, Justine, ça me fait du bien parce que c'est comme de me dire que tu m'aimes un peu et je pourrais le redire mille fois.
Elles se regardent. Justine a gardé son air violent. Sarah l'imite. Elles restent ainsi face à face une minute. Et soudain c'est le fou rire. Sarah la première. Justine n'y résiste pas. Un fou rire mêlé de leurs larmes à toutes les deux et que la foule au pied des marches prend pour la faveur des dieux.
Qui d'autre, en effet, que l'aimé des dieux peut ainsi rire parmi l'odeur de la mort et de la pourriture ?
– Allez, on y retourne, on a laissé Jemmu à moitié nue !
Un drap recouvre la morte. Jemmu ne cesse de la contempler et de toucher son front de ses mains en se lamentant. Sarah lui apporte un lait chaud sucré. La boisson miracle. En un instant elle a oublié son angoisse et avale son bol avec des yeux pétillants de plaisir.

Triage des médicaments périmés. Pas question de les jeter, des malheureux s'en serviraient ou iraient les vendre pour en tirer quelques roupies. Trois nouvelles de passage. Des Allemandes qui ont connu Khalighat en 1985. Elles sont sérieuses et Justine ne les aime pas. De vraies premières de la classe. Impossible de rire avec elles.

À l'heure du déjeuner, Justine accompagne son groupe habituel agrandi d'un nouvel arrivant : Joseph. Il porte un bandeau sur la tête et deux boucles d'oreille. Il est américain et vit à Chicago. Dave et Brian sont toujours là. Brian fait la cour à Marlène et tout le monde s'en aperçoit, sauf Marlène. Dave soulève les grandes questions et Sophia le regarde, fascinée. Tout le monde s'en aperçoit, excepté Dave. Sarah, dans un coin, raconte son premier souvenir d'enfance. Sharebani et Justine l'écoutent.

– J'avais six ans et demi. J'aidais ma mère à traire une vache. Dans l'embrasure de la porte de l'étable, une ombre humaine apparaît. C'était le 3 octobre 1918. Je pousse un hurlement.

– Maman, l'ennemi, l'ennemi !

Ma mère se met à crier. Je prends alors un râteau qui traîne et je le brandis devant l'homme en signe de menace. J'avais déjà un sacré caractère. Mais l'homme fait un pas dans l'ombre. Je reste immobile, le cœur battant. Avec mon imagination délirante je nous voyais déjà découpées en morceaux. Derrière mon dos, ma mère s'était mise à prier. Soudain, l'homme tend ses bras vers moi. Je recule d'un bond.

– Je suis ton père, me dit-il, tu peux lâcher ce râteau.

Ce que j'ai fait aussitôt pour m'enfuir à toutes jambes laissant ma mère en pleurs. Quelle frousse !

– Et après ? demande Justine.

– Après ? Il a gardé le râteau jusqu'à la fin de sa vie.

– Ah bon ?

– Oui, figure-toi, et à ceux qui s'étonnaient de le voir ainsi accroché dans son salon, il disait en le désignant : voici la plus belle émotion de ma vie.

Justine tente à son tour de se souvenir. Mais aucun souvenir de fête ne surgit en elle. Le souvenir est comme un os brisé.

Sur le chemin du retour, Sophia s'arrête chez un tailleur qui lui prend ses mesures.

– Je ne veux pas rentrer chez moi sans un sari.

– Tu pars ? s'exclame Joseph

– Oui, lundi prochain.

La réponse trouble Justine. Cambrin réapparaît devant elle avec son ciel minable, ses rues. Rentrer ! C'est impossible. Rien en elle ne le veut. Une angoisse intense l'envahit. Rester ici, sinon crever. Ici, dans cette ville. Dans cette Calcutta qui la fait transpirer, vibrer jusque dans ses poings, tel un sang nouveau.

– Sarah ? murmure-t-elle, je dois te parler.

Sarah s'écarte du groupe et vient vers elle. Justine sort son billet d'avion…

– Est-ce que je peux changer la date de mon retour sur ce billet ?

Sarah ne se donne même pas la peine de prendre le billet.

– Tu veux rester plus longtemps ?

– Réponds-moi d'abord, est-ce que…

Mais Sarah rigole.

– Justine, deux leçons. La première : dis-toi bien que, en Inde, si tu as des roupies, tout est possible. Pour la deuxième, voyons voir.

Elle prend le billet dans ses mains et l'examine.

– Bon, tu vois là ? Il est indiqué « date du retour à confirmer trois jours avant le départ ». J'en conclus que si tu ne confirmes pas, tu ne pars pas. Cela revient à dire que tu peux faire le choix. On téléphonera à Dom Dom pour s'en assurer. Ça m'étonnerait qu'ils t'embêtent. Sinon, un petit bakchich et adieu les complications !

– Adieu la France, surtout.

Cinq heures du soir. Dans la grande salle, une femme nouvellement entrée interpelle Justine. Celle-ci s'approche et s'assied sur son lit. La femme a les yeux de la folie. Justine essaie de lui faire mimer ce qu'elle désire.

– Boire ? Manger ? Médicaments ?

Mais la femme passe ses mains sur son visage et secoue la tête. Justine fait un mouvement pour se lever. Il n'y a rien à faire. Soudain, les deux bras de la femme se referment sur elle et l'enserrent. La surprise lui fait pousser un cri. La femme se met à pleurer contre son épaule. Justine se raidit. La femme hurle. Une novice arrive et dégage Justine de l'étreinte.

– Va lui chercher du thé, dit-elle

Justine traverse la salle. Les hurlements se font plus forts, plus violents. Marlène la croise et l'interroge du regard.

– C'est ma faute, elle voulait seulement pleurer. J'ai eu peur.

– J'ai des bonbons, tu en veux ?
– Tiens, oui, ça va me faire du bien.

En sortant, ce soir-là, Justine trouve Joseph qui discute avec un musicien de rue. Il l'invite à boire un thé.

– Quand je pense qu'à Chicago il fait 0°C ! J'ai lu ça dans le journal.

– Qu'est-ce que tu fais là-bas ?

– Devine.

– Étudiant ?

– Non.

– Infirmier ?

– Non.

– Je ne sais pas, je donne ma langue au chat.

– Chanteur d'opéra.

Justine reste interdite.

– C'est une blague !

– Mais non, je te le jure.

– C'est ton métier ?

– Oui, j'en vis. Je suis membre de l'opéra de Chicago.

Mais Justine se met à rire. Un chanteur d'opéra ici, au mouroir !

– On parie ?

– On parie.

– Dix roupies.

– Marché conclu.

Et sans qu'elle ait le temps de réaliser ce qu'il fait, il écarte la foule et se juche sur une boîte en fer. Il frappe dans ses mains, formant immédiatement un cercle autour de lui.

– Mesdames, Messieurs, je vais vous chanter ce soir *Carmen* !

Il prend son souffle. Les gens le regardent, amusés. Les Blancs ont de telles extravagances… Mais, dès les premières notes, sa voix s'avère si puissante qu'elle impose à trente mètres à la ronde un silence de réelle stupéfaction. Toute la place se tourne brusquement vers lui : prêtres, pèlerins, mendiants, vendeurs, gamins, femmes, tous cessent instantanément leur activité. Ils n'ont jamais de leur vie entendu chose pareille ! C'est l'ahurissement général. En moins de dix secondes, c'est une véritable arène de spectateurs qui les entoure. L'Indien qui sert le thé s'empresse de faire asseoir Justine avec les marques de la plus grande révérence et Joseph, trop satisfait de ce succès inespéré, se lance avec encore plus d'ardeur dans de nouvelles mélodies. Justine est aux anges. Quel fantastique pouvoir ! Deux Indiens sont déjà venus lui offrir des guirlandes et des biscuits. Quand la voix de Joseph cesse, on peut entendre le silence flotter sur toute la place. De partout, on s'incline, on s'approche pour le toucher, le féliciter et partir en courant. Les enfants, bouche bée, l'observent, mi-effrayés, mi-fascinés. Un tout petit ose avancer et tend sa main vers lui. Joseph l'embrasse. Le petit fait un bond en arrière. Éclats de rire. Sa mère le soulève et sourit. On congratule Justine du mari incroyable qu'elle a. De sa magie. Et elle remercie chacun, jouant son rôle avec une joie qu'elle a rarement eu le plaisir de goûter. L'allégresse est à son comble quand la foule découvre que Joseph accepte de signer les papiers qu'on lui tend. On lui présente alors des coupures de journaux, des images saintes, des bouts de tissu, la paume de la main... Joseph n'aura jamais eu autant d'admirateurs, Justine autant de compliments...

Il est sept heures quand ils partent. Le quartier a repris ses habitudes. Derrière eux, les grandes fumées du temple et l'ombre du mouroir, tels deux réceptacles nocturnes, vases de prières et de liturgie.

Mercredi 21 octobre. En entrant dans le mouroir ce matin, Justine croise deux brancards que l'ambulance attend. Deux morts. Du côté des femmes, la petite brûlée va mieux. Elle a prononcé son nom : Joona. Ses parents sont morts il y a longtemps. Elle a vécu dans la rue par elle-même. Sa brûlure provient d'un accident. Justine reste auprès d'elle. Joona lui fait du bien. Elle a le rire facile. Il suffit de faire une grimace. Dès qu'elle pourra se lever, elle sera transférée au Shishu Bavan, centre pour les enfants. Et qui sait, un couple comme celui de

Hans et Isabelle que Justine a rencontré le lendemain de son arrivée viendra peut-être la prendre et l'aimer… Justine voudrait être un peu plus vieille. Joona lui plaît infiniment. Elle a du courage, elle est maligne. Elle aimerait pouvoir lui dire : « Quand je partirai, tu viendras avec moi. » Juste cela. « Quand je partirai, tu viendras avec moi. »

Vers dix heures du matin, Justine va fumer une cigarette dehors. Un volontaire est assis sur les marches. Il lui tourne le dos. Elle s'assied à côté de lui. Il a l'air très tourmenté. Justine ne dit rien. Il se tourne vers elle.

– Ce n'est pas comme dans les films, murmure-t-il.

Justine approuve, elle partage son silence.

– C'est mon premier jour.

Il soupire.

– Tu veux pas déjeuner avec moi tout à l'heure ?

– Si tu veux.

– Je m'appelle Ivan.

– Moi, c'est Justine.

Elle regarde la foule. Elle ne pense pas à la jeune femme estropiée, ni à celle qui a essayé de la mordre il y a deux jours dans un accès de rage, ni à celle qui vomit tout ce qu'on lui donne. Elle pense à celui qui est à côté d'elle et qui a l'air si perdu. Elle pense à la fête qui se prépare sous ses yeux. Aux vendeurs de thé qui décorent leur bassine. Aux guirlandes de lumière qu'on accroche avec précaution sous les toits des boutiques.

– Bon, bien, à tout à l'heure.

– Oui, à tout à l'heure.

Elle l'a emmené dans un petit boui-boui qu'elle aime bien et où les autres ne viennent pas souvent. Il a peut-être vingt-cinq ans et ne manque pas d'allure. Il a commandé un poulet byriani et un thé. Il est nerveux.

– J'avais besoin de parler à quelqu'un. Je n'avais jamais vu la mort avant. Ça m'a bouleversé. Et puis cette odeur… Rien ne se passe comme je l'avais prévu. J'ai tout plaqué en Belgique. Là-bas, je faisais des grands discours, je voulais changer le monde. Je suis parti en critiquant tout le monde. Je… j'y croyais. Mais là, c'est trop. C'est horrible. Ça pue.

Justine ne sait pas quoi dire. Il tâte son riz du pouce et la regarde.

– Comment tu fais pour supporter ?

Comment fait-elle, oui, pour supporter ?

– Moi, je n'en suis pas capable, dit-il.

Il se met tout à coup à pleurer à grosses larmes. Justine est décontenancée. Il pleure, tête baissée, en reniflant.

– J'ai tout raté, tout. Qu'est-ce qu'ils vont dire quand je vais revenir ?

– Ils vont dire que c'est courageux d'avoir essayé.

Justine, en disant ces mots, pose sa main sur son épaule. Les larmes coulent. Ivan se vide. Justine laisse sa main appuyée sur lui jusqu'à ce qu'il se calme. Elle se sent prise d'une grande tendresse.

– Tu vois, Ivan, commence-t-elle à dire d'une voix douce, tu n'es sans doute pas capable de travailler au mouroir. Et moi, si. Mais ce que tu fais là, moi j'en suis incapable à mon tour.

– De quoi, Justine ?

– De pleurer, tout simplement.

Ce soir-là, Sarah lui propose de l'emmener à l'office de l'Adoration chez les petites sœurs à la maison mère. Justine accepte. Elles sautent dans un bus et traversent le centre de la ville. Le soir tombe. La vie grouille. La rue où l'emmène Sarah est courbe, c'est une rareté à Calcutta. Elles s'arrêtent devant le n° 64. Sarah donne deux coups dans le portail vert métal. La porte inférieure s'ouvre. Une novice les fait entrer. Pas un mot d'échangé. Juste un sourire. À l'intérieur, un patio rempli de voiles blancs qui piétinent la pierre chaude de leurs sandales. Une pancarte sur la droite pour souhaiter bonne chance à celles qui ont rejoint le paradis… Pas de décorations. Quelques statues de saints…

Sarah fait un signe à Justine.

– C'est là haut que ça se passe.

Mais le silence est déjà là. Comme une odeur. Un fruit. Un lait.

L'escalier craque un peu. Dans la salle-chapelle une vingtaine de silhouettes agenouillées en silence. Des femmes toutes vêtues de blanc. Pas de sièges, pas de vitres, pas de portes… Un sol nu comme un lac. Un autel, une croix, sept bougies. Une chaleur étouffante. Pas de vent. Juste le silence et le ballet des phares lointains giclant sur le sol, dérapant sur les murs, projetant ci et là des ombres démesurées, des ombres folles, ardentes…

Justine s'appuie contre le mur. Elle ferme les yeux. Elle descend tout au fond de sa fatigue. Au-delà du boucan de la ville, de sa sueur. Elle s'assied au fond de cet elle-même impalpable et elle y reste comme on reste parfois assis des heures sur le lit de nos chambres. À ne penser à rien. À ne désirer rien. À n'être que cela et rien d'autre. Ni même l'écho du monde avec ses cris, ses morsures. Ni même le chant des oiseaux.

Pour rentrer Sarah décide de marcher. Il y en a pour trente à quarante minutes et Justine pourra découvrir ce quartier musulman qu'elle ne connaît pas encore. Ici les graffitis au mur sont en arabe. Le long des rues : vendeurs de Coran et d'autres livres saints, joueurs de caroms, marchands de cerfs-volants… Beaucoup de drapeaux aux couleurs de l'islam flottent par-dessus les terrasses et les balcons. Les boutiques sont tenues par des sikhs et la plupart proposent de la nourriture. Ceux qui vendent des bouteilles de soda se remarquent au tapis de paille qui jonche leur sol. Les enfants sont dehors, les garçons surtout. Ils jouent à la marelle ou au ballon avec de vieilles carcasses de noix de coco. Les rues sont tortueuses, étroites. On y sent l'odeur de la pisse. Les radios chantent des musiques d'Orient. C'est à croire qu'il ne s'agit pas de la même ville.

– Et maintenant on court !

Justine ne comprend pas. Sarah est déjà loin. Elle avance de quelques pas. Une odeur infecte lui arrache les poumons. Sarah se retourne dans sa course :

– La ruelle des bouchers ! crie-t-elle.

Mouches… Quartiers de viandes gisant, sanguinolents sur les

étals. Haches. Gestes de couteaux… Éclats de rire. Éclaboussures de sang… Flaques épaisses et rouges… Têtes écorchées, yeux de bêtes hagards, cuisse de cheval mort… Des balances, des cris de femmes et l'ombre de bêtes à moitié vivantes suspendues à des clous comme des charognes, et leur sang que lèchent les chiens galeux et qui gicle sur les pieds des passants… Justine se met à courir, ses pieds valsent. Ordures, boue, caillasse bondissent sous ses pieds… L'odeur est pire encore que celle du mouroir. C'est une odeur froide, une odeur de tuerie. Trois cents mètres. Nausée. Sarah reprend son souffle, elle porte sa main à son cœur.

– À chaque fois, ça me fait le même effet, merde.

Justine porte sa main à sa bouche.

– Je vais dégueuler.

– Respire fort.

Justine se courbe en deux. Trop de sang sur ses pieds.

– Lève les bras, Justine.

Sarah lui prend les mains, elle les lui lève. Des gosses se mettent à rire. Justine ouvre les yeux vers le ciel. Quelques minutes passent.

– Ça va mieux maintenant Justine ?

– Oui, je te remercie, ça va mieux.

La mort est passée. La mort en moi comme un vomissement. La mort si proche de ma vie. De la vie.

Elles reprennent leur marche tranquillement. Justine attend que Sarah lui parle de l'office, de la prière. Mais Sarah ne lui dit rien, elle chantonne.

– Bientôt c'est la fête ici.

– La fête ?

– L'adoration des images. Une des plus grandes fêtes de Calcutta. Dans une semaine, tu vas pouvoir découvrir des centaines de statues des dieux et des déesses parmi les plus populaires du Bengale érigées à tous les coins de rue dans des temples construits juste pour la fête. C'est une expérience à ne pas manquer.

– On ira ensemble alors ?

– Non, Justine, je suis trop fatiguée.

Sarah a changé de ton. Une certaine gravité a suppléé à son

habituelle joie.

– Je ne te dis pas tout, Justine. Parfois je souffre. Mon cœur me fait mal… Il va falloir que je rentre.

– Quoi ? Mais quand ?

Sarah soupire.

– Le plus tôt serait le mieux, je crois. Dans quelques jours.

Nuits blanches. Depuis que Justine a appris le départ imminent de Sarah, elle n'est plus la même. Cette prochaine séparation la bouleverse. Comment va-t-elle survivre, seule ? Sarah était toujours là pour la protéger, la rassurer, calmer les crises qui la traversaient, ou pour tenir sa main lorsqu'elle n'arrivait pas à s'endormir… Justine n'est rien sans elle. Sarah était le centre de sa vie. Que connaît-elle de la ville ? Que connaît-elle de l'au-delà de ses frontières ? Depuis que Justine l'a rencontrée, elle n'a fait que la suivre. Le monde Calcutta n'existait qu'à travers les yeux de l'autre. Que sera-t-il face à sa solitude ?

Deuxième songe.

Elle marche, il fait jour, la plaine est gigantesque, elle s'étale jusqu'à l'horizon. Il n'y a aucun arbre. Le ciel change incroyablement vite de couleur. L'air est vif. Soudain, deux gamins sortis de nulle part lui prennent la main et l'entraînent. Elle ne parvient pas à leur résister. Ils la poussent dans de grands escaliers. Ils rient. Elle descend, descend, descend. Un mur. Les enfants disparaissent. Elle fait volte-face. L'escalier a disparu, il a de nouveau laissé place à la plaine. Un arbre au bout. Elle s'avance. Un pendu ! C'est Pierre ! Elle pousse un hurlement. Les deux enfants surgissent alors de derrière le tronc. Ils ont pris le visage de ses parents.

« On t'a bien eue ! crient-ils, on t'a bien eue ! »

Sursaut. Elle se réveille en sueur.

« Pierre ? murmure-t-elle plusieurs fois, Pierre ? »

À Khalighat, il y a une épidémie de gale. Il faut tremper les draps dans l'eau bouillante plus de vingt minutes, badigeonner chaque patiente d'une lotion qui sent l'alcool, leur interdire de se gratter. Les sœurs et les volontaires doivent se soumettre aux mêmes règles. Sarah ne cache pas sa peine. Son regard parle d'adieu. Bientôt, il n'y aura ici, côté femmes, plus que Marlène, Sharebani, Justine et les trois Allemandes.

Justine compte les heures qui vont la séparer à jamais d'un être qui, en l'espace d'un mois, est devenu celui auquel elle tient le plus au monde… Dave multiplie les blagues mais ne la fait pas rire. Sophia a des larmes dans les yeux dès qu'elle le regarde. Brian joue les pessimistes et Sharebani le contre-attaque.

– Ce n'est pas vrai, ce n'est pas toujours comme ça. On se reverra. Moi, je vous écrirai. Je suis fidèle.

Sarah lui sourit tendrement et l'embrasse. Joseph semble attendre que l'orage prenne fin.

– Et Ivan, le Belge ?

– Il ne viendra plus, il n'a pas supporté.

– Dommage, il avait une gueule sympa.

Dehors la fête se prépare. Aux portes du temple on commence d'installer les estrades qui supporteront les mauvais esprits qu'on brûlera en public avant d'honorer la déesse.

– Ils atteignent les dix mètres, murmure Sharebani.

Dans les échoppes, on vend des guirlandes lumineuses, des fleurs par centaines, des pétards de toutes sortes, des bonbons, des saris de soie… Aux balcons de la ville, on peut voir apparaître peu à peu des lampions, des lustres, des illuminations multicolores. De toute part, les charpentiers et les maçons préparent les édifices qui soutiendront les futurs temples de tissu et de papier.

Au seuil du mouroir, une femme aux jambes coupées gravit l'escalier à la force de ses deux bras. Elle vient quémander de la nourriture. Une sœur lui apporte un bol de riz.

Sarah lui demande d'où elle vient.

– De là-bas, dit-elle en désignant le bout de la ville.

– Où est ta famille ?

La femme secoue la tête. Il n'y a plus de famille. Ils sont morts de faim.

Malheureusement, il n'y a plus de place ici pour la recevoir. Elle s'incline, rend son bol, descend les marches une à une et s'engage parmi la foule sans un mot de plainte. Brian la contemple.

– Nous sommes des monstres, murmure-t-il.

Pas un mot ne s'élève du groupe pour le contredire. Tous approuvent en silence tandis que la musique à leurs pieds danse, entre tablas et cithares, déesses indifférentes.

Jour de départ de Sarah. Justine a tenu à l'accompagner jusqu'à l'aéroport. Il y a foule. Sarah tend ses valises et ses billets. Elle réclame une place non fumeur près d'un hublot. Parmi les voyageurs, des touristes, des hommes d'affaires blancs. Justine ferme les yeux. Comment envisager qu'elle ne sera plus là dans moins d'un quart d'heure ?

– Justine, on boit un thé ?

Justine se serre contre elle.

– Sarah, ne pars pas, souffle-t-elle, ne m'abandonne pas. Je ne supporte pas que tu t'en ailles.

Deux grosses larmes tombent des yeux de Sarah.

– Ma tout petite, chuchote-t-elle.

Les minutes passent. Elles sont assises face à face en silence devant un thé brûlant. Les passagers passent la douane un à un. Justine est à vif. La souffrance écartèle ses membres. Ni la chaleur ni le vacarme alentour n'en viennent à bout. Le dernier passager disparaît, ne reste plus que Sarah. Les Indiens l'interrogent du regard.

– Il faut que j'y aille, dit-elle en se levant.

Justine se lève à son tour. Elle ravale un sanglot. Que dire, que dire en ce dernier instant ? Sarah prend son sac, tend son billet. Elle se tourne vers Justine.

– Tu m'embrasses ?

Justine se penche vers elle, bouleversée.

– Tu me promets d'aller à la fête ?

Justine fait oui de la tête. Le douanier rend son billet à Sarah.

– Pas de roupies à déclarer, madame ?

– Non, pas de roupies.

– Vous pouvez y aller alors.

Elle avance d'un pas, se retourne et lève sa main. Justine s'avance.

– Que Dieu te protège.

– Dieu ? Mais c'est qui, Dieu, Sarah ?

– Dieu c'est ta joie et le reste ce n'est rien. Du vent. Juste du vent.

Justine rouvre les yeux pour ne voir qu'un corridor désert. Sarah est partie. Sarah n'est plus. Elle porte ses mains à son visage pour enfouir un instant sa pensée dans l'ombre de cette lumière éblouissante et cruelle.

« Sarah, je me souviendrai toute ma vie de toi. Tu es plantée au fond de mon être comme un arbre que l'hiver ne tue pas, que l'été caresse et que les mille automnes de Brahma chantent jour et nuit.

Mais que vais-je devenir sans toi ? Que vais-je devenir ? Que vais-je devenir ?

– Mademoiselle, accepteriez-vous cette banane ?

Justine sursaute. Le douanier lui tend le fruit avec tendresse et répète sa demande.

– C'est un cadeau, finit-il par dire.

Elle le regarde. Elle lit sur son visage une compassion infinie pour elle.

– Merci, murmure-t-elle en prenant le fruit.

Dans le taxi qui la ramène, elle porte le fruit à sa bouche. Elle n'a pas faim pourtant. Mais chaque bouchée entraîne la blessure plus bas, élevant le désir de guérir un peu plus haut telle une pure sorcellerie sortie de la mémoire des dieux.

Il y a trois jours que Sarah est partie. Justine prend ses petits déjeuners avec Dave et Brian au Blue Sky et part à Khalighat sans la même joie. Dans le dortoir deux Japonaises, Rioko et Sakura, papotent jusqu'à deux heures du matin. Erika, l'Anglaise, est malade et toutes les heures se rue dans la salle de bains. Diarrhée. Gémissements. Tout le monde dort mal et la mauvaise humeur l'emporte. Justine a passé deux soirées en compagnie de Déborah avec des voyageurs de passage. Les questions ont volé : « D'où viens-tu ? », « Pourquoi tu fais ce travail ? », « Est-ce que tu crois en Dieu ? », « Qu'est-ce qu'ils font, tes parents ? », « Qu'est-ce que tu penses de mère Teresa ? », « C'est quoi la mort pour toi ? »

Justine répond mal. Elle se sent agressée. Dès qu'il s'agit de son passé, elle se bloque et ment. Ses parents sont morts. Un accident. Un bien bel et foutu accident de voiture. Quant à analyser ce qu'elle est en train de vivre… Elle se sent de nouveau très seule comme les premiers jours. Le travail à Khalighat ne lui procure plus la même satisfaction. La présence de Sarah, de son sourire, lui donnait sens. Ce n'est plus le cas. Ni Dave ni Brian ne parviennent à la faire rire. Sarah manque à tout son être et son absence creuse d'heure en heure la confiance gagnée en elle-même. La mort des mortes de Khalighat lui devient, de ce fait, de jour en jour plus intolérable. Plus rien ne lui semble utile. Allongée sur son lit, elle garde les yeux ouverts, contemplant le lit vide qui lui fait face.

À quoi bon tout ça, se dit-elle…

Le lendemain soir, Brian et Dave sortent du mouroir avec elle. Une bande de mendiants font cuire dans une marmite des boyaux mélangés à des fibres de noix de coco trouvées par terre. À côté d'eux un homme vend de la barbe à papa sous toutes ses formes : avion, oiseau, homme, femme. Dave en achète trois et les tend aux enfants affamés. Ils se ruent dessus, se battent pour en avoir chacun davantage. Dave est obligé d'intervenir violemment pour les séparer.

Le plus petit d'entre eux se met à gémir.

– On reste là jusqu'à ce qu'ils aient fini sinon celui-là n'aura pas sa part.

Les trois gamins dévorent le sucre rose et jettent les bâtonnets. Aucun merci, l'obnubilation de la faim est trop grande. Brian secoue la tête.

– À quoi tu penses ? lui demande Dave.

– À toute la foi que je perds chaque fois que se présente à moi un tel spectacle.

– Tant qu'il t'en reste…

Brian ne peut s'empêcher de rire.

– Tu es impayable !

Dave lève ses mains au ciel.

– Maladie de famille !

Ils traversent la place étonnamment animée. Un gamin imite la danse du serpent. Un autre marche sur un fil tendu entre deux poteaux. La foule pousse des cris d'admiration. Justine le regarde. Dave l'encourage. Brian se tait. L'enfant atteint son but et s'incline, rayonnant. Les roupies rebondissent sur le sol. Dave s'approche de Justine.

– Demain, Justine, je t'emmène au nord de la ville. C'est là-bas, paraît-il, que la fête bat son plein.

Justine ne dit rien. Elle n'a aucune envie de participer à cette fête.

– Alors ? Réponds-moi.

– Alors c'est oui, dit-elle, sans savoir d'où lui échappe cette réponse qui correspond si peu à ce qu'elle désire.

Le lendemain c'est le grand rush au mouroir. La sœur supérieure veut que tout soit terminé pour quatre heures.

– Ou alors plus personne ne pourra sortir tant il y aura de monde sur la place, s'exclame-t-elle.

Dehors, les pétards explosent par centaines, rythmant les tablas des radios qui rugissent au travers des haut-parleurs installés temporairement ci et là. Les malades sont excitées. Elles clappent des mains, elles chantent, elles poussent des cris joyeux, certaines essaient même de danser… Justine aurait voulu que Sarah voie ça. Elle sait avec quel plaisir elle aurait participé à ce joyeux engouement. Les trois Allemandes sont d'une telle austérité ! Justine court, elle racle les plats, aide en cuisine, prépare les plateaux, change les draps, lave le sol, porte les infirmes, nourrit, balaie. Sans relâche, elle donne des coups de main de gauche à droite. Les sœurs la remercient, les novices la regardent avec joie. Elles ne voient pas le combat qu'elle livre sous leurs yeux. Un combat furieux contre son dégoût, sa fatigue, son asphyxie. Elles ne devinent pas dans son regard cette colère, cette rage, ce sentiment d'absurdité qui l'habite. Elles n'ont pas conscience des cris qu'elle pousse au travers de ce surplus d'activité et qui l'empêchent d'affronter son vide, sa souffrance, sa peur grandissante de l'autre, du regard de l'autre…

Quand elle sort, ce soir là, Justine est en nage. Ses muscles lui font mal. Elle surplombe la place où tout semble danser et ferme les yeux à la recherche d'un plaisir qu'elle a perdu. Elle est si nue sans Sarah, si petite dans ce vaste monde. Que fait-elle là, ce soir, en haut de ces marches ? Que signifie son ombre sur les murs du temple où les prêtres psalmodient les formules sanskrites inlassablement ? Quel est son sens ?

Dave l'attrape au vol, il lui prend la main et lui fait traverser la foule gavée d'encens et de prières. Le bus qu'ils prennent est plein à ras bord. La ville exhibe un peu partout des temples gigantesques où se cachent des Durga, des Ganesh, des Lackshmi, des Rama… Le peuple entier de Calcutta se meut à travers les rues. Les vieux sont assis sur leurs chaises, les plus jeunes sur des couffins, et le reste est en marche paré de ses plus beaux habits et bijoux. Les gamins nus dansent avec leur petit ventre bombé et courent derrière ces richesses les mains ouvertes. Pas une fenêtre qui ne soit décorée, illuminée, avec un soin minutieux, pas une échoppe, pas une cahute… La musique retentit tel un formidable concert donné pour toute la ville. Et le bus fonce, traversant ainsi à toute allure une sorte de Manhattan inondé de lumières…

À peine sont-ils descendus que deux policiers armés de matraque de bambou les séparent et leur font traverser la rue. « Attendez là », leur ordonnent-ils.

Justine écarquille les yeux. Le spectacle qui s'offre à sa vue est inouï. Un véritable fleuve humain retenu par des barrières remonte la rue sur le trottoir de gauche. Il se divise en deux couloirs : l'un réservé aux femmes et aux enfants, l'autre aux hommes. Sur le trottoir d'en face, la même vision mais se mouvant en sens contraire. Très rapidement, Justine réalise la nécessité de cette séparation : s'écoulent devant elle non pas des milliers d'hommes et de femmes, non pas des dizaines de milliers, ni même des centaines de milliers mais bien des millions ! Au moindre mouvement de panique, femmes et enfants se trouveraient écrasés, étouffés. À chaque carrefour, des policiers retiennent le flux au moyen d'une corde. Gare à celui qui passe ! C'est le coup de matraque garanti. Quelques voitures peuvent alors se faufiler. Dès que la corde est levée, la foule tel un troupeau fantastique s'abat sur l'espace vide créé par le moment d'attente... Où vont-ils ainsi ? Le policier leur désigne un accès et ils sont obligés de se séparer. Justine trouve dans sa poche un kleenex blanc et le tend pour se faire reconnaître. Ainsi agissent toutes les femmes, hissant au bout de leur bras un foulard, un papier, une photo : signe de la survivance.

Impossible de s'arrêter pour attendre. Des policiers font avancer la foule durement sans se gêner pour assener des coups. Justine est emportée par le flot. Du côté des hommes c'est la frénésie. Calcutta se libère, Calcutta se déchaîne. On crie, on pousse, on rit des coups de matraque, on chante. Une joie irréelle ramasse la foule et la propulse parmi les feux de la ville. Dave a disparu. Justine est prisonnière. Les barrières la cernent de toutes parts, il n'est pas question de faire demi-tour. Elle suit alors le flot et, par une sorte de contagion, se met elle aussi à sourire de tant de couleurs, d'artifices et de vie.

Avant l'entrée du premier temple, hommes et femmes peuvent se rejoindre. Dave n'est pas là. Justine lève les yeux, émerveillée. Devant elle, se dresse une sorte d'arc de triomphe, recouvert de tissus multicolores, atteignant au moins vingt mètres de haut. Des tiges de bambou emboîtées les unes dans les autres le maintiennent en équilibre debout, comme par miracle. À l'intérieur, une statue de la déesse Durga érigée sur une estrade. À l'aide de ses dix bras agités, elle se bat contre un lion qui tente de la dévorer. Sa figure est terrifiante, ses yeux injectés d'une colère foudroyante. À son coup pend un collier de têtes de mort sanglantes, symbole de sa puissance. Elle ne mesure pas moins de quatre mètres et l'on a peint chaque membre de son corps de couleurs très vives : rouge, jaune, orange. À ses pieds, un brahmane balance sur elle et sur la foule de la fumée d'encens tout en récitant des prières. Il touche les flammes d'un feu et bénit les fronts qui s'inclinent. Chacun s'avance et reste un instant immobile, soudain pris d'une fièvre mystique, honorant d'un regard soumis la magnificence de la déesse. L'un jette des fleurs ou présente une offrande, l'autre s'agenouille, avant d'être repoussé par de nouveaux assaillants... Justine reste également pétrifiée devant cette Durga magistrale. Elle la préfère, ce soir, au dieu invisible des sœurs. Sans doute est-elle moins juste mais, en cette nuit de folle procession, Justine ne peut que tendre ses deux mains vers elle, tant le combat que la statue incarne correspond à celui qu'elle livre intérieurement. Un combat de chair et de sang, de rage et de fureur. Cependant un combat ce soir non plus vécu en solitude mais soudain partagé. Car, dans ce monde, on est comme elle et l'on accepte, prosterné, ce duel sanglant comme faisant partie de sa chair, de son corps, de sa pensée. Oui, l'image de ces dix bras barbares et de ces attributs qui fêtent les orgies, les massacres, les naissances et les morts de mondes où l'humain n'est que poussière, n'est pour tous, que le reflet d'une lutte où chacun, ici, se reconnaît, se découvre.

Des heures durant, Justine se laisse ainsi entraîner par la vague humaine, pénétrant avec chaque fois plus d'émerveillement dans de nouveaux temples enrichis de statues titanesques aux regards flambant de haine, de joie, de folie... Elle fait un avec la foule qui se délivre, pure, devant ses dieux. Elle se libère avec elle, avec ses soies, ses rires, ses enfants magnifiques. Elle goûte sa frénésie, sa jubilation, sa beauté. Elle se revêt de sa puissance et oublie d'un seul coup son tourment, sa solitude. Justine fait corps avec elle et, comme par magie, se met à danser, ivre du désir des dieux, du désir d'encens, tel un feu brûlant dans la nuit.

Bien plus tard, à la sortie du dernier temple, elle retrouve Dave qui l'attend muni de deux bouteilles de jus de mangue.

– J'ai cru que je ne te retrouverai jamais.

Elle sourit.

Ils marchent côte à côte. Dave est fou de joie. Il imite la face de Durga puis celle de Rama, ou celle de l'éléphant Ganesh. Justine rit. Il est trois heures du matin. La foule s'éparpille. Dave la prend par la taille et se met à danser. Justine ajuste son pas au sien. Elle est si heureuse ce soir. Au fur et à mesure qu'ils tournent ensemble, Dave l'étreint plus fort. Il colle son front contre le sien. La grande nuit de Calcutta les entoure. Les temples sont loin. Il approche alors ses lèvres des siennes.

– Je voudrais t'embrasser, murmure-t-il.

Mais Justine secoue la tête. Elle se dégage brusquement.

– Non, je ne veux pas, dit-elle.

Ils restent face à face en silence, troublés, puis reprennent leur marche sans dire un mot. Dave hèle un taxi. Il fait monter Justine.

– Je marche encore un peu.

Justine acquiesce. Il claque la portière et le taxi démarre. Elle ne se retourne pas pour le regarder, seul, dans l'avenue. Elle ne saurait que faire de la souffrance qu'elle vient de procurer. Pour la première fois de sa vie, elle a refusé l'avance d'un homme et cette nouvelle attitude la déconcerte. Tandis qu'elle traverse la ville, elle ignore combien la mort, en si peu de temps, s'est écartée d'elle et combien cet éloignement a fait surgir en son corps une nouvelle forme d'être. Elle ne sait pas que ce tout premier refus est l'une de ses plus grandes victoires imposant tout à coup une frontière invisible à son être, enclos protecteur de toutes les naissances.

Trois semaines durant, Justine se rend tous les jours à Khalighat. La Durga Puja lui a redonné un peu de confiance en elle malgré un vague à l'âme qui ne fait que croître. Dave ne vient plus déjeuner avec elle, il fait bande à part. Marlène et Brian se regardent droit dans les yeux. Joseph court après une Américaine de passage. Sharebani se fait moins régulière. Elle prend souvent ses repas seule. Parfois, des volontaires d'un jour s'asseyent à côté d'elle. Un jour, une avocate endeuillée de la mort d'un fils de vingt ans, overdose, un autre jour, une artiste écossaise résidant au Chili et débarquant en Inde avec l'intention de trouver l'« âme des couleurs », et puis cette étudiante italienne, Clara, en attente d'un appel de Dieu « qui ne saurait tarder », ou ce Japonais répondant au nom de Sakuro, tout juste revenu du Caire (les pyramides lui avaient révélé la « nature de son mal »), une fois encore, un fermier de l'Illinois converti au bouddhisme et persuadé d'avoir été un brahmane indien célèbre dans l'une de ses vies antérieures, la semaine suivante une Anglaise déçue d'être partie de Thaïlande « où le sexe est moins cher, plus facile… » Quand elle n'a personne à qui parler, elle va voir l'homme du thé qui lui raconte l'histoire des inondations du Bangla Desh qui l'ont obligé à quitter son pays avec sa famille et à venir à Calcutta où il vit dans la misère la plus extrême.

Tous les soirs, elle dîne invariablement au petit chinois. Déborah la rejoint souvent en compagnie de ceux qui travaillent avec elle dans la clinique de rue. Beaucoup sont infirmiers. Les questions fusent. Justine n'en sort jamais indemne. Pour quelques-uns d'entre eux, en effet, ceux qui travaillent pour mère Teresa font partie d'un autre clan.

– Vous les laissez crever.

– Vous les forcez à se convertir.

Justine n'aime pas ces attaques. Leur violence la désarme, elle ne sait pas y répondre. Quand elle rentre, ces soirs-là, elle bout d'une colère formidable.

– Ah, les cons ! murmure-t-elle en donnant des coups de pied dans les ordures qui traînent ci et là, les sales cons.

Le 12 novembre, de retour dans son dortoir, Justine trouve une jeune Indienne qui peigne ses longs cheveux noirs. C'est la première fois que cela arrive. Jusqu'à présent, elle a eu affaire à des filles de toutes les nationalités du monde excepté, étrangement, à celle-là. Justine s'approche. Elle se présente. La jeune fille tourne son très beau visage vers elle.

– Kasturi c'est mon nom, dit-elle. Je viens de la région du Cachemire. Tu connais ?

– Non.

– C'est dommage. C'est un très beau pays parsemé de montagnes et de lacs.

Kasturi s'est exprimée avec une certaine tristesse.

– Je vais me promener, tu m'accompagnes ?

– Où vas-tu ? demande Justine.

– Au parc Victoria.

Elles marchent côte à côte. Kasturi lui parle de la maladie de son père, de l'enfance douloureuse de sa mère, d'un mariage auquel on l'a promise depuis l'âge de cinq ans et qu'elle ne désire pas, des forêts splendides qui entourent sa maison. Justine l'écoute. À travers sa voix, l'Inde tout entière se confie, intime, et vient de nouveau la remplir de cet émerveillement déjà éprouvé lors de la grande fête de la Durga Puja. Kasturi décrit les villages, les coutumes, les chemins de son enfance, disloquant les frontières de la grande Calcutta jusqu'à des horizons formidablement proches et lointains, éveillant en Justine une soif nouvelle. Partir ! Se délivrer des murs du mouroir ! Conquérir ce monde étranger et se soumettre à sa force. Mais comment ? Comment réaliser ce désir qui la traverse tel un vent ?

Les jours passent. Au mouroir, des malades surprennent Justine les yeux rivés aux fenêtres. Elle écoute le chant des temples, le chant des tambours… Les déjeuners confidences la lassent. Les dîners avec le groupe de Déborah l'exaspèrent de plus en plus. Elle s'est rendue plusieurs fois à la maison mère à l'office de l'Adoration mais la paix ressentie ne l'a pas satisfaite. Elle pénètre une Justine encore trop distante. Seuls ses dimanches avec Kasturi lui offrent de la joie. Ils la délivrent fugitivement de l'étouffement qui monte en elle et contre lequel elle ne peut rien. Un jour Kasturi lui offre de passer son sari.

– Je voudrais te voir en Indienne.

Justine se fait aider. Kasturi rit aux éclats. Elle enroule le long tissu autour de sa hanche et le jette sur son épaule. À l'aide d'une épingle, elle l'attache.

– Tu es magnifique !

Justine tourne sur elle-même. Une gaieté enfantine la gagne. Elle se sent si gracieuse ainsi.

Dans le parc, pas mal d'hommes se retournent à leur passage. Kasturi achète deux glaces et s'assied sur la pelouse.

– Ici, tu pourrais te marier cent fois.

Justine se met à rire.

– Mais, Kasturi, je n'ai aucune envie de me marier !

Kasturi lui tend sa glace.

– Tu as de la chance.

– Mais pourquoi ?

– Tu es libre.

– Libre ?

Kasturi se met à parler plus bas avec tristesse.

– Mon frère aîné m'a rendu visite il y a deux jours. Il est prêt à tout oublier si je me soumets à la volonté de mon père. J'ai beaucoup réfléchi. Si je reste, je perds ma famille, ma réputation, je perds tout ce que je connais. Si je rentre…

Elle se met à pleurer.

– Mais tu ne peux pas dire ça, Kasturi ! C'est impossible ! Tu trouveras du travail, tu trouveras un homme qui te plaira ! Ta famille te pardonnera !

– Justine, ici ça ne se passe pas comme ça. Peut-être, un jour, mais alors il sera trop tard. Bien trop tard.

– Mais qu'est-ce que tu vas faire ?

– Je vais y aller. Je n'ai pas la force de rester ici.

– Kasturi, ce n'est pas possible !

– Écoute, Justine, j'ai pesé le pour et le contre. Je n'ai pas d'avenir ici. Là-bas tout le monde m'attend.

– Tu vas te marier contre ton gré !

– Si je ne le fais pas, je suis à jamais bannie par les miens. Je me suis rendu compte ici que cette réalité m'était bien plus insupportable que celle de ce prochain mariage.

Justine se lève. Elle tremble de rage.

– Mais, bon dieu, c'est de ta vie qu'il s'agit, c'est de ta vie, putain ! »

Kasturi la regarde.

– Depuis que je t'ai rencontrée, j'ai compris que ma vie ne serait jamais comme la tienne. Ce rêve que j'avais, il n'est pas pour moi. Il ne m'appartient pas. Les dieux m'ont fait te rencontrer, ils m'ont fait voir à travers toi ce à quoi je voulais accéder et j'ai compris alors ma folie. Je ne suis pas blanche, moi ! Je ne le serai jamais ! Je suis indienne ! Ma vie n'est pas ailleurs qu'ici. Mon destin s'accomplira dans ce mariage. Et je m'y soumettrai. Il n'y aura pas d'autres moyens pour moi d'être heureuse. Trop de dieux et de lois coulent dans mon sang. Je ne peux pas les nier ni les oublier. Ils me font, ils me composent ! C'est ainsi !

Justine se tait. Kasturi se lève.

– Quand tu reviendras dans ton pays, tu penseras à moi ?

– Oui.

– Merci, Justine. Je penserai à toi moi aussi dans mes montagnes. À cette fille libre que tu es. Jusqu'à la fin de mes jours.

Le soir même, un prénommé Frank la provoque à table. Il n'est là que depuis quelques jours. Sa beauté et son cynisme ont déjà fait de lui un homme célèbre. Les filles tombent comme des mouches. Il regarde Justine droit dans les yeux avec un sourire en coin. Elle lui explique ce qu'elle fait à Calcutta et lui parle de son travail à Khalighat.

– Oui, enfin tu fais ça pour avoir bonne conscience.

Elle tente de se défendre. Elle ne se sent pas du tout d'humeur à être agressée. Il rigole.

– Mais c'est qu'elle est naïve ! C'est formidable ça, tant de pureté à ton âge ! Qu'est-ce que tu veux faire plus tard : sainte ?

La table rigole.

– Enfin, on ne peut pas lui en vouloir, dix-sept ans c'est l'âge des petites crises mystiques !

Elle se lève. Il la siffle.

– Mère Teresa ne serait pas contente si elle te voyait comme ça !

Justine regarde un à un les visages qui la contemplent. Personne pour lui venir en aide. Elle se retourne alors vers Frank, écroulé de rire.

– Mère Teresa t'emmerde et moi pareil.

La table fait silence. Justine a presque hurlé. Frank reste un instant déconcerté par cette violence soudaine. Il ne s'y attendait pas. Elle ne lui laisse pas le temps de se défendre.

– Qu'est-ce que tu sais de ma vie, connard ? Qu'est-ce que tu sais de ce que je pense dans ma tête ? De quel droit tu me juges ? Tu crois que je suis l'une de ces petites saintes nitouches qui n'ont rien vécu et qui veulent tout vivre avec Dieu ? C'est ça, hein ?

Toute la table semble prise d'un malaise. Déborah tente d'intervenir.

– Justine, il s'excuse.

Mais Justine ne l'écoute pas. Elle regarde Frank droit dans les yeux.

– J'ai baisé plus que toi, j'ai volé, j'ai menti, j'ai dealé, j'ai voulu la mort plus que toi. J'ai rien à apprendre de ta petite mentalité de merde. Je la connais. Elle sent plus fort le pourri que ceux qui sont en train de crever.

Silence de mort. D'une table proche, quelqu'un s'est mis à applaudir d'une façon rythmée et lente. Tout le monde se retourne. L'homme, personne ne le connaît, Justine non plus. Il a l'air tout droit sorti d'un cirque tant par son accoutrement que par l'énormité de son ventre. Un coup d'œil suffit pour comprendre qu'il fait partie de la caste de ceux qui ont plus de trente années de voyage dans les veines : sa peau brûlée, ses tatouages, cette façon d'être à l'aise alors que tout un public vous regarde comme la pire des prostituées. Il s'adresse en français à Justine.

– Quel talent ! J'ai rarement l'occasion d'admirer quelqu'un, vous m'en avez donné une ! Merci de tout cœur ! Après une telle sortie, ce petit claque-merde ne nous emmerdera plus ! Que diriez-vous d'un thé ?

Justine ne sait que répondre. Sa colère a rejoint le fond de sa détresse, elle fait volte-face et part en claquant la porte.

La nuit humide l'enveloppe. Cadavre d'un chien. Justine se tord en deux. Elle vomit brutalement. Un enfant endormi sur une paillasse se réveille et la regarde. Elle vomit une seconde fois et se relève doucement, prise d'étourdissements. L'enfant s'approche. Il la frôle, vient s'accroupir à ses pieds et se met à manger ce qu'elle vient de rejeter. Justine, horrifiée, pousse un cri.

– Non !

L'enfant s'immobilise, pétrifié. Il lève ses deux petits bras, prêt à recevoir des coups. Justine fouille dans ses poches, lui tend un billet de dix roupies. L'enfant semble n'en pas croire ses yeux. Elle dépose le billet à ses pieds.

– Pour toi, balbutie-t-elle. Pour toi.

Elle fait demi-tour. L'enfant se jette sur le billet. Il le regarde un long moment, fasciné puis, mû par une force qui le dépasse, de nouveau se dirige vers les vomissures, y trempe ses mains et les porte à sa bouche, affamé.

Justine titube. Elle s'est retournée pour voir ce que l'enfant allait faire. Ses mains se cramponnent à son estomac. L'enfant mange. Et chaque poignée de sa répugnante nourriture entraîne Justine plus bas, plus au fond, en un lieu d'épuisement et de dégoût.

Le lendemain, Justine arrive à Khalighat un peu plus tard que d'habitude. Une novice la questionne sur la fatigue répandue sur son visage mais Justine n'en a cure. Elle enfile son tablier, traverse la salle des incurables et se met à la tâche comme tous les matins. Les murs lui semblent plus hauts, plus sombres que d'habitude. Les cris plus forts. L'odeur plus infecte. Elle s'accroupit à la cuisine et pendant une longue heure épluche des légumes. Souvent ce travail la repose et lui permet d'affronter plus tranquillement le reste. Mais au bout d'une heure, Justine ressent la même oppression. Des sœurs l'appellent pour laver deux malades. Avec l'aide d'une nouvelle volontaire, Justine les soulève et les porte à la salle d'eau. Les femmes se débattent et crient. À peine par terre, l'une des deux se met à ramper pour échapper au jet d'eau. Justine la rattrape et la ramène en la soulevant. La nouvelle volontaire est pétrifiée. Justine perd patience.

– Arrête de faire cette tête. Il faut les laver ou alors c'est l'infection à coup sûr. Prends celle-ci et tiens-lui les bras pendant que je la savonne.

Son corps est noir de crasse. Justine frotte. La vieille essaie de lui cracher dessus. Puis c'est au tour de la suivante. Même refus. Surtout lorsque Justine veut lui passer un gant sur le visage. Des cris. Une sœur passe et gronde la femme qui hurle de plus belle. Justine est exaspérée. La nouvelle volontaire se met à pleurer.

– Écoute, va aux cuisines et envoie-moi une des Allemandes ou une novice.

Justine s'accroupit. Il fait chaud, terriblement chaud. L'une des femmes pisse. L'autre continue de pousser des hurlements. Qu'est-ce qu'elle fait là ? Au milieu de cette saloperie ? Elle a besoin d'air. Elle en est trop remplie de cette horreur humaine. Elle déborde de tous ses membres, de son corps, de ses yeux. Justine regarde la fenêtre. Lumière du jour, odeurs de bois-de-rose. Elle se lève. Elle ne peut plus rester ici. Elle suffoque. Elle pousse alors les deux battants de la porte de la salle d'eau, abandonnant les deux femmes par terre.

L'Allemande qu'elle a réclamée arrive. Elle interroge Justine du regard.

– Qu'est-ce que tu fais ?

– Moi ? lui répond Justine, je m'en vais. J'en ai marre.

Elle ôte son tablier, le suspend à son clou et pousse la porte de sortie sans saluer personne. Elle descend les marches, traverse la place, s'engage dans une rue, puis dans une deuxième, une troisième sans s'arrêter, poussée par une indicible envie d'avaler le jour, de respirer la ville. Trois heures durant, elle marche, découvrant des pans entiers d'une Calcutta qu'elle reconnaît pas, d'une Calcutta toujours plus explosive. À son passage, des hommes et des femmes la saluent et elle répond par une légère inclinaison de la tête. De combien de jours, de mois, d'années aura-t-elle besoin pour étancher cette soif d'air, cette soif d'espace ?

Place du Palais-de-Justice. Femmes et hommes font la queue devant des tables où sont assis des écrivains publics. Lettres d'amour, lettres politiques, contrats, mots volés, poèmes... Justine s'arrête. Le Palais au-dessus d'elle semble en complet abandon. Tous les carreaux sont cassés. L'humidité a rongé les murs. Sur son toit, des milliers de corbeaux qui croassent... Elle avance. Elle veut voir de plus près ce monument. Un homme arrive devant elle en courant. Elle s'écarte. Ses yeux glissent alors vers un petit garçon que l'homme soudain bouscule. Il est à un mètre de Justine. Le gamin perd l'équilibre, vacille et laisse échapper le vase de pétales de fleurs qu'il tenait fièrement dans ses mains. Justine par réflexe tend les bras, le rattrape de justesse tandis que le gamin tombe. Il a l'air affolé.

– Tiens, lui dit Justine.

Le gamin sursaute. Il lève son regard vers l'étrangère qui lui présente son vase intact. Est-ce une vision ? Il se frotte les yeux. Non, le vase est bien là, devant lui. Un sourire prodigieux éclaire alors sa figure. Il se relève, s'incline jusqu'à toucher les pieds de cette nouvelle déesse dont il ne connaît pas le nom, murmurant un flot de douces paroles et reçoit entre ses mains son vase, puis s'en va en courant. Justine reste songeuse. Des applaudissements la tirent de sa rêverie. Elle se retourne. C'est l'homme d'hier ! Il éclate de rire.

– Est-ce que je peux vous embrasser ? J'ai vu toute la scène du coin de la rue, vous êtes géniale !

Justine, décontenancée, n'a pas le temps de reculer. Le gros homme s'approche d'elle et l'embrasse sur la joue. Des femmes qui ont assisté à la scène sont prises de fou rire. Justine recule. L'homme lui tend la main.

– Je m'appelle Salvatore. Je suis américain, calabrais d'origine. Je parle quatorze langues et je voyage depuis mon plus jeune âge. J'ai une femme, et un perroquet. Ma maison est à vendre en Californie. Les chaussettes népalaises n'ont pas eu le succès escompté. Ça arrive. Excusez-moi pour ce qui s'est produit hier. Je vous ai peut-être un peu fâchée ? Non ? Tant mieux. Vous avez été royale ! Bon, cette fois c'est oui pour un thé alors ? J'ai laissé mes cartes postales dans le café qui fait l'angle, je ne voudrais pas qu'on me les vole.

Justine le suit, encore sous le choc du flot de paroles qui vient de s'abattre sur elle. Il désigne la table.

– Parfait, elles sont encore là !

Justine écarquille des yeux. Il y a bien là deux paquets d'au moins cent cartes ! Il éclate à nouveau de rire.

– J'ai beaucoup d'amis, je sais. Les voyages, ça laisse toujours des traces !

Justine a l'impression de rêver. Salvatore en prend une au hasard et marque d'une croix un nom dans son carnet.

– Celle-là, ça sera pour Reiko, une Japonaise que j'ai rencontrée à Brasilia en 1984. Elle était mon professeur de claquettes là-bas.

Le serveur, un garçonnet de sept ans, s'approche. Salvatore tire de sa poche une poignée de bonbons, la lui donne et commence à lui parler en bengali. Le gamin, émerveillé, reste bouche bée. Il bredouille quelque chose et part en courant.

– Il s'appelle Suresh. J'en connais un qui lui ressemble au Tibet. Un gamin formidable. Je voudrais l'adopter. Au fait, j'ai commandé deux thés, ça te va ?

– Oui, souffle Justine.

– Est-ce que ça te dérange si je te tutoie ?

– Non.

Le gamin revient avec deux verres remplis à ras bord. Salvatore lui glisse une petite pièce.

– Et voilà une famille qui mangera à sa faim ce soir !

– Qu'est-ce que vous... heu... tu fais à Calcutta ? demande Justine.

– Moi ? J'attends un train qui part demain pour Puri en Orissa.

– Pour où ?

– Puri. Une petite ville au sud du Bengale avec sa plage qui longe l'océan sur plus de vingt kilomètres. Un bel endroit.

Justine lève les yeux. Une plage ! L'océan !

– Eh bien dis donc ! En voilà une qui a grand besoin de vacances !

Justine rougit.

– Pourquoi tu dis ça ? bafouille-t-elle.

Salvatore éclate de rire.

– Tes yeux, princesse, parlent plus vite qu'un ordinateur !

– Mais...

– Je me trompe ?

Justine cherche ses mots, mais rien ne vient...

– Je... ce n'est pas ça... mais...

– Allons bon ! En plein dans le mille ! Et moi qui cherchais un compagnon de voyage !

Justine sursaute.

– Quoi ?

– Ah non ! J'ai dit un compagnon, j'ai pas dit autre chose. Tu pourrais être ma fille, ça veut tout dire ! Pire que ça : j'aime, j'adore, je vénère ma femme.

Justine n'a pas le temps de se reprendre. Salvatore continue.

– Le train part de la gare de Howrah à dix heures, quai 12. S'il n'y a pas de place, tu t'assiéras sur les marches. On s'occupera de donner un bakchich au contrôleur. Qu'est-ce que t'en dis ?

Justine le regarde un long moment, le souffle coupé.

– Qu'est-ce que j'en dis ?

Justine a répété la question de Salvatore pour gagner du temps. Depuis que le mot plage a été prononcé un ballet d'images toutes plus séduisantes les unes que les autres s'est mis à danser en elle, chassant d'un seul coup l'asphyxie à laquelle les parties les plus infimes de son corps, à travers cette marche, ses nerfs à vif, tentaient d'échapper. La proposition de Salvatore semble tomber du ciel. Mais cependant, partir ainsi vers l'inconnu en abandonnant tout derrière elle, est-ce cela la solution véritable ? Suivre cet homme un peu fou, aller sans but, lâcher le mouroir ? Y a-t-il, à l'intérieur d'elle-même, la réponse ? Celle qui lui donnera la liberté, la joie, la guérison ? Comment répondre aussi vite ?

– Alors ? redemande-t-il.

– Alors ? soupire-t-elle.

– Tu es libre, princesse. Pas la peine de te torturer. Tu peux répondre non, tu sais. Des compagnons, j'en trouve tous les jours sur ma route.

Elle le regarde droit dans les yeux.

– Alors, dans ce cas, c'est oui.

Parce que tu viens de me faire comprendre que je ne voulais pas dire non, que j'avais seulement peur. Peur de toi, peut-être. Peur de la vie ailleurs qu'ici, la seule ville au monde où j'ai été bien accueillie, où l'on ne m'a pas rejetée, où je me suis sentie utile pour la première fois, où j'ai découvert l'immense terrain de ma souffrance, la bonté de Sarah. Mon premier désir de vivre.

– Sûr ? interroge-t-il.

– Sûr, cent pour cent.

Il se lève et se met de nouveau à l'applaudir.

– En l'honneur de ton troisième œil ! Tu ne regretteras pas son choix, il a vu juste, crois-en ma vieille expérience !

Quand Justine revient à l'Armée du Salut, c'est le cœur léger. Un gardien lui tend un message : « Passe d'urgence au consulat, Vincent. » Elle sourit, plie le papier en deux et le glisse dans sa poche. Pauvre Vincent ! En arriver à de telles ruses pour la voir ! En traversant la courette, elle aperçoit Déborah qui essore son linge. Justine passe sans se faire remarquer. Elle ne veut pas lui parler. L'adieu est déjà fait en elle. Déborah n'est plus qu'une ombre. Un personnage du passé. Elle referme doucement la porte du dortoir sur elle et s'allonge. Plus que quelques heures... souffle la voix à intérieur, seulement quelques heures... et tu seras libre !

Tchouk… tchank… tchouk…

Le train glisse le long de la campagne verte ruisselante d'eau et de soleil. Justine se tient assise sur les marches du wagon et tend ses bras vers l'air qui s'engouffre en elle. Elle a quitté la ville ! Calcutta n'est plus qu'une ombre gigantesque pleine de fumées, d'enfants nus, de cris et de chaos.

Le train file. Rizières, rizières, hommes dans les rizières… Longs fleuves boueux… L'eau s'évapore dans le matin et le rail fuit sous ses pieds, et le vent plein d'eau pénètre son corps ivre et rempli de crasse. Temples blancs. Ils ressemblent aux novices agenouillées devant la croix. Le soleil haut déjà. Terre. Ciel. Arbres débordant de sève, de feuilles, de vie. Plus que quatre cents kilomètres, quelque dix heures de voyage, et la mer ! Cet espace infini que nul homme, nulle ville, nulle foule ne possède. La mer, libre, face à elle, la mer nue, semblable à ce vent continuel qui l'enlace : douce et éternelle.

Ils traversent ainsi, en un jour, des dizaines de gares, des dizaines de villages, buvant le thé avec les militaires, les endeuillés, les marchands et les pèlerins, les sikhs, les hommes d'affaires… Salvatore ne cesse de faire le pitre. Son allant attire très vite des curieux de tous les wagons. À ses tours de magie, ses mimes, ses questions, pas un ne parvient à garder son sérieux. Des fous rires fusent de toutes parts. Justine est subjuguée. Et chacun, voulant remercier pour ce bonheur reçu, offre quelque chose : chapatis, nans, bananes, masala, riz, thé… parmi la fête et les rires…

Gare de Puri. Les rickshaws les assaillent et font mille facéties pour les retenir. Choix difficile. Ils sont si nombreux. Salvatore en désigne un. Il fait monter Justine et donne l'ordre de partir.

– Si tu ne fais pas vite, tu en as pour des heures !

– Où va-t-on ?

– Dans un hôtel qui borde la plage. Je connais le patron. Il m'a acheté des colliers thaïlandais pour sa femme.

Le soir tombe. Le rickshaw à vélo longe l'océan sur plusieurs kilomètres. L'air est frais, les vagues furieuses. Justine peut en distinguer l'écume dans la pénombre. Il s'arrête enfin devant une maison blanche. Le Shiva Hôtel. La porte est fermée. Salvatore frappe plusieurs coups. Un homme vient leur ouvrir. Cri de joie.

– Mon ami ! quel bonheur de vous voir !

Salvatore présente Justine, l'homme les fait entrer dans un salon et appelle ses enfants. Tous les cinq arrivent en courant. L'aîné doit avoir huit ans, le plus jeune deux ans.

– Gautam, tu te souviens de M. Salvatore ?

L'enfant secoue la tête, intimidé. Salvatore lui tend des bonbons.

– Et votre femme ? demande-t-il.

L'homme fait un geste. Les enfants s'esquivent.

– Vous n'êtes pas au courant ?

– De quoi donc ? demande Salvatore.

L'homme se met à chuchoter.

– Elle est malade, très malade. Je suis désespéré. Elle a beaucoup de fièvre. Nous craignons qu'elle n'ait…

Il hésite.

– Qu'elle n'ait contracté la lèpre.

– La lèpre ? s'exclame Salvatore, vous en êtes sûr ?

– Sûr ? répond l'homme, comment l'être sans examen ! Il faudrait que je l'emmène à Bombay ! C'est impossible.

– Mais qui vous a parlé de lèpre ?

– Notre brahmane.

– Vous n'avez pas vu de médecin ?

– La saison a été mauvaise. Un médecin coûte cher. Mais cessons cette discussion. Vous n'êtes pas venu pour entendre cela. Je suis si heureux de votre présence ici. Je vais faire préparer deux chambres. Vous êtes mes invités. Oubliez ce que je vous ai dit.

Une jeune fille accompagne Justine dans une pièce où trois lits sont alignés, chacun d'eux enclavé sous d'immenses moustiquaires. La jeune fille allume deux bougies. Elle lui montre la salle d'eau et se retire. Justine reste un instant immobile. De là, elle peut entendre le ressac des vagues, le vent. La flamme de la bougie vacille et projette son ombre sur les murs. Justine frissonne. Elle ne peut oublier les mots tout juste entendus. La lèpre ! Elle imagine derrière l'un de ces murs la femme luttant contre la mort. Elle se remémore un à un les visages des cinq enfants, celui du mari si hospitalier. Que va-t-il se passer pour cette famille ? Et pour cette femme ? Va-t-elle mourir cette nuit ? Elle écarte les pans des voiles de la moustiquaire et s'allonge sur le grand lit. Quelle étrange sensation en elle ! Est-ce un rêve que tout cela ? Elle ferme les yeux, essaie de retrouver Calcutta, ses rues, sa tyrannie. Sans succès. Calcutta est à des milliards d'années-lumière. Et elle est ici. Ailleurs. De nouveau projetée par une force irrésistible. Son corps nu livré à l'éclat de ces deux minces bougies, inquiet, fébrile : en attente d'un nouveau futur…

5 h 30 du matin… Au premier rayon de soleil, elle s'est habillée, a poussé la porte, et s'en est allée voir la mer. Un splendide spectacle l'attendait. Tout le long de la plage, c'est-à-dire sur plus de dix kilomètres, des hommes par milliers s'activent autour de leur pirogue. Pour en soulever une, ils sont quatre car, taillées dans un seul et unique morceau de bois, elles pèsent très lourd. Les femmes et les enfants sont debout sur la dune. Il y a du vent. Les vagues sont dures et brutales. Les hommes s'enfoncent dans l'eau, à moitié nus, ils poussent de toutes leurs forces la pirogue pour qu'elle franchisse la première barre. Mais la vague la soulève et la propulse en arrière ne leur laissant que le temps de s'écarter pour ne pas la prendre de plein fouet. Des enfants courent leur venir en aide. Les femmes hululent. On retourne l'embarcation, on la soulève, de nouveau l'on s'engage dans les eaux furieuses. Combien sont-ils à se battre ainsi pour pénétrer l'océan ? Peut-être cinq mille. L'aube est à peine levée. Le soleil rouge vif incendie l'espace. Les gamins apportent les rames, ils imitent le cri dur et puissant de leur père. Passé la première barre, il faut affronter la seconde. Là, beaucoup encore chavirent. La vague est haute, massive. Pris dans sa violence, les hommes tombent à l'eau, ils se débattent dans l'écume. Le godilleur culbute la pirogue luttant contre le courant. Les hommes reviennent à la charge, cette fois à la nage. De leurs bras, ils lancent une nouvelle fois la pirogue contre la

vague déferlante. Les femmes augmentent la vitesse de leur hululement, frappant des mains, tapant des pieds, encourageant maris, fils et frères... Enfin, l'un d'eux atteint le large. D'autres le rejoignent... Voiles noires, voiles blanches... Lentement le fond de la mer se colore. Les milliers d'embarcations forment un damier géant touché par la lumière d'un ciel bleu, rouge, or... Sur la plage ne restent plus que les femmes chargées de vases ou de paniers, prêtes à se rendre au marché du village voisin, et les milliers d'enfants, courant un peu partout, nus.

L'eau n'est plus maintenant qu'une surface vide. Face à celle-ci, Justine, de son regard, cherche cet avenir qui n'existe toujours pas en elle. Elle l'imagine tel le quotidien saisissant de ces femmes, de ces hommes, de ces enfants voués chaque matin aux cris, à l'angoisse de la mort, à l'excitation du combat... Savoir, connaître sa tâche jour après jour, le nom de sa demeure, les mots de sa volonté profonde... N'être qu'une femme parmi ces femmes, avec un nom, un rôle, et des enfants parmi le monde. N'être que l'une d'elles, oui, pleine de fierté et de courage, immobile sur la dune, le regard débarrassé d'errance, tourné vers l'océan du vivre...

Quand elle revient, une ambulance est là. Salvatore est devant la porte et parle au médecin.

– Je me charge de tout. Appelez-nous dès que vous savez quelque chose. Entendu ?

Il lui tend un billet de cent roupies.

– Prenez bien soin d'elle.

Le docteur s'incline. L'ambulance part. Salvatore regarde Justine en souriant.

– Alors, princesse, la mer était belle ce matin ?

Justine hoche la tête. Comment n'a-t-elle pas pensé à faire appeler un médecin ? Son égoïsme la surprend tout à coup. Salvatore pose un bras sur son épaule.

– Qu'est-ce que tu dirais d'une petite baignade ?

Ils courent tous les deux sur la plage. Le premier qui rentre dans l'eau a gagné deux roupies. Salvatore est rapide. Justine fonce. Elle touche l'eau en poussant un cri de victoire et d'étonnement. Ce qu'elle est chaude. Le courant lui fait perdre l'équilibre. Elle tombe, glisse sous la vague qui se fracasse sur elle, roule plusieurs fois sur elle-même et se sent rejetée violemment. Salvatore la rattrape. Justine est tremblante.

– J'ai cru que j'allais mourir…

– C'est une question d'habitude, les premières fois ce n'est jamais très drôle.

Salvatore plonge. Il disparaît sous la vague. Justine scrute l'horizon. Il ne réapparaît pas. Trente secondes passent qui semblent une éternité. Elle frappe le sol du pied. Une tension extrême s'empare d'elle. Et s'il était mort ? L'image de Pierre lui apparaît soudain. Pierre, son mort à elle. Pierre sur la plage lui dessinant la carte du monde… Elle se met à courir le long de l'eau prise de panique…

Une tête émerge.

– Elle est bien meilleure tout au fond tu sais ! Viens me rejoindre ! Ici c'est le paradis !

Il lui fait de grands signes. Il ne peut voir, d'où il est, combien elle est bouleversée. Elle s'agenouille, caresse le sable de ses doigts.

« *Tu as des rêves, Justine ?* »

Il lui a déjà posé la question il y a longtemps.

« *Alors capitaine ?* »

Elle se relève, regarde l'océan. Salvatore s'amuse au loin comme un dauphin plongeant dans l'eau. Des rêves, Pierre ?

– Je veux vivre, murmure-t-elle, je veux ne jamais t'oublier.

Ils passent ainsi une semaine sous le soleil de Puri. Justine passe son temps sur la plage à courir dans les vagues. La nuit, elle agite de son pied nu le plancton qui lance des étincelles vertes tandis que la lune ronde apaise l'océan de sa blancheur. Le mardi, une famille de pêcheurs l'invite à déjeuner. Elle pénètre dans le village entourée d'une horde d'enfants. Les maisons sont entassées les unes sur les autres, le sable couvert de déchets. Impossible de voir la mer d'où elle est. Dans la cahute tout est si sombre qu'on n'y voit rien à plus de deux mètres : trois paillasses, une chaleur insupportable. La femme, dehors, lave le poisson qu'on va lui offrir. L'homme s'installe devant elle et se met à fumer le chilum, crachant par intermittence un nuage de fumée qui le masque aux yeux. L'un des fils court acheter de l'huile d'épices. La fille aînée ranime le feu dans le four de terre. Une autre prépare le massala, broyant les grains à l'aide d'une pierre. Le grand-père coupe le bois à la hache. Justine ferme les yeux. Elle se laisse vivre. Un pêcheur lui tend de l'alcool de riz. À son contact, ses lèvres se contractent. C'est fort ! Tout le monde éclate de rire. La chair brûlante du poisson glisse dans sa gorge. Les corbeaux crient dans le ciel. Les enfants jouent. À son départ, quelques-unes des femmes hululent. Justine leur fait signe de la main. Les enfants courent. Vagues, vagues par milliers. Nonchalance du sable, nonchalance des étoiles.

Au Shiva Hôtel, c'est la fête. L'épouse va guérir. Salvatore est traité à l'égal de son nom : tel un sauveur ! Ils partent vers le temple Konarak pour fêter la nouvelle. Trente kilomètres de bus voltige dans la campagne grouillante de monde. Salut des femmes dans les champs, parfois un fleuve où un troupeau s'abreuve…

Enfin Justine aperçoit au loin l'imposante pierre rouge jaillissant du sol vers le ciel.

– Le Jagamohana, souffle Abu.

Justine, Salvatore et les enfants s'approchent. Pas un recoin qui ne soit taillé, ciselé. De chaque parcelle s'évade une image : couples d'amoureux, animaux, plantes, oiseaux, tous entremêlés librement.

– Et là, Shiva sur son bateau, désigne Abu, le bateau qui lui permet de traverser l'océan du ciel. Tout cet art pour honorer Surya, la déesse du Soleil.

Prononçant ce dernier mot, il s'incline. Justine longe l'édifice. Sur différents niveaux, elle découvre plus loin une multitude de statues de jeunes filles toutes plus gracieuses les unes que les autres : musiciennes, danseuses, au regard empli de joie. Les Indiens sont aussi fascinés qu'elle. Un guide parle en anglais à un groupe de touristes blancs.

– Ce sont les Portugais qui ont détruit en partie le temple. Parce que la pierre de magnit posé à l'époque sur son toit avait déréglé le mouvement de l'aiguille de leur boussole. Étonnés tout d'abord, ils ont accosté pour connaître la raison de cette perturbation. C'est alors qu'ils découvrirent le temple et l'immense pierre qui le surplombait… Il a suffi d'un coup de canon.

L'histoire est-elle vraie ? Justine n'en saura jamais rien. Mais elle lui plaît autant que ce monde de pierre qui semble danser, chanter devant elle, naviguer à travers les cieux…

Elle retrouve toute la famille devant la Roue de la Loi. Une roue de plus de cinq mètres de diamètre. Abu se tient droit, ses cinq enfants à ses côtés. Salvatore crie :

– Attention ! Souriez !

Il prend la photo. Abu le remercie vivement.

– À vous deux maintenant.

Salvatore prend la main de Justine.

– Ne bougez plus !

Clac ! Justine a souri. Salvatore a fait le pitre. Que restera-t-il de cette image ? se demande-t-elle. Eux ? Ou bien l'esprit magnifiquement vivant de cette jeune fille jouant du luth et dont la danse de pierre semble faite de grâce ?

Justine s'allonge sur la plage. Salvatore vient la chercher pour aller au marché. Ils sautent dans un rickshaw. Slaloms entre les bœufs, les camions, un défilé bouddhiste, les crachats de bétel, les buffles noirs… Sur la plage du centre-ville, des centaines de touristes indiens regardent la mer. Les plus téméraires viennent tremper leurs orteils dans les vagues glissantes tandis que les autres se retirent avec des cris amusés, effrayés. Le sari des femmes vole dans le vent. D'une main, elles ne cessent de ramasser le drapé et d'essayer de l'immobiliser. Mais rien à faire, le vent est furieux et il aime voir ces jeunes femmes se courber sous lui. Salvatore achète des légumes, des sucreries, de la farine, des œufs. Justine participe. Il se meut dans la foule avec une agilité digne d'un acrobate. Il n'a peur de rien et s'adresse à tout le monde. Justine le suit, heureuse. Avec lui, elle apprend à avoir faim du monde. Sarah colmatait ses plaies. Elle apaisait ses peurs. Elle lui redonnait confiance. Salvatore va plus loin. Il la pousse vers le monde. Il lui en ouvre les portes et le rend accessible. Il déblaie de sa route tout relent d'angoisse, de danger, d'obstacles, l'entraînant, infatigable, vers de nouvelles routes, de nouvelles images et Justine, sans avoir le temps de penser, n'a que celui de recevoir en pleine figure cette beauté absurde et magnifique du vent, de la mer et des hommes, cette puissance de leur rire, cet éclat de leurs songes…

– Salvatore, lui demande-t-elle un jour, d'où vient ta joie ?
Il éclate de rire.

– Je crois bien avoir un dieu qui danse en moi depuis mon plus jeune âge.

Justine l'interroge du regard.

– Et puis autre chose. J'ai ma petite histoire à ce propos. Un homme, pour moi, c'est comme un tube de gouache. En apparence assez banal, à l'intérieur d'une couleur unique et dense. Un jour tu prends dix, vingt, trente d'entre eux, n'importe lesquels, toi, moi, celui-là là-bas avec son chapeau sur la tête, et tu presses à fond sur leurs tubes. Jet de couleurs, princesse ! Cocktail ! Et ce résultat quel que soit le mélange ! C'est toujours beau, c'est toujours dense. Il suffit d'oser. À partir de là, il n'y a plus de peur, plus d'ennemis. Rien que du grand clair partout autour de toi…

Plage. Salvatore au loin coule dans ses mains le sable qui prend forme. Il est à genoux et construit un temple. Il le veut monumental et bordé de hautes murailles. Justine joue avec un coquillage. Avec son pied, elle le dessine. Elle songe à la France, à sa chambre au quatorzième étage, à cette maison de son enfance… Que font ses parents ? Qu'ont-ils pensé de sa fuite ? S'en foutent-ils ? S'en inquiètent-ils ? Ils ont dû finir par ouvrir la porte. Voir la chambre vide. La chambre sans elle pour les haïr. Et puis après ? Leurs deux corps immobiles, le silence de sa mère qui n'a rien dû penser parce qu'elle ne pense plus, sa mère, depuis des temps immémoriaux, le mépris du père, son haussement d'épaules parce que la vie ça ne compte plus, c'est de la merde, et qu'en ont-ils à foutre de cette gamine !, puis rien, la porte laissée ouverte, la télé allumée, le silence entre eux deux, le pire. Salvatore, là-bas, travaille comme un damné, attirant peu à peu les curieux. Tout d'abord des enfants du village des pêcheurs, puis des femmes du temple le plus proche. L'art des châteaux de sable n'est pas connu ici. Tous s'approchent, émerveillés, et se proposent à l'ouvrage. Ici les escaliers, là les rampes, les colonnes, les statues, le toit, les terrasses. En moins d'une heure plus d'une vingtaine de personnes y travaillent. L'œuvre devient gigantesque. Du village on apporte des algues, des poissons, des coquillages ; du temple, des fleurs... Pauvres et riches, à genoux devant l'océan, bâtissent l'édifice et recrutent à chaque instant un nouvel arrivant. Salvatore donne ses ordres, accélère la cadence, creuse avec rage les fossés qui arrêteront la montée de l'océan. Justine sort de sa rêverie. Ce qu'elle voit l'effare. Ce ne sont plus vingt personnes, mais presque cent qui sont maintenant au travail ! Le temple de sable a pris des proportions effarantes. À plus de cinq cents mètres il est encore visible ! L'océan menace. La foule s'active. Les enfants poussent des cris, les hommes et les femmes redoublent de concentration. Salvatore coule la tour centrale qui s'élève à plus de cinquante centimètres. Il recule d'un pas. La tour tient debout, magistrale parmi les cours, les plates-formes, les terrasses, les galeries. Justine s'approche. Le travail est splendide. Elle n'a jamais rien vu d'aussi beau. Salvatore frappe dans ses mains. Dans quelques minutes l'océan va tout détruire.

– C'est fini, crie-t-il

Tous s'arrêtent. Un enfant court au-devant de Salvatore.

– Photo, Sahib ! Photo.

Justine prend l'appareil. La foule agenouille Salvatore et se groupe autour de lui : les enfants accroupis à l'avant, les femmes à gauche, les hommes à droite. Aucune distinction de caste. Le temple à leurs pieds.

– Attention ! crie Justine.

Tous retiennent leur souffle. Le moment est important. Clic ! clac ! Et c'est moins une, car la première vague vient s'effondrer contre la première muraille. La foule recule. Elle assiste à la chute de la tour. Salvatore danse de joie. Aucun d'eux ne semble triste. D'où vient qu'ils ne sentent pas comme elle ce besoin de garder vivante cette œuvre, de ne pas la voir disparaître ? Mais personne ne lui répond. Salvatore continue de danser, tandis que l'océan recouvre de ses vagues le temple souverain, devant Justine impuissante, et la foule exaltée.

Le soir est tombé. Ils foulent tous les deux le sable de leurs pieds. Gautam les devance avec son cerf-volant.

– Princesse, c'est bientôt l'heure des adieux, tu sais ?

Justine le regarde, interloquée.

– Je dois partir pour Bombay et je dois y aller seul. Ma femme m'y rejoint.

Justine se fige. La terre s'ouvre sous ses pieds.

– Mais qu'est-ce que je vais faire ? murmure-t-elle.

– Justine ! Comment peux-tu dire une chose pareille. Tu as l'Inde devant toi. Toute l'Inde. Tu vas mettre ton sac sur tes épaules et tu vas bourlinguer ! Rendez-vous dans un mois et demi là-bas, à l'Armée du Salut. D'ici là, tu visites, tu rencontres, tu fais ta route !

Justine ne répond pas.

– Sinon, tu rentres à Calcutta. Il y a un train qui part demain vers dix-huit heures.

Mais le seul nom de Calcutta redouble son angoisse. Pour elle, il est hors de question de revenir dans la ville aux fumées noires, aux odeurs d'ordures et aux visions macabres… Elle n'a pas le choix.

Seule.

Le bus traverse la campagne. Justine colle son front contre la vitre. Elle se recroqueville. L'homme à côté d'elle s'est mis à lui parler de Dieu, du rôle du père dans la famille, mais elle a détourné la tête pour plonger son regard le plus loin possible dans cette Inde inconnue, miroir en ce jour de sa propre solitude. La fête Salvatore a pris fin. La fête tout court. Justine n'a plus goût à rien. Elle ne veut plus entendre les hommes. Elle veut seulement laisser s'écouler cette peine à travers ce mouvement absurde qui l'emporte en un ailleurs qu'elle n'a jamais réclamé. Elle a peur, voilà tout. Peur de ces longs jours qui l'attendent et dont elle ne sait rien. Peur à la manière des enfants qu'on abandonne en plein milieu des forêts, au beau milieu des routes, ou même dans les villes… Plus de murailles. Plus de vêtements. Plus rien que soi-même face à l'étendue étrangère. Justine se replie. Elle hait tout à coup ce destin qui, chaque jour, la projette plus en avant vers la menace. N'a-t-elle donc pas été assez mise à nu entre ces morts et cet encens ? N'aura-t-elle jamais droit à quelque répit ? Faudra-t-il que cette force broie tous ses membres pour que ce mouvement prenne fin ? N'y a-t-il donc pas de pitié en ce monde pour elle ? Son front cogne la vitre. La campagne file avec ses saris de couleurs, ses villages enfouis. Aucune réponse par-delà les vitres. Juste le soleil éblouissant qui tranche les corps et les consciences humaines frappant de clarté toute source d'eau, rizières et temples…

Bhubaneswar… Le bus repart laissant Justine sur la route. Avec elle sont descendus plus de dix hommes et femmes pèlerins. Elle sort de son petit sac l'un des trois cadeaux de Salvatore : le livre guide des baroudeurs, le *Lonely Planet*. Elle l'ouvre à la page du nom de cette ville. Plusieurs hôtels y sont mentionnés. Un rickshaw à vélo passe. Elle lève le bras.

– Temple Lodge please ?

Le rickshaw acquiesce. Il connaît l'endroit et Justine s'en étonne.

Elle ne pensait pas que le livre puisse dire vrai. L'homme se met à pédaler à travers le crépuscule. Cinq kilomètres de campagne, vent frais du soir sur sa peau, chant des grillons et des cigales, passage de prêtres et de sadhu. Deux femmes la saluent, elles boivent à la gourde. L'homme s'arrête.

– C'est là, dit-il.

– Combien ?

– Vingt roupies.

Elle pousse un cri. C'est excessivement cher.

– O.K. ! quinze roupies.

Elle croise les bras, nie de la tête. L'homme comprend vite qu'il n'a pas affaire à l'un de ces touristes naïfs. Elle lui tend sept roupies. Il se met à rire, il accepte.

– Demain, miss, je suis votre homme. Je vous emmène visiter.

Elle sourit.

– On verra.

Il part. Justine traverse la route. Sur des transats, deux Blancs plongés dans des livres. Ils lèvent tous les deux la tête.

– Ah ! de la visite !

L'un d'eux frappe dans ses mains.

– Jibreya ! Une cliente !

Un énorme Indien en sueur accourt.

– Je suis là !

– Je voudrais une chambre s'il vous plaît.

– Vous voyagez toute seule, miss ?

– Oui.

Il se tourne vers le couple, secouant la tête.

– Je ne comprendrai jamais rien à votre civilisation !

Éclats de rire.

– Occupez-vous plutôt de lui donner un lit, Jibreya !

– Oui, oui, pardon, miss, venez, vous serez ici comme chez vous.

Il ouvre une porte. La chambre se compose d'un lit en ferraille, d'un ventilateur, et d'une fenêtre. Les murs sont nus.

– Ça ira ?

Le ton inquiet du patron fait sourire Justine. Elle le sent soucieux pour elle.

– Il y a de l'eau chaude, s'empresse-t-il d'ajouter.

– C'est très bien. Merci.

– Et puis si vous avez besoin de quoi que ce soit. Je suis à votre service.

– Merci.

Il ferme la porte.

Le soir même, elle dîne avec Igor et Madeleine. Ils lui apprennent qu'ils traversent l'Inde du Nord sur la trace du Bouddha.

– Ah ! parce qu'il est venu ici ?

– Non. Ici, nous sommes venus nous recueillir sur les stèles des édits d'Asoka, un prince de l'Inde converti au bouddhisme en trois cent vingt-six avant Jésus-Christ. Un pacifiste. Nous y allons demain. C'est à Dhauli, à quelques kilomètres d'ici, tu peux nous accompagner si tu veux. Seulement nous partons tôt. Vers cinq heures trente.

– Aïe !

Ils restent quelques heures à parler. Igor lui narre la vie du prince Siddharta devenu plus tard le Bouddha.

– Imagine-toi, être élevé dans un monde indemne de toute souffrance.

Justine tente d'imaginer. Elle remonte au plus loin d'elle-même, en un temps de petite enfance où rien ne semblait encore pouvoir mourir. Quel âge avait-elle alors ? Avait-elle seulement un âge ? Et n'est-ce pas plutôt un rêve qu'elle fait lorsqu'elle y pense aujourd'hui.

Igor enchaîne.

– Un jour, Siddharta s'évade. Il découvre la maladie, la vieillesse, la mort ! Un vrai choc pour lui ! J'essaie toujours de me figurer le tourbillon de ses pensées à cet instant. Ce dut être un instant terrible pour lui.

Elle sait, oui, elle se souvient. Sa maison dévastée, le regard ahuri de sa mère, sa petite salopette jaune parmi le désastre…

– C'est pour cela qu'il devint le Bouddha. Découvrant d'un seul coup toute cette souffrance, ne lui restait plus qu'une voie de survie : comprendre ou mourir.

– Comprendre quoi ?

– Comprendre que la souffrance est illusion. Comprendre que le « je », le « moi », n'existent pas, qu'ils sont les flammes illusoires d'un feu illusoire.

– Mais c'est comme mourir ça !

– Mais même mourir n'existe pas puisque mourir c'est de nouveau renaître pour mourir encore et renaître. Et c'est là le hic.

– Tu m'étonnes !

– Je sais ça paraît un peu compliqué.

– Pire même.

– En tout cas le but c'est de ne plus faire partie de ce cycle de renaissances et de morts. En somme c'est d'atteindre l'extinction absolue, le détachement absolu.

– C'est carrément angoissant, ce truc !

Igor se met à rire

– Atteindre la suprême sagesse, ce n'est jamais très facile !

Le lendemain matin, Justine se lève vers huit heures. Jibreya lui sert son petit déjeuner et lui indique la route des temples. Elle prend son sac et se met en marche. Il y en a pour deux kilomètres. À son passage, les hommes se retournent. Une brume légère ondule sur les champs. Une femme tire la poulie de son puits, scandant un chant. Des enfants jouent plus loin à la marelle.

Un Indien l'interpelle. Il lui propose de l'accompagner jusqu'au temple. Elle ne refuse pas, il a une bonne tête. Chemin faisant, ils passent devant sa maison. Sa mère balaie la terrasse. Il s'approche, s'incline jusqu'à lui toucher les pieds et présente Justine qui s'incline à son tour, un peu hésitante. À son « namasté », la femme se met à sourire. Elle lui prend la main et la fait entrer. La maison est grande. Dans chaque pièce, à l'exception de la salle à manger, il y a des lits. D'un buffet, elle sort un album de photos. Là, une cousine avec sa nouvelle télévision, ici, une dizaine d'enfants en uniforme dont trois de ses petits-fils, là un couple posant devant un poster de Venise…

L'homme revient avec des oranges. Sur le pas de la porte, quatre jeunes garçons intimidés.

– Vous n'avez pas de famille ? Il vous faut une famille. Vous ne pouvez rester toute seule comme ça. Je vous en prie, revenez ce soir. Nous nous occuperons de vous, dit la mère.

Justine balbutie. Devant tant d'attentions, elle ne sait comment refuser.

– Maintenant, Kutab, mon fils va vous emmener visiter la région. C'est un bon guide.

Kutab est garde-forestier. Il lui explique que l'accès du temple Lingaraja est interdit aux non hindous. Cela l'ennuie pour elle mais heureusement il connaît un endroit d'où l'on peut le contempler. Justine le suit. L'endroit en question, c'est un hôpital. En gravissant les escaliers, ils cèdent le passage à une très jeune fille, un bébé dans les bras. Justine lui adresse un sourire. La jeune fille, qui semble épuisée, ne répond pas. Kutab l'entraîne. Ils arrivent sur une terrasse qui surplombe un vaste panorama. Justine est ébahie. Elle ne s'attendait pas à un ensemble aussi prestigieux. Plus de vingt temples en grès roses s'élèvent, tous de tailles différentes. Pas un qui n'ait été minutieusement ciselé. Pas un qui ne présente une multitude de statues prodigieuses : lions, bêtes fantastiques, couples amoureux, Ganesa, Parvati, Skanda…

– Regardez ces femmes à genoux près des bassins. Ce sont des veuves. Elles prient Siva, notre dieu, de leur donner un nouveau mari et des enfants. C'est ici le seul endroit de l'Inde où elles ont le droit de marquer leur front du troisième œil dans l'espérance d'un nouvel amour. Que Siva les protège ! déclare lentement Kutab d'une voix solennelle.

Ils redévalent les escaliers. Kutab l'emmène voir la tour Vaital, le Muktesvara, le Rajarani. Justine longe les ghats où l'image des temples et la sienne se reflètent. Kutab prie au loin. Eau vert émeraude. Elle se mire. La fille à ses pieds dont l'image flotte entourée de dieux, de singes, de tortues et de cygnes paraît si belle… si magique. Elle reste immobile. Cette vision l'apaise. Sa profonde harmonie l'invite à un autre regard sur cette elle-même. Un regard doux, contemplatif, capable de faire naître du plus profond de son être un reflet tel que celui-ci, d'une beauté qu'elle ne soupçonnait pas…

Dîner en famille. Défilé de plats et de photos. La mère s'assied à côté de Justine et l'évente. Justine fait un petit geste qui montre son embarras. Mais la mère sourit, la regarde droit dans les yeux et dit avec douceur.

– Tu es ma fille ce soir, laisse-moi faire.

Justine ferme les yeux. Toute sensation de solitude s'est évadée de son corps à l'instant même où ces mots ont été prononcés. Le vent frais glisse sur son visage. Et elle s'y soumet avec l'ardeur de ceux qui tendent les bras pour embrasser les dieux. La peur en elle disparaît. La joie remonte et le désir de vivre avec.

Si telle est l'essence de ce long voyage à venir, pense-t-elle, alors il n'y a plus de raison pour elle de s'affliger…

Elle quitte Bhubaneswar en compagnie d'Igor et de Madeleine qui partent vers Bodh Gaya. Train en troisième classe. Une femme dans le couloir entame un chant plaintif. Dans le compartiment, ils sont une quinzaine au lieu de six réglementaires. Les enfants pleurent. À chaque station, les vendeurs de thé tendent leurs mains à travers les barreaux pour recevoir la monnaie. Le contrôleur passe. Il expulse la chanteuse à l'arrêt suivant. Elle crie, se débat. Personne ne bouge. Les enfants suivent, perdus, affamés, désespérés. Justine s'assied sur les marches du train. Odeurs de pisse. De campagne. De liberté. Elle est heureuse.

À Bodh Gaya, ils se logent dans un petit hôtel misérable mais ailleurs tout est complet. La télé hurle et l'on voit sur l'écran un homme se jeter d'une tour de vingt étages et atterrir, le plan suivant, pieds joints, sur le trottoir. Impossible de faire baisser le son. La famille au complet regarde, fascinée.

Le lendemain, Justine part avec le couple découvrir l'arbre où Siddharta reçut l'illumination. Ils ne sont pas les seuls. Des bouddhistes de tous les coins du monde sont là pour se recueillir devant l'arbre bodhi entretenu depuis plus de deux mille six cents ans. Igor et Madeleine font la connaissance d'un moine. Justine les quitte. Après ce bain de foule et de prière, elle a besoin de marcher. Elle longe le fleuve Phalgu et joue à lancer des pierres. Des enfants nus se baignent. Des femmes lavent leurs cheveux. Des bœufs s'abreuvent. Elle passe devant les temples puis s'engage dans les rues animées. Le soir descend. Plus besoin de Salvatore ni de personne parmi ce monde. La fête est là. Souveraine. Elle module en sa poitrine le chant d'une nouvelle solitude qui s'ouvre, nue, à la jouissance d'un nouveau vivre…

AC Express. Midi. Le quai est rempli d'hommes. Justine monte dans le train. Igor et Madeleine la saluent.

– Nous aurions aimé te montrer Bénarès.

– Un autre jour.

Un jour, quand je n'aurai plus besoin d'aller très loin, de me perdre, de tout quitter. Un jour, quand je serai plus vieille, plus immobile en moi-même.

Après trente heures de voyage harassant, en place assise, dans le couloir d'un train bondé où un sikh a tenté à plus de cinq reprises de lui caresser les genoux entre deux et trois heures du matin, Justine découvre Delhi, la folle capitale, son Red Fort, ses remparts, sa porte aux Éléphants, témoins de guerres atroces et grandioses... Elle découvre son marché, ses dentistes de rue, sa foule de mendiants, ses parcs et sa mosquée... Elle n'a trouvé pour dormir qu'un dortoir miteux où cinq Japonais sommeillent. Aucun d'eux ne parle l'anglais. Elle se demande comment ils sont arrivés là. La quatrième nuit, elle dort chez un Indien qu'elle rencontre dans un café et qui se dit le frère du directeur du musée d'archéologie. Sa mère s'empresse de lui faire du thé et l'invite à se marier avec son fils. Elle refuse, prétextant un fiancé.

Départ pour Agra. Traversée des bidonvilles de Delhi par le train. Dans le compartiment, une jeune épouse en larmes. Sa mère l'accompagne dans la famille de son mari qui deviendra la sienne. Elle a peut-être quinze ans. Défilés de gares pleines à ras bord d'hommes, d'animaux, d'agitation.

À la fin de l'après midi, la jeune fille soulève son voile, se penche vers Justine et lui parle. Justine ne comprend pas.

– Elle vous demande si vous la trouvez jolie ? traduit sa mère.

La question par son étrange innocence laisse un moment Justine décontenancée. Elle se tourne vers la jeune fille qui attend la réponse et prononce doucement un « Oui » qui, instantanément, lui fait fermer les yeux de plaisir.

– Merci, chuchote sa mère, que votre dieu vous marie un jour et vous donne une famille... Je prierai pour vous, pour vos parents, vos frères, vos sœurs.

Arrivée en gare. Trois kilomètres de rickshaws. Familles prenant le frais sur les terrasses. Pink Hôtel. Intérieur calme. Chambre à deux lits pour le prix d'une. Deux touristes sur la terrasse jouent aux dés avec le fils aîné du patron. Justine s'allonge et s'endort rapidement. Nuit paisible. Vers huit heures du matin, petit déjeuner entre « Rome et Naples », deux avocats italiens en vacances, qui partent pour Delhi dans la matinée.

Découverte du Taj Mahal. Son marbre blanc éclate dans le soleil. Justine reste un instant abasourdie par tant de beauté. Un guide passe, il se penche vers elle :

– Œuvre d'amour, lui souffle-t-il.

– D'amour ? s'exclame Justine.

Mais l'homme est déjà loin. Elle a juste le temps de le voir disparaître dans la foule. Justine s'avance vers le palais émerveillée comme toute la foule. Que de perfection ! Que de noblesse ! Son pied nu touche la pierre encore froide tandis que le jour transpire déjà…

– Le Sha Jahan, lui murmure à l'oreille une autre voix d'homme…

Elle sursaute. Un Indien d'une quarantaine d'années lui fait face.

– Le Sha Jahan, continue-t-il, fou d'amour et de douleur à la mort de son épouse bien-aimée, fit édifier par les artisans les plus réputés de son époque ce magnifique édifice en son honneur. Il y fit déposer la dépouille de la morte en un cercueil ciselé de marbre. La légende veut qu'il ait donné l'ordre, par la suite, de mettre à mort l'architecte, afin que ce tombeau d'amour préserve, jusqu'à la fin des temps, le mystère de sa beauté unique et irremplaçable.

Il reste un moment silencieux.

– Je me demande si je serais jamais capable d'aimer un jour quelqu'un avec autant de force.

Justine, s'était attendue à ce qu'il lui demande de l'argent, reste un instant interloquée. Il poursuit.

– Qu'en pensez-vous ?

– Mais qui êtes-vous ?

– Pardon, mille fois pardon. Je suis M. Mullick et je suis professeur de littérature indienne à l'université de Delhi.

– Excusez-moi, je vous avais pris pour un guide.

– En vous voyant admirer cette œuvre je n'ai pu m'empêcher de souhaiter vous éclairer un peu. Je viens ici presque en pèlerinage.

Tout est si beau.

– C'est vrai.

– Tenez, prenez ma carte. Si vous passez à Delhi, je serais ravi de vous faire visiter la ville. Allons, je vous laisse à votre contemplation. Que ce paradis vous donne le secret de ses fruits.

Il tend sa main à Justine et s'en va, la laissant pleine d'une mélancolique tristesse…

Sera-t-elle un jour, elle aussi, capable d'aimer pareillement ? Au point d'édifier un rêve de marbre et d'éclatante blancheur ?

Journée de repos. Une Brésilienne a le temps de lui conter une histoire d'amour sombre et noire. Elle lui apprend des coups épatants au jeu du caroms.

Jour suivant. Une heure de *local bus* pour l'ancienne cité de Fatehpur Sikri percée de neuf portes. Porte d'Agra, de Lal, de Delhi, de Birbal, de Codanpol, de Gwalior, de Tehra, de Cor et d'Ajmer. Justine se déchausse. Une famille sikh lui propose de faire la visite avec elle. Ils sont entourés de leurs huit enfants. Elle accepte. La femme s'approche d'elle.

– Pouvez-vous tenir la main de Tegh et de Kabir, s'il vous plaît ?

– Oui, bien sûr.

Tegh a huit ans et Kabir cinq. Ils la regardent, inquiets, mais un quart d'heure suffit pour que leurs cris de joie se fassent entendre à nouveau. Justine est devenue leur sœur. Pieds nus, ils découvrent les chambres à coucher, la salle du trône, les palais des épouses d'Akbar, la mosquée. Tegh reste ahuri lorsqu'il apprend que ce grand roi jouait aux échecs dans l'une de ces cours non pas avec des pions mais avec de belles jeunes filles. Il se tourne vers Justine et lui murmure quelques mots.

– Que m'a-t-il demandé ?

– Quel enfant terrible ! Il vous a demandé s'il pouvait jouer aux échecs avec vous.

Justine éclate de rire. Tegh rougit.

– Mais il faut être un grand roi pour avoir cet honneur, réplique-t-elle.

Sa mère traduit. Tegh hausse les épaules. Il murmure encore quelques mots. C'est son père, cette fois, qui éclate de rire.
– Alors il deviendra roi, car il vous aime beaucoup.

Ils quittent la cité en fin d'après-midi. Ils ont longuement assisté au coucher du soleil du haut du pavillon Hava Mahal d'où l'on peut voir les collines lointaines et, plus loin encore, les lacs. En sortant de la cité, la mère supplie Justine de dormir chez eux. Ils habitent les environs d'Agra, dans un petit village. Les portes s'ouvrent à nouveau. On nettoie la chambre des parents, qui dormiront par terre, et l'on prépare le lit de l'invitée. Justine a beau répéter qu'il est hors de question qu'ils dorment à même le sol par sa faute, ils se contentent de sourire.
– C'est un réel plaisir pour nous que de vous offrir notre chambre.
Quand elle s'allonge, la porte s'entrouvre. C'est Tegh. Il s'approche sur la pointe des pieds et tire de sa poche un bout de papier sur lequel il a dessiné toute sa famille et elle à côté de lui. Au-dessus de chacun il a écrit un nom. Au-dessus de Justine il a dessiné un soleil.
– Merci, Tegh.
Il a compris. Elle pose sa main sur sa joue. Il repart. Justine garde quelque temps les yeux ouverts. Des larmes coulent sur ses joues.
Que ne donnerait-elle ce soir pour faire partie de cette famille ? Pour être au cœur du dessin merveilleux ? Que ne donnerait-elle pour effacer à jamais ce vide, cette longue absence de paroles et d'amour ?

Bus pour Jaipur. Tout au long du trajet, Justine supporte la chaleur sèche et torride du Rajasthan. Poussière de la route, poussière d'un ciel mal lavé. Les gens ne se gênent pas pour la recracher par les fenêtres... La terre prend bientôt la couleur d'une écaille morte. Rares sont les étendues d'eau. Cette année la sécheresse a sévi, les puits ont presque tous vu tarir leur source et les villageois sont astreints à marcher durant des kilomètres en quête des quelques points d'eau non encore épuisés. Justine apprend cela d'une Américaine qui s'est assise auprès d'elle. En l'écoutant, elle colle son visage à la fenêtre. Elle pense à Tegh avec lequel elle vient de passer trois jours merveilleux. Elle pense à toute cette famille qu'elle vient de quitter. Les reverra-t-elle un jour ? Villages. Maisons de terre séchée en forme de hutte. Femmes enroulées dans des tissus de plus en plus colorés, quasi phosphorescents. Dès que le bus s'arrête, c'est l'assaut. Impossible de se lever pour se dégourdir les jambes. Les vendeurs brandissent leurs marchandises de fenêtre en fenêtre : cacahuètes au poids, thé, eau versée dans des verres sales et d'une cruche de terre que tient une fillette.

– Qu'est-ce que tu fais en Inde, tu travailles ? lui demande l'Américaine.

– J'ai travaillé, maintenant je voyage. Et toi ?

– Moi, j'enquête.

– Tu enquêtes ? s'exclame Justine très étonnée.

– Oui, je veux en savoir plus sur ce cas de Sati.

– Ce cas de quoi ?

– C'est une vieille tradition qui oblige la femme à s'inhumer dans le feu volontairement à la mort de son mari. Cette pratique est interdite de nos jours seulement, voilà trois semaines, le 12 novembre exactement, un nouveau cas a été recensé et moi j'y vais pour comprendre. À Delhi, je travaille sur les droits de la femme avec une association de jurisprudence internationale. Je suis juriste de formation. Impossible de laisser passer ça. Surtout que, dans la plupart des cas, c'est la belle-famille qui pousse la jeune fille à la mort afin de récupérer l'intégralité de l'héritage.

Justine frissonne. Elle repense aux larmes de Kasturi dans le parc Victoria. L'Américaine continue.

– Oui, c'est le côté noir de ce pays. Mais j'ai de l'espoir. À force de luttes, nous gagnons du terrain. Les lois sont révisées.

Arrivée à Jaipur.

Justine descend du bus. Il redémarre.

– Hé ! Justine, à Noël je suis à Pushkar ! Tu y seras ?
Justine se retourne. L'Américaine crie encore quelque chose mais Justine ne l'entend pas. Noël ! Cela semble si irréaliste tout à coup.

Lever tardif. Le patron de l'hôtel lui indique un chemin pour visiter les beaux monuments de la ville. Justine se met en route. Les premières rues qu'elle longe sont mornes mais, au détour d'une grande avenue, elle découvre avec surprise le secret de Jaipur. Une enceinte aux murs épais de couleur rose enlace le cœur de la ville et c'est par une porte monumentale ornementée de motifs floraux multicolores qu'on y accède. Dès lors, on ne se trouve plus dans le même lieu. Au seuil de cette frontière prodigue, les maisons ont pris l'aspect de palais baroques rose vif. Les rues sont verdoyantes et grouillantes d'un monde qui traverse les « book Bazar », les « bicycle Bazar », les « food Bazar », les « jewels Bazar… » Des femmes aux voiles saupoudrés d'argent se promènent en groupe, sans hommes. Elles se meuvent en vagues déferlantes pleines de couleurs et d'éclat. Des chameaux se dandinent, tirant nonchalamment des carrioles où l'on a installé des familles, des valises. Certains s'assoupissent au milieu de la route, insoucieux du trafic. Les motos les contournent. Les chauffeurs de taxi sortent de leur voiture et tentent de les réveiller en agitant des bras. Pour Justine, l'émerveillement va crescendo. Cette petite cité est celle d'un beau rêve. De balcons en balcons, des dizaines de singes bondissent, émettant des cris stridents. Ils se poursuivent, se bousculent, se battent sans relâche.

Justine repère un beau salvar khamiz. Elle le déplie et l'imagine sur elle. Le marchand s'en aperçoit. Il l'applaudit.

– Miss, il est très magnifique !

– Combien ?

– Pour vous, cent cinquante roupies.

Justine part d'un grand éclat de rire.

– Vous voulez me dépouiller ! Je voyage toute seule, moi !

– C'est de la soie ! Voyez, touchez !

– Quatre-vingts.

– Cent quarante-cinq.

La discussion s'annonce tenace mais chacun se prend au jeu. Justine parle de sa « misère », le marchand du travail « impeccable des coutures », de l'« originalité des motifs », de la « solidité du tissu »…

Après un bon quart d'heure de discussion, le prix atteint les cent cinq roupies.

– Tope là, dit Justine.

Le visage du marchand s'illumine.

– Je suis heureux de vous avoir vendu ce salvar kamiz, mademoiselle. Pour la peine, je vous serais reconnaissant d'accepter de boire un peu de mon thé.

Justine sourit. Il l'entraîne dans l'arrière-boutique du magasin.

– Vous savez, j'accorde toujours une grande importance aux acheteurs de votre qualité.

Justine lève les yeux, étonnée.

– Mademoiselle, peu de Blancs sont comme vous. Ils sortent les billets avant même de connaître le prix des choses. Ils ne savent pas prendre le temps de toucher la matière. Pour eux, elle n'a aucune valeur. Et cela rend le métier bien triste.

L'homme hoche la tête. Il se met à fumer. Derrière lui, les dix couturières triment.

– Alors, mon thé ?

– Il est parfaitement délicieux.

– Vous m'en voyez ravi.

En début de soirée, Justine rentre à l'hôtel. Elle dîne sur la terrasse en compagnie de Greg, un Autrichien qui dort dans son dortoir. Il voyage depuis l'âge de seize ans et en aura bientôt quarante.

– Tu ne t'es jamais marié ?

– Non.

– Et tu n'as pas d'enfants ?

– Non.

Ils restent un moment silencieux.

– Tu ne te sens pas seul parfois ?

– Et toi ? lui demande-t-il.

– Moi ?

Justine hausse légèrement des épaules.

– Ben oui, de temps à autre.

– La solitude, on naît avec elle, on meurt avec elle. C'est notre âme.

Vent dans la figure. Trois semaines passent. Justine traverse le désert du Rajasthan franchissant les portes des villes d'Ajmer, de Pushkar, de Jansailmer, de Jodpur. Les bus et les trains la déposent, la reprennent, remplissant son corps de rencontres et d'adieux. Palais, montagnes, fêtes sacrées. Plus elle va, plus elle se délivre et plus l'errance s'accomplit en elle telle une ablution d'eau purificatrice. Elle oublie lentement ses deuils, ses ancres lourdes et rouillées. Elle se dépouille de sa douleur, revêtant la robe de ce ciel bleu roi qui frappe cette terre nue et sèche. Justine marche vers sa naissance, elle l'accomplit, cueillant la beauté des crépuscules, des fleurs données en offrande, des chambres hospitalières… Dans la nuit de son silence, elle fait entrer la lune pleine et ronde de Pushkar, la splendeur de la salle aux berceaux du palais de Jodpur, la poussière de la route. Solitude non plus vide mais nourrie d'une mémoire qu'elle ne cesse d'accomplir. Villes de Mondore, d'Abu, d'Udaipur, de Chittor, d'Indore. Justine les traverse, absorbant tout d'elles : leurs filles voilées près de leur nécropole, leurs temples Jains, leurs crépuscules célèbres, leurs pentes de montagne, leur terre aride, leurs palais blancs, leur cité à l'abandon d'où cent plaines sont visibles…

Les jours passent. On la réveille en pleine nuit et l'on crie « Ellora, Ellora ! ». Elle saute du bus et se retrouve sur un chemin de campagne désert. Attendre l'aube. Attendre avec fatigue, énervement, ce lever du jour pour y voir plus clair. Se demander ce que l'on est devenu, ce que l'on est, soudain, là, au bord de cette route étrangère. Justine plonge son regard dans la nuit. Va-t-elle vivre de ce mouvement à jamais ? Elle pense à Pierre, à Sarah, à Salvatore, à leurs voix inscrites en elle. Elle pense à son travail à Khalighat. À ce lieu qu'elle a vécu comme un combat, qu'elle a traversé comme un fond de nuit d'elle-même. Y a-t-elle vraiment donné, offert, partagé ? Puis elle pense à Greg, à son parcours à travers monde, à sa peau sale, à son regard détaché de tout. Sa main caresse la pierre sur laquelle elle s'est assise. Combien de temps va-t-elle encore prendre ce vent de poussière dans la figure ?

L'aube se lève. Deux restaurants sur la route. Justine choisit celui de droite. On lui sert du thé puis on lui indique l'endroit où elle pourra se laver. On soulève le linge qui pend jusqu'au sol pour la faire accéder au puits. Là, elle tire un à un les seaux remplis d'eau à la force de ses bras. L'eau bascule sur son corps nu, l'éclaboussant, la purifiant. Le soleil monte.

Un couple d'Américains milliardaires lui offre vers sept heures du matin une lampe de poche dont ils n'ont plus besoin : leur limousine les ramène à Bombay d'où ils prendront leur jet pour Washington.

Ellora aux trente-quatre grottes. Entrailles de pierre. Justine pénètre, seule, dans l'antre des premières cavernes. Le faisceau de sa lampe éclaire tour à tour les serviteurs, les porteuses de chasse-mouches, les Roues de la loi, les adorateurs à genoux, les scènes de feu et de naufrage… Paroles d'Igor et de Madeleine… Illusion de la souffrance. Illusion des naissances et des morts. Justine pointe sa torche sur le sourire bienveillant d'un Bouddha qui semble attendre, lui aussi, l'avènement de quelque chose, tout comme elle, mais avec quelle paix, avec quelle douceur. Puis elle découvre les grottes aux dieux de l'Inde. Elle retrouve Durga, victorieuse, écrasant de son pied la tête d'un lion, Lakshmi, sereine, assise sur son lotus, Visnu entre ses deux épouses, Siva et Parvati, heureux, jouant aux dés, Krisna, puissant, soulevant de ses six bras le mont Govardhana… Pas un ne lui semble étranger. Justine peut les sentir remuer au plus profond d'elle-même, plus vivants, plus joyeux qu'un carnaval, comme si la vie répandue en elle les avait invités dans son corps à jamais.

Dernière étape avant Bombay : Ajanta. Dans le bus, elle se lie avec un couple néo-zélandais. Elle dort dans leur chambre. Toute la journée du lendemain, ils visitent ensemble les grottes prises d'assaut par les touristes. Ici, plus question de s'adonner à la contemplation. Il faut donner chaque fois cinq roupies pour obtenir un peu de lumière. Justine se fatigue. Dehors, un groupe de militaires lui demande de poser avec eux pour une photo. Ils sont au moins trente. Elle accepte. Il fait chaud. Le couple se dispute. Justine a soudain hâte d'arriver.

Train de nuit pour Bombay. Couchette de bois n° 42 à moitié recouverte de valises. Justine se recroqueville et parvient à s'allonger. Au-dessous d'elle, deux enfants malades dans les bras de leurs mères qui toussent et gémissent. Par terre, un homme sur une mince couverture. Beaucoup d'hommes debout dans le couloir. Fumées de pipes et de cigarettes. Gares bruyantes. Vers vingt-trois heures, entendant des exclamations, Justine se hisse sur ses coudes, et découvre que tout le wagon s'est levé pour regarder par la fenêtre. Elle saute de sa couchette, se fraie un passage parmi l'attroupement. Devant ses yeux ébahis, à pas plus de vingt centimètres d'elle, passe très lentement The Palace on the Wheels, train de maharajahs. Wagons de bois vernis. Gentlemen accoudés à un bar et sirotant leur whisky. Vieille star des années trente bardée de colliers promenant son caniche. Aller et retour de domestiques habillés tout de blanc. Joueurs de cartes en smoking. Le train glisse dans la nuit étalant son faste et sa gloire puis disparaît. La foule compacte reste un moment silencieuse. Un songe de mépris et de diamant vient de frôler leurs mains, leurs lèvres, narguant leurs fièvres, leur épuisement, leur lutte au jour le jour pour nourrir leur famille… Pourtant, pas un ne se permet un regard de jalousie, un juron, une insulte. Tous reprennent leur place et se remettent à vivre ne retenant de cette opulence que la joie de l'avoir un instant accompagnée du regard, de l'avoir un instant vécu.

Vers une heure du matin, Justine s'endort entre les valises et les caisses, les pleurs d'enfants, les soupirs et la chaleur…

29 janvier 1988. Bombay. Gare de Dadar. Taxi pour l'Armée du Salut. Dès les premiers cent mètres, Justine découvre une ville qui ne ressemble à aucune de celles qu'elle a traversées. Bombay est riche. Sa foule circule en short et en tee-shirt dans des rues propres, élégantes, où les mendiants sont invisibles. Pas de trottoir défoncé, aucune ordure au sol. Des édifices majestueux de l'époque victorienne bordent les larges avenues. Il fait chaud. Terriblement chaud. Le taxi s'arrête devant un très bel immeuble.

– Cinquante roupies, miss.

Justine s'insurge, mais le chauffeur lui tend un papier sur lequel sont indiqués les tarifs. Ici, on ne marchande pas.

À la réception, une femme blanche d'allure austère lui donne un message que Salvatore a laissé pour elle : « Princesse, je serai là le 30, ne t'en fais pas ! »

– Dormirez-vous ici ce soir ? lui demande-t-elle d'un ton sec.

– Oui.

La femme secoue une cloche.

– Dortoir ou chambre ?

– Dortoir.

– Quarante roupies.

Justine retient un cri. Elle n'a jamais payé un tel prix pour dormir.

– À quel nom ?

Justine bafouille. De toute évidence, elle n'a pas le choix. Elle ne trouvera pas moins cher ailleurs.

– Justine Tarnet.

Une femme arrive et la conduit à l'étage.

– Si vous sortez, sachez qu'à partir de dix heures du soir la porte est fermée en bas.

Justine lâche un soupir, à quoi la femme repartit d'un ton sec : « Ce sont les règles », ne lui laissant comme toute possibilité de réponse qu'un silence résigné.

Elle l'abandonne. Justine reste immobile jusqu'à ce qu'elle n'entende plus résonner ses claquements de talons dans le couloir. Le lit est blanc. Elle s'y assied, maudissant l'exécrable accueil de ce lieu, de cette ville, de ce monde froid, civilisé, dont elle avait oublié l'existence. Pas d'électricité. Ventilateurs à l'arrêt. Le dortoir est un vrai four. Elle se jette sous une douche, dévale les escaliers, pousse la porte massive du vieil édifice.

Il doit être dix heures du matin.

Bus n° 108. Elle longe la Marina Drive, son océan. Paquebots accouchant au loin leur forme gigantesque. Familles léchant des glaces américaines. Voitures françaises, américaines, japonaises, roulant côte à côte.

Malabar Hill.

Justine descend la pente.

Elle marche dans cette ville moderne, cherchant du regard l'Inde de Calcutta, l'Inde de Delhi, l'Inde des plaines du Nord... Elle longe les terrasses de somptueuses demeures d'où l'on peut embrasser d'un seul coup d'œil l'immense baie de la ville. Elle frôle les saris de soie mais surtout les chemises hawaïennes, les robes européennes, les baskets Nike, les costumes de lin... Rues quasi désertes. Un petit garçon la croise : il tient sous son bras une raquette de tennis. Elle se met à dévaler les pentes bordées d'arbres en fleurs. Une sortie d'école interdite d'accès « aux voitures et aux domestiques ». Quelques « papas » fumant le cigare, un *Herald Tribune* sous le bras. Elle oblique sur la droite. Les rues descendent encore par là. Elle en dévale les trottoirs jusqu'à ce que, surgi de nulle part, se dresse soudain devant elle un réservoir de pierre, empli d'une eau infecte où des gamins d'aspect misérable plongent tandis que des femmes à moitié dévêtues y lavent leur linge. À proximité, une basse cour de coqs, de chiens et de chats miteux et squelettiques. Justine n'en revient pas. Elle vient à peine de quitter un monde riche, somptueux même, et il lui faut quelques secondes pour s'accoutumer à cette soudaine détresse, car rien ici ne l'y a préparée. Elle y a été projetée sans défenses. Un mètre a suffi. Un mètre dérisoire, absurde, redoutable, un mètre pour que Bombay surgisse du cœur même de sa plaie. Plus elle s'enfonce et plus les maisons deviennent des taudis. Les gosses jouent avec les ordures et trempent leurs doigts dans les flaques répugnantes, cherchant de quoi se nourrir. Justine avance. Elle se demande jusqu'où cet enfer peut aller. Des enfants nus l'entourent et s'agrippent à sa robe.

– Roupia, miss, roupia.

Ils dansent autour d'elle.

– Roupia, miss, roupia.

Au bout de la rue, de la lumière. Elle entend un bruit et c'est comme un fracas de vagues. Mais ce doit être autre chose, car chaque pas l'amène plus au fond, plus au cœur de la ville. Quel choc quand tout à coup s'étale à ses pieds la clarté de l'océan. Les vagues tanguent et frappent des rochers qui s'étendent à perte de vue. Où est-elle donc ? Des milliers de draps blancs sèchent au soleil. Justine cligne des yeux, éblouie. Elle recule d'un pas, marche dans quelque chose de mou. Elle baisse les yeux, s'aperçoit alors avec effarement que partout autour d'elle, sur des centaines de mètres, chaque cavité de rocher a servi de latrines. Son étonnement ne lui a pas fait prendre conscience de l'odeur. Une odeur nauséabonde qui creuse dans son corps une nausée violente. Elle porte ses deux mains à sa bouche, ferme les yeux. Ne pas vomir. Par pitié, ne pas vomir. Ne pas se laisser aller à cet arrachement. Ne plus devenir à jamais ce trou noir béant, vide, désespéré…

– Miss, quel est ton nom ?

Justine lève les yeux. Une ravissante petite fille lui fait face. Elle doit avoir sept ans et, sans aucun doute, elle vit là. L'enfant se met à rire.

– Miss, quel est ton nom ? demande-t-elle à nouveau.

– Justine.

L'enfant rit de plus belle.

– Encore, dis-le-moi.

– Justine.

– Encore.

– Justine.

Rire innocent, rire clair, rire qui retentit plus fort, plus musical chaque fois qu'elle prononce son nom comme pour fêter son existence, sa vie.

– Encore ! Encore !

Un rire si absurde, si heureux, qui délie soudain en elle le désir de serrer contre elle cette enfant presque nue de toutes ses forces, de toutes ses larmes.

– Encore !

– Justine.

L'enfant applaudit. Et son rire irrépressible éclate, remplissant soudain, par magie, Justine d'un plein amour, comme elle n'en a jamais plus éprouvé depuis sa toute petite enfance. Pour la première fois.

La soir est tombé. Justine, pensive, pousse la grande porte de l'Armée du Salut et demande la clef de son dortoir à la femme austère.

– Un monsieur vous attend dans la salle à manger, mademoiselle.

– Un monsieur ? comment s'appelle-t-il ?

– Je ne sais pas. Il est gros et mal élevé, c'est tout ce que je peux vous dire.

– Gros et mal élevé ?

Justine n'attend pas la réponse. Elle s'élance vers les marches qui la conduisent à la salle à manger. Elle ne s'est pas trompée. C'est bien lui en effet. Il est à genoux sur une table devant deux femmes de chambre hilares.

– Salvatore !

Il tourne la tête.

– Ah, princesse ! Enfin !

– Mais qu'est-ce que tu fais ?

– Je leur apprends quelques mouvements de Taï kwan Do.

Elle éclate de rire. Il saute de la table.

– Tu as faim ?

– Oui, j'ai faim, mais pourquoi ?

– Épatant ! On nous attend au café Léopold pour huit heures précises.

– Nous ?

– Dans mes bras, beauté ! Tu es splendide ! Bien sûr : nous. Tout est organisé ! Il ne manquait plus que toi !

Ils dévalent l'escalier et sautent dans un taxi. Justine est encore sous le choc de la surprise.

– Qui t'a dit que j'étais arrivée ?

– À ton avis ? La grande frustrée de la réception !

Ils se mettent à rire en chœur.

– N'empêche, je suis tellement heureuse de te voir !

– Et moi donc ! Vivante en plus et sans balafres ! Pas mal pour un premier baptême !

Le taxi fonce. Justine apprend que Salvatore est passé à Pushkar deux jours après elle.

– Impossible de savoir où tu étais allée ! Partie sans laisser d'adresse !

– T'as vu le Japonais alors ?

– Il m'a accueilli les bras ouverts.

– Et ses femmes, il te les a présentées ?

– Ses femmes ?

– Il en a quatre, mon vieux ! Une hindoue, une bouddhiste, une musulmane et une chrétienne ! Et avec ça il veut monter un ashram !

Nouvel éclat de rire.

Elle lui raconte tout excitée ses rencontres, les villes qu'elle a traversées, les monuments qu'elle y a visités.

– Elle est des nô-ô-tres…

Justine sourit. Quand le taxi s'arrête, ils se tiennent chacun le menton.

– Le premier qui rira aura une claquette !

Justine craque. Paf ! une claque. Le chauffeur fait les yeux ronds.

– Et vous, si vous me demandez trop d'argent, je lui en colle une autre !

Le chauffeur, effaré, bégaie. Il sort son papier et montre le tarif du doigt n'osant pas dire le prix à haute voix. Justine est hilare.

À la terrasse, des dizaines d'Indiens et de Blancs vêtus à l'européenne. Salvatore l'entraîne à l'intérieur.

– Réservation Morabito, s'il vous plaît.

Le serveur les conduit à une table où déjà une dizaine de personnes sont assises. À la vue de Salvatore, tout le monde se lève et Justine n'a pas le temps de réaliser ce qui se passe. En chœur, ils entonnent à pleine voix un « joyeux anniversaire » sans oublier de frapper leur verre et leur assiette avec leur petite cuillère. Salvatore, fier comme un coq et plus heureux que jamais, écoute, immobile, le visage rayonnant.

– Mes amis, mes amis ! À vous tous !

Il porte sa main à ses lèvres et leur jette des baisers, ému. À peine remise de son étonnement, Justine s'assied. Et là, autre surprise ! Celui qui lui fait face, c'est Greg !

– Alors ça ! Vous vous connaissez tous les deux ?

– Si on se connaît ! Katmandou, ma belle, été 1967 ! Quand je pense que tu ne m'as même pas parlé de lui ! C'est moi qui ai fait tilt en l'entendant parler de toi !

– Katmandou 1967 ! Merde ! Ça fait un bail ! Et eux tous ?

– Des amis du grand chef ! Tous les ans, il fête son anniversaire. Il convie par courrier « sa multitude » et le rejoignent ceux qui le veulent bien. L'année dernière, ça s'est passé à Mexico !

Il la présente. C'est elle la plus jeune, ici. Ils ont tous trente-cinq ans passés. Quatre Indiens, deux Chiliens, une Australienne, un Finlandais, un couple d'Américains. Pour la plupart, ce sont des voyageurs comme Salvatore. Un photographe, un ex-marchand de biens, des instituteurs, un écrivain… Certains se connaissent, d'autres ne se sont encore jamais rencontrés. Mais quelle tablée ! En moins d'un quart d'heure, une ambiance d'une gaieté incroyable s'est installée : blagues, anecdotes de voyage, boulettes de riz, disputes politiques, gages, paris jaillissent de toutes parts. Justine fait chorus. Elle fait rire tout le monde en relatant l'aventure avec son rickshaw de Gwalior qui ne voulait pas la ramener en ville si elle ne lui montrait pas ses seins.

« Mais ils sont comme ceux de ta femme, mes seins ! – Non ! s'écriait-il, les tiens sont blancs ! – De toute façon, je suis mariée, je ne peux pas tromper mon mari. – Je ne dirai rien à ton mari, je te promets ! »

– Aucun argument n'en venait à bout. La ville était à douze kilomètres et je commençai à me dire que j'allais devoir faire la route à pied. Puis, tout à coup, l'inspiration : « Quel est ton dieu ? » lui ai-je demandé. Il a eu un temps d'arrêt : « Allah, c'est mon dieu. – Eh bien une chose est sûre. En me proposant de telles choses, c'est Allah que tu offenses. Et tous tes frères. »

– Là, il a subitement changé d'attitude. Il s'est incliné et m'a demandé pardon plusieurs fois de suite. Je ne savais plus où me mettre. Il m'a raccompagnée et a refusé mon argent. Un miracle !

La soirée se prolonge tard. Les plats se succèdent. Justine ne parle pas beaucoup avec Salvatore qui est loin d'elle. Elle discute avec Greg, avec Matt le Finlandais, avec Anne et John, le couple américain. Greg a lancé le concours des plus belles villes du monde.

– Paris ! Mille fois Paris ! s'exclame Matt.

– Pour moi, c'est Venise, avance Anne, songeuse.

– J'adore New York, pour moi ça ne peut être qu'elle la plus belle, dit John.

Justine réfléchit.

– Je n'en ai pas vu beaucoup. Mais, bizarrement, la plus belle pour moi à ce jour c'est Calcutta.

– Calcutta ! Mais c'est une ville épouvantable, s'exclame Matt.

– C'est vrai, mais c'est comme ça. Je ne saurais te l'expliquer, c'est…

Greg l'interrompt.

– Dis-moi si je me trompe, Justine, mais je crois être un peu comme toi. Pour moi, une ville n'est belle que dans ce qu'elle me fait prononcer de moi-même à l'instant où je la traverse. En ce sens, si je devais choisir la plus belle ville du monde, je choisirais un village du Sénégal qui s'appelle Louma et où l'on fait sécher des poissons morts sous un soleil torride.

– Qu'est-ce que tu as vécu là-bas ?

Greg considère Justine un long moment.

– Une passion, la seule de ma vie, la plus belle et la plus douloureuse.

– On a dit une ville ! s'écrie John.

Greg sourit.

– Très juste.

– Alors ?

– Alors Carthagène, sans l'ombre d'un doute, pour ses balcons fleuris et sa coke à cinquante balles.

La voix de Salvatore est devenue tonitruante. Tous se retournent pour le découvrir, presque dressé sur sa chaise, narrant comment ses frères de Calabre portent leurs armes et comment lui-même a appris à lever son couteau en signe de menace dès qu'il entend prononcer le nom de ses arrière, arrière-ennemis. Il est tout rouge. Justine est prête à jurer qu'il donnerait là sa vie pour défendre ses ancêtres. Tous sont suspendus à ses lèvres. C'est alors qu'un Indien passe derrière elle et lui caresse les cheveux. La chose est tellement surprenante que Justine pousse un cri. Salvatore, échauffé, la regarde.

– Tu le connais ?

– Mais non !

Ni une ni deux. Salvatore saute de sa chaise et soulève l'Indien par le col.

– Toi, tu vas tout de suite faire tes excuses ou je te…

L'Indien le repousse. Et pan ! Il reçoit un coup de poing en pleine figure. Sa lèvre se met à saigner. Ahurissement général. Tout le café fait silence. Salvatore le tient toujours par le col.

– On ne touche pas à mes amis, O.K. !

Il le relâche, lèche sa main ensanglantée. Justine est effarée. Greg s'est levé. Les serveurs retiennent la foule qui tente de s'approcher. Le patron jette l'Indien ivre dehors. Salvatore, fébrile, se met soudain à cracher dans tous les sens tout en riant.

– Mais merde, ce n'est pas mon sang ! Il a peut-être le sida, ce con !

Greg se campe devant lui.

– Au cas où tu ne le saurais pas, la Calabre, elle est à douze mille d'ici, alors tu te calmes parce qu'ils sont maintenant deux cents à nous mater. Moins une, c'était tournée générale. Tu vas pas nous refaire le

coup de Djerba !
Ils éclatent tous ensemble de rire. La foule des curieux se disperse. Salvatore remonte sur sa chaise et se remet à jurer. Justine secoue la tête en signe d'impuissance. Matt pousse un soupir.

– Il ne changera jamais mais c'est comme ça qu'on l'aime !

La soirée se prolonge jusqu'à trois heures du matin. Ce sont les serveurs qui sont obligés de les mettre à la porte. Accolades et grandes tapes amicales devant cinq taxis qui les séparent. Salvatore verse sa larme. Les taxis s'en vont. Justine se retrouve seule avec lui.

– On rentre à pied, princesse ? La nuit est si belle.

Ils marchent côte à côte en silence et Bombay, indifférente à la joie qu'ils viennent de partager, leur dévoile brusquement son infamie et sa laideur : hordes de gueux soudain visibles et fouillant dans le noir de la nuit qui les cache l'ordure qui pourra les nourrir, mômes nus, au ventre bombé, ramassant par terre le bambou sale, portant à leur bouche le désespoir de leurs mains vides. Ils ne sont pas dix ou vingt mais peut-être mille. Et qui sait combien dans les rues parallèles ? Justine baisse la tête. Salvatore se tait. Ils pensent à la même chose. À ces murs qui enferment cette misère au-delà de la ville et qui ressemblent à ceux des cimetières de l'Occident. À ces murs cyniques non pas faits de pierre mais de mensonge et qui taisent l'enfant qui meurt sur le corps de sa mère morte de faim. À ces murs, symboles de haute civilisation, devant lesquels on passe insoucieux des cris de la souffrance et de la mort à venir.

Le lendemain, Justine se réveille fiévreuse, avec une diarrhée aiguë. Sa bouche est sèche. Elle transpire. Dans sa tête ça tourne violemment. Des frissons la parcourent. Elle tremble. Elle a froid. Son corps n'a plus de force.

– Bois !

Salvatore est à côté d'elle. Il approche un verre rempli d'eau et pose sur sa langue trois petites gélules.

– Sels minéraux plus diarsed, ça ne peut pas te faire de mal.

J'appelle un docteur ce soir si la fièvre persiste.

Elle avale. Ses paupières lourdes s'abaissent. Jamais elle n'a été aussi faible.

– Salvatore, tu restes près de moi, hein ?

– Oui, ne t'en fais pas, princesse.

Elle s'endort.

Dix heures de sommeil. La fièvre accélère le rythme de sa respiration. Son cœur bat dans ses tempes. Ses draps sont trempés.

– Alors, docteur ? interroge Salvatore à mi-voix.

– Pénicilline et repos complet. Redonnez-lui des sels, elle a perdu beaucoup d'eau.

Trois heures du matin. Elle se réveille en sursaut. Elle claque des dents. La fièvre est haute. Comment font-elles, celles de Khalighat ? Comment font-elles dans la solitude de leur nuit ? Tout est si noir alentour.

Toute la journée du lendemain, elle dort. Salvatore lui donne un peu de yaourt à manger. Une fille de son dortoir lui apporte un milk shake à la banane qu'elle boit lentement. Elle entend quelques voix prononcer son nom mais sa fatigue est trop intense. Elle n'ouvre pas les yeux et plonge dans un profond sommeil.

Il est midi du jour suivant lorsqu'elle se réveille. La température est descendue. Elle n'a plus froid. Elle se sent reposée. Salvatore passe.

– Ça y est, elle est guérie ! Ce soir je l'emmène faire une balade.

Justine sourit.

– Une balade, tu crois ?

– On ira voir la mer, ça te fera du bien.

Ils marchent. Justine a posé son bras sur son coude. Elle est faible mais l'air frais la revigore. Ils s'asseyent tous les deux face à l'océan.

– Tu nous as manqué, princesse ! Cet après-midi, nous sommes allés au Taj Mahal Hôtel avec Greg. On s'est présentés comme nageurs olympiques et on a demandé si on pouvait s'entraîner dans leur piscine. Ils nous ont virés. Avec toi, ils n'auraient pas osé. Tu te serais bien amusée. Si tu avais vu leur tête !

Justine sourit.

– Après Bombay, où tu vas ?

– Je rentre aux États-Unis. J'ai des affaires à régler là-bas.

– Quand ?

– J'attendais que tu guérisses !

– Je ne te crois pas.

– Mais bien sûr ! Je n'allais pas te laisser comme ça.

Ils restent silencieux. Justine regarde l'île au loin.

– Tu vas continuer le voyage, Justine ?

Justine se tourne vers lui.

– Je ne sais pas, Salvatore. Depuis que je suis à Bombay, ce n'est plus très clair dans ma tête. Je pense à Calcutta. J'ai l'impression d'avoir atteint quelque chose en arrivant ici. Je n'ai plus envie de me balader, de traverser les villes comme je l'ai fait jusqu'à présent. J'ai rencontré une gamine l'autre jour. Elle était très pauvre, elle riait. Son visage ne me quitte pas. Et puis cette fièvre. Je me suis réveillée en pleine nuit hier. J'ai pensé aux femmes de Khalighat. Je les ai toutes revues une à une. Elles m'ont manqué soudain. Tout s'embrouille. J'ai eu envie de les regarder autrement que je ne l'avais fait. Je ne crois pas les avoir aimées quand j'y étais. Ça allait trop mal. Sur la route, à Ellora, je me suis dit que je les avais simplement traversées comme un moi-même, un peu à la façon de Greg quand il parle de ses villes. Je ne les ai pas vraiment vues. Je n'ai pas réalisé à quel point elles souffraient. Je crois que j'ai besoin d'y retourner. De donner. Il y a aussi Calcutta. C'est un peu ma première maison, cette ville. La route, ça me fatigue d'avance. J'ai peut-être tort. Qu'est-ce que t'en penses ?

Il la regarde tendrement.

– Il n'y a pas de mal à s'arrêter un peu pour donner de l'amour, princesse. Ça aussi ça fait partie du voyage…

Ils se taisent. Justine le regarde.

– Je te reverrai un jour ?

Il se met à sourire.

– Un coup de fil, un coup d'avion, un coup de bateau et on se revoit. Le monde est à toi, ma belle ! Il suffit d'avoir de l'audace. Ici, sur cette planète, peu le savent mais on est des princes…

– Tu vas me manquer, Salvatore.

– Tu sais quoi ? Justine.

– Quoi ?

– Le manque, c'est comme du champagne, ça ne se pleure pas mais ça se fête. Alors t'en fais pas, fais juste pas trop de mélanges pour pas te réveiller avec une gueule de bois et tout ira bien. Parole d'ami. Parole de frère.

Bombay-Calcutta. Quarante-huit heures de train. Samedi 6 février 1988.

Il est sept heures du matin quand le bus n° 110 A dans lequel Justine est montée franchit le pont d'Howrah, ce pont que des millions d'hommes traversent chaque jour, enjambant d'un pas leste le Gange, fleuve sacré, où l'énorme masse des paquebots étrangers côtoient felouques à voile, noyés, hommes en prière, cadavres… Le bus se fraie un passage : silhouettes des milliers de porteurs de la ville avec sur leur dos toute la richesse du pays : sacs de sucre, cubes de glace, canapés, vases, plaques de métal, charbon, bouses séchées, peaux de bêtes, ordures, épices, lits, portes de voiture, statues de dieux.

À l'Armée du Salut les gardiens l'accueillent avec des cris de joie. Elle retrouve son lit et son dortoir. Déborah dort. Elle la secoue pour la réveiller.

– Justine ! Non ! Je n'en crois pas mes yeux !

– Lève-toi, ça me fait tellement plaisir de te voir ! On prend le petit déjeuner ensemble !

Café Blue Sky. Déborah s'étire. Elle a commandé des toasts.

– Je croyais pas que tu reviendrais. Je m'en suis voulu à cause de Frank. Si tu savais le savon que je lui ai passé.

– Frank ?

– Quoi ! ne me dis pas que tu ne te souviens pas ! La scène au restaurant chinois ! C'est à cause de ça que t'es partie, non ?

– Ah ! dis donc, j'avais oublié ! La vache, c'est vraiment très loin !

– Qu'est-ce que j'ai pu m'inquiéter !

– Je suis désolée, Déborah.

Elle rejette sa main en arrière.

– Plus d'importance, tu es là ! Alors, ce voyage ?

– Formidable !

– C’est à cause de Desjardin que t’es revenue ?

Justine sursaute.

– Desjardin ? Le consul ? Mais non ! Pourquoi tu dis ça ?

– Ils te cherchent partout. Quand t’es partie, ils ont interrogé tout le monde.

– C’est une blague ?

– Je te jure que non ! Ils étaient comme des fous. Si j’étais toi, j’irai voir ce qui se passe.

– Je comprends pas. J’ai rien fait de mal.

– Ils m’ont rien dit.

Elle se souvient tout à coup du mot que Vincent lui a fait passer juste avant qu’elle ne parte : « Passe au consulat. Urgent. » Mille questions se bousculent dans sa tête.

– Et Vera ?

Deborah incline légèrement la tête.

– Triste et bonne nouvelle. Elle a finalement trouvé son père qui s’est excusé devant un café et lui a proposé de lui trouver un mari pour se faire pardonner. Vera n’a pas supporté. Elle est repartie pour l’Allemagne. Là, je suis sûre au moins qu’on l’obligera à se soigner.

– Et toi ?

– Moi, c’est la clinique, l’aide humanitaire.

Elle soupire, émue, hausse les épaules.

– Vera, c’est du passé. Je ne la reverrai plus. C’est la vie.

Justine s’engage dans Sudder Street. Elle pousse la porte du consulat gravit l’escalier jusqu’au premier étage. Elle hésite, puis frappe deux coups. C’est Vincent qui ouvre la porte.

– Justine ! Mon dieu, où étais-tu ? Entre !

– Mais qu’est-ce qui se passe Vincent ?

– Toute la France te recherche Justine ! Tu es portée disparue depuis le 17 septembre 87 ! Desjardin est fou de rage !

– Portée disparue ?

– Écoute, je vais le chercher. Il faut régler cette histoire au plus vite. Quelle chance que tu sois revenue !

Il la quitte d’un pas pressé. Justine, trop étonnée pour réagir à ce qu'elle vient d'entendre, s'est laissée tomber sur une chaise. La porte du fond s'ouvre avec fracas. Desjardin apparaît. Il est furieux.

– Ah ! vous voilà vous !

Justine se lève.

– J'ai toute la France sur le dos, moi, avec vos histoires et je vous prie de croire que ça ne m'amuse pas du tout !

Justine bafouille.

– Je ne comprends pas…

– Ah ! parce que ça vous étonne en plus ! Mais quel toupet ! Et vos parents, vous y avez pensé à vos parents ?

Justine est interloquée.

– Mes parents !

– Vous vous foutez du monde ou quoi ! Vous seriez ma fille, je vous collerais deux paires de gifles ! Mme Guillon, ça ne vous dit rien peut-être ?

Justine secoue la tête, désemparée.

– Ah non ? Monique Guillon, ça ne vous dit rien ?

Monique ! Justine recule d'un pas. Le vol ! Les six mille francs ! Elle se met à trembler de tout son corps.

– On va m'arrêter ?

Desjardin sursaute. L'état de panique inattendu de Justine l'apaise soudain.

– Mais non, mon enfant, pourquoi voulez-vous qu'on vous arrête ! Vous nous avez flanqué une belle trouille, c'est tout ! Cette femme, c'est une personne de votre famille je crois ?

– Non, enfin oui, une tante éloignée.

Elle ment.

– Vous auriez pu au moins lui laisser une adresse ! Elle est allée jusqu'à m'appeler ici même ! Je l'ai eue plus d'une demi-heure au téléphone. Elle voulait être sûre qu'il s'agissait bien de vous ! Pauvre femme ! C'est très grave ce que vous avez fait, Justine ! Très grave.

Justine, morte d'angoisse, ne retient pas sa frayeur. Elle est au bord des larmes.

– Mais alors que va-t-il se passer ?

Desjardin soupire.

– Je vais téléphoner en France pour dire qu'on vous a retrouvée saine et sauve. Après, que voulez-vous que je fasse ? Je ne suis plus responsable de vous depuis le 14 janvier 1988, date à laquelle vous avez atteint votre majorité.

– Et pour Monique ? Je veux dire Mme Guillon ?

– J'ai une lettre. Si vous voulez l'appeler, mon téléphone est à votre disposition.

Justine baisse les yeux. Desjardin s'approche d'elle, pose sa main sur son épaule.

– Je suis heureux de vous retrouver, ma petite. J'en ai eu des cauchemars. Du thé, peut-être ?

– Oui, je veux bien, merci, murmure-t-elle.

– Au fait, Vincent vous a dit pour le cycle Jean Gabin ?

Justine lève les yeux, étonné.

– Non, pas vraiment.

– On donne *Le cave se rebiffe*, ce soir, au centre culturel, vous viendrez ?

Justine sourit faiblement. Elle hoche la tête.

– Très bien. Très bien. Plus on est, mieux ce sera. Bon, ne bougez pas, je vais vous chercher cette lettre.

Il tourne les talons et disparaît dans son bureau. Par une autre porte, surgit Vincent.

– Ça va ?

– Oui, ça peut aller.

– Pourquoi tu as fait ça ?

Elle le regarde avec tristesse.

– Je n'avais pas le choix.

Desjardin arrive.

– Eh bien, Vincent, je vois que vous ne perdez pas votre temps !

– Je voulais m'assurer…

– … que je n'avais pas mangé toute crue votre protégée ?

– Oui, à peu de choses près, monsieur.

Ils se mettent à rire.

– Tenez, voilà votre lettre. J'espère que vous allez y répondre. Je compte sur vous.

Justine prend la lettre. Son cœur se met à battre à tout rompre. Ce vol, elle l'avait radicalement rayé de sa mémoire.

– Justine, tu es sûre que ça va aller ?
– Quoi ? oui, oui, Vincent, ne t'inquiète pas.
– À ce soir donc !
– À ce soir Monsieur Desjardin. Au revoir Vincent.

La porte se referme. Justine descend lentement le grand escalier. Elle ne sent plus la chaleur, elle ne sent que la crampe qui tord son estomac et la moiteur de ses doigts qui serrent l'enveloppe. Que va-t-elle lire ? Quelle sorte d'accusation ? Quelle sorte de menace ? Et ses parents qui la cherchent ! Qu'est-ce que ça signifie ? Est-ce pour la torturer un peu plus ? Pourquoi ont-ils mis fin à leur silence ?

Elle s'adosse à un mur. Elle décachette l'enveloppe et tire du bout des doigts un feuillet.

Ma Justine,

Depuis ton départ, ma vie est bouleversée. Je ne suis plus la même. J'ai changé. En me mettant à ta recherche, j'ai découvert beaucoup de choses sur toi. J'ai pleuré de mon ignorance. J'ai tant de choses à te dire ! J'ai vu tes parents. J'ai fait scandale. Il y a eu police, juges, puis assistantes sociales, puis médecins. Il fallait que quelqu'un le fasse. Personne n'a le droit d'oublier son enfant comme eux l'ont fait durant ces sept années. Personne, tu m'entends ? Quel que soit le drame vécu. Ils n'avaient pas le droit d'agir ainsi.

Je m'en veux de n'avoir su comprendre ce qui t'arrivait. Je n'ai pas été à la hauteur.

L'Inde ! Je suis restée sans voix quand j'ai appris cette destination. Il y a tant de misère là-bas ! Tant de maladies ! Je ne passe pas une nuit sans penser à toi ! Où seras-tu quand tu recevras cette lettre ? Et dans quel état surtout ? M. Desjardin a tenté de me rassurer. Mais seul un mot de toi pourra le faire.

Je t'aime.

Monique.

P.-S. : ma nouvelle adresse. (J'ai quitté Cambrin pour la banlieue parisienne. J'ai rencontré quelqu'un.) 24, boulevard Garibaldi, Saint Ouen.

Justine replie la lettre. Toute peur l'a abandonnée cependant qu'un sentiment de gêne et de honte s'est insinué en elle au fur et à mesure de sa lecture. Rien de ce qu'elle y attendait n'y figure. Seule a jailli la révélation d'un amour qu'elle a délibérément bafoué. Monique ? Son visage, son corps liés à une obscurité si grande ! Et pourtant ! N'est-ce pas elle qui essaya la première de la sauver de ce long glissement qui l'emportait vers la mort ? Comment a-t-elle pu oublier ? Justine se met à marcher avec la foule aux saris de couleurs. Pardon, pardon de bousculer cette lumière, ces poubelles, cette enfance misérable, pardon de me frayer passage en cette humanité démente, en cette ville de braises, pardon Monique de t'avoir volée, de t'avoir confondue avec l'ombre de ma peine, l'ombre de ma solitude, l'ombre de toutes mes nuits…

Khalighat. Justine franchit la petite porte et pénètre dans l'odeur des morts… Deux petites sœurs la reconnaissent et poussent un cri de surprise. Trois volontaires la dévisagent. Elle ne les connaît pas. Une voix derrière son dos arrête ses pas.

– Tiens, vous voilà de retour !

Justine se retourne. Elle fait face à la sœur supérieure qui la dévisage avec dureté.

Justine balbutie.

– Oui, ma sœur.

– Et vous repartez quand ? reprend celle-ci assez sèchement.

– Je… je ne repars plus.

– Allez savoir ! Je n'apprécie pas du tout qu'on ne me prévienne pas de son départ. Cet endroit n'est pas un moulin. Si en plus des novices et des volontaires, je dois former des gens comme vous qui, du jour au lendemain, disparaissent, comment je fais, moi ? Je n'ai pas trente-six bras ! Je ne suis pas une fée ! Si tout le monde faisait comme vous, ce serait le chaos !

Justine baisse la tête.

– Je suis désolée, j'ai craqué.

La sœur supérieure amorce un mouvement de surprise. Visiblement, elle ne s'attendait pas à une telle franchise. Elle soupire.

– Bon, pour cette fois je vous pardonne. Je vois que vous êtes de bonne foi. Allez voir sœur Agnès et les novices. Il y a du travail en cuisine !

Justine ne se le fait pas répéter. Elle a cru un instant que la sœur supérieure allait la renvoyer. Elle attrape au vol un tablier et court vers la cuisine. Là, ce sont de cris de joie qui l'accueillent.

– Justine, de retour !

– Quel bonheur de te revoir !

– J'ai prié la vierge pour que tu nous reviennes, tu sais ?

– Comme tu as maigri !

La sœur supérieure entrouvre la porte.

– On vous entend de la rue, mesdemoiselles !

Elle referme la porte. Justine et les sœurs se mettent à parler à mi-voix.

– J'ai du mal avec elle, avoue Justine.

– Oui, c'est vrai, elle est dure. C'est son caractère. Et pourtant, quand on y pense, elle supplie ses supérieurs de la laisser passer les nuits dans le centre avec les malades plutôt qu'à la maison mère.

– Vraiment ?

– Allez, aide-nous à éplucher ces légumes et n'y pense plus. Sois la bienvenue.

Justine passe la journée à s'activer, le cœur en fête. Elle retrouve Jemmu qui la serre dans ses bras, Mala, celle aux bras coupés et d'autres à moitié folles qui éclatent de rire en la voyant. Dix de celles qu'elle avait connues, sont mortes et neuf autres, dont Joona, ont changé de centre. Les corps réclament son aide et elle se penche vers eux sans plus de dégoût, sans plus de rage. La mort est loin et tous ses lacs… Il n'y a plus que la vie, son moindre sursaut, sa moindre fête, sa moindre danse, que Justine s'applique à donner, à partager, à rendre. Elle fait connaissance avec Mary, Eden, Simon et Hope. Tous les quatre sont anglais et exercent des métiers difficiles dans leur pays. Simon est routier, Mary travaille à la chaîne dans une usine de métallurgie, Eden est agriculteur et Hope serveuse. Ils travaillent durs à Khalighat et ne se plaignent jamais. Justine les aime tout de suite. Ils ont le rire facile et ne jugent pas. Il y a aussi Thelma, une femme médecin venue d'Israël qui se demande où elle est tombée. Elle regarde, horrifiée, les malades qui, selon elle, ne reçoivent pas le tiers des soins qu'on devrait leur donner. À déjeuner, elle s'insurge. Eden lui coupe la parole.

– Thelma, tu débarques ! Tel-Aviv, ce n'est pas Calcutta ! Quinze années il leur a fallu pour ouvrir ce centre et pourquoi ? Pour donner asile à ceux qui étaient en train de crever dans la rue comme des chiens.

– Mais, Eden, les médicaments qu'elles donnent ne suffisent pas !

– Ils suffiront dans quelques années. Déjà cinquante pour cent des gens s'en sortent. Ici, on ne change pas les choses en claquant dans ses doigts ! Il faut former les novices, il faut éduquer le malade lui apprendre à se guérir.

– Je suis désolée, Eden, mais ça me révolte.

– Ça te révolte, d'accord. Mais à quoi elle te sert cette révolte ? Qu'est-ce que tu vas faire d'elle ? Tu vas retourner à Tel-Aviv et continuer ton boulot comme si de rien n'était ou tu vas rester ?

Thelma baisse la tête.

– Je suis incapable de travailler dans ces conditions.

– Ne me dis pas que t'es venue ici juste pour « travailler ».

Thelma tressaille. Elle montre tout à coup un visage bouleversé.

– Je suis venue parce que tout a craqué dans ma vie. J'ai perdu mon fils au front. Il avait dix-sept ans.

Elle se met à pleurer. Justine pose sa main sur son bras.

– Il s'appelait comment ?

– Élie, il a reçu deux balles dans le ventre. C'est moi qui l'ai opéré. J'y tenais. Mais ça n'a servi à rien.

De grosses larmes coulent sur ses joues.

– Je me dis tous les jours qu'un autre l'aurait sauvé, que j'ai dû faire une bêtise. Je ne me supporte plus.

Elle se met à sangloter, écarte son assiette d'un geste lent, pose ses bras sur la table et y enfouit son visage, sans un mot.

– Écoute, reste avec nous encore quelques jours, tu ne peux pas repartir dans cet état. Je m'occuperai de toi, murmure Justine.

Thelma lève ses yeux remplis de larmes.

– Non. Je te remercie. Mais ça ne servirait à rien.

Ils restent tous silencieux autour d'elle. Eden tire de sa poche un bout de papier et gribouille son adresse.

– Si un jour tu viens en Angleterre, n'oublie pas de m'appeler.

Mary, Simon et Hope font de même. Justine se tait.

Quelle adresse donner ? Elle n'a de maison nulle part ailleurs qu'ici.

Le soir, à l'Armée du Salut, Justine monte au salon du premier étage pour répondre à Monique. Elle déchire dix pages, en rature cinq autres. Les mots ne viennent pas pour exprimer ce qu'elle ressent. À la fin, sur sa dernière feuille, elle écrit en fermant les yeux.

Monique,

Je vais bien.
Je te rembourserai.

Justine.

Les jours passent.

À Khalighat, deux nouvelles volontaires arrivent et Justine les prend sous sa protection, les amenant peu à peu à se débrouiller par elles-mêmes. Dès qu'il y a le moindre problème, on vient la voir pour lui demander conseil. Elle est l'aînée de tous. Si l'un craque, elle l'invite à déjeuner et, pensant à Salvatore, elle fait le clown jusqu'à voir réapparaître un sourire. L'atmosphère est gaie. Simon, Eden, Mary et Hope dégagent une énergie formidable. Le travail va bon train et la mère supérieure vient plusieurs fois les féliciter. Elle a rarement eu à sa disposition un groupe de volontaires aussi dévoués. Justine s'attarde près de chaque lit, le regard à l'écoute. Souvent, vers la fin de la journée, elle caresse de la paume de ses mains l'un de ces visages endoloris, désespérés. Elle n'a plus peur de ces bras qui se referment brusquement sur son corps et l'enserrent. Elle n'a plus peur de ces ventres décharnés. Elle s'y attache. Elle y verse sa force et sa soif de donner, de partager.

Chaque soir, quand elle sort du centre, ses bras s'ouvrent devant la foule. Ils s'emparent du monde, de son mystère. Et ceux qui la regardent à cet instant pensent qu'elle est devenue folle d'avoir voulu voir de trop près la mort pudibonde... La mort humaine... Ils secouent la tête en signe de tristesse, passant leur chemin, tandis qu'elle, délivrée de leur regard, aspire la toute-joie qui coule dans ses membres telle une lave de bronze mêlée d'or.

Tous les soirs aussi, Justine sort avec sa nouvelle bande. Le plus souvent Déborah et Vincent les accompagnent. Ils vont au théâtre voir des pièces de Shakespeare, de Pirandello, de Tchekhov, au cinéma voir des films indiens et au Kalamandir Center assister à des spectacles de danse. Ils rencontrent à chaque entracte une multitude d'Indiens venus les remercier de prendre part à la culture de leur pays. On leur offre des places accompagnées de thé et de friandises.

La fatigue n'existe plus. Seule la joie.

Vincent les invite à plusieurs reprises chez lui, 6 Valmeek Street, dans son antre colonial où l'on mange des lapins à la moutarde de France, des biscuits Hédiard, de la confiture à la rhubarbe « maison ». Un très joli patio dessert plusieurs chambres et deux salons qu'il a décorés de meubles achetés dans des ventes aux enchères. Paire de fauteuils club en cuir rouge, console XIXe typiquement victorienne, tables, lits, lampes, malles...

– Et pour un prix dérisoire !

Tous le regardent avec admiration.

– Tu vas vivre ici encore longtemps, Vincent ? lui demande Mary.

– Jusqu'à la fin de ma coopé. Après je rentre en France. Il n'y a pas de travail pour moi ici.

Il se penche vers Justine, assise près de lui.

– Et toi, Justine, tu vas rentrer en France ou tu vas continuer de voyager ?

– Pourquoi veux-tu que je rentre ? Je me plais ici. Je reste.

– Et ton visa, tu y as pensé ?

– Je le ferai renouveler.

– Ici ? Une seconde fois ? À Bangkok peut-être, ou à Singapour, mais pas en Inde. Ils ne t'accorderont pas une nouvelle extension. Je suis bien placé pour le savoir.

– Ah oui ? tu oublies les bakchichs, Vincent.

– Je n'oublie rien, Justine. Le système D en Inde, je le connais comme ma poche. Mais là, par exemple, il y a à peine deux jours, je n'ai rien pu faire pour une Française que tu ne connais pas et pourtant ce ne sont pas les appuis qui lui manquaient. Elle va devoir quitter le pays dans moins d'une semaine. Ils ne veulent rien entendre.

Elle le regarde, soudain inquiète.

– Mais, Déborah, ça fait plus de six mois qu'elle est là !

– Elle doit détenir un autre type de visa. Ça n'est pas possible autrement.

– Un autre type de visa ?

– Pas un visa touriste en tout cas. Ils sont plus entêtés que des mules. Après six mois, tu es virée, que tu le veuille ou non.

– Mais c'est impossible, Vincent… Il doit exister une solution.

– Partir, revenir, c'est la seule que je connaisse à cette heure.

– Partir ? répète Justine interdite.

– On y est tous obligés un jour ou l'autre.

Justine secoue la tête.

– Non. Il doit y avoir un moyen. J'irai demander à Desjardin. Il m'aidera, lui.

Vincent soupire. Il lui caresse tendrement la joue.

– En tout cas, tu es bien loin de m'aimer, Justine.

Elle le regarde droit dans les yeux.

– T'aimer ? Il n'y a qu'une chose à laquelle je tienne dans ce monde, c'est ce voyage. Comment pourrais-tu comprendre ?

Compte à rebours. Déborah apprend à Justine qu'elle détient en effet un visa étudiant qui ne peut s'obtenir que dans le pays d'origine.

– Je savais que je resterais plus de six mois, j'ai triché. J'avais un mémoire à rendre en fin d'année, j'ai prétexté un sujet sur les conditions d'hospitalisation au Bengale. J'ai obtenu mon visa.

Justine passe voir Desjardin qui secoue la tête en signe d'impuissance. Elle dévale les escaliers, frappant la rampe de son poing et d'un violent coup de pied fait valser un tas d'ordures qui traîne devant la porte. Le soleil tape. Elle traverse la rue et manque de se faire renverser par un taxi. À Khalighat, ni Eden, ni Mary, ni Simon, ni Hope, ni les sœurs ne parviennent à la calmer. Il ne lui reste plus que quinze jours. Quinze jours avant de tout quitter. L'Inde et son souffle, l'Inde et sa lumière, sa vibration, ses couleurs… Quinze jours pour puiser l'ultime énergie qui lui donnera le courage d'affronter cette France qu'elle hait si fort pour avoir planté dans son corps tant de blessures, de cris, tant de terre sale…

Deux heures du matin. Troisième rêve.

Elle traverse à pied une ville que la guerre a détruite. Il y a des cadavres partout sur des lits de camp qui ressemblent à ceux de Khalighat. Elle se penche sur l'un des corps, arrache la médaille pendue à son cou. Des femmes la surprennent, elles se mettent à crier. Elle avale la médaille et court. Les rues sont maintenant celles de Calcutta. Elle marche, épuisée, à la recherche d'une femme qui doit lui délivrer un secret. La nuit tombe. Une famille indienne lui montre du doigt une caravane installée sur le pont de Howrah. C'est très loin. Les rues sont vides. Elles prennent de plus en plus l'aspect des rues de Cambrin. Justine rase les murs. Elle plonge dans un fleuve et décide d'y aller à la nage. Deux corps flottent à la surface, le visage tourné vers la lune. Ce sont ceux de son père et de sa mère. Ils sont morts. Elle les dépasse et atteint la caravane. Là, une vieille femme lui ouvre la porte et lui demande de s'asseoir. Il y a la queue. Des dizaines de gens qu'elle ne connaît pas sont assis le long d'un banc. Elle se met à les interroger pour savoir s'ils ont vu les deux morts du fleuve mais aucun d'eux ne lui répond. Elle dit alors que ce sont ses parents. Une femme éclate de rire. Justine sort la médaille de sa bouche comme preuve. « Voyez, mon nom et ceux de mes parents y sont inscrits. Une autre femme se lève : « Ce n'est pas vrai, tu l'as volée. »

Justine n'a pas le temps de répondre. Deux hommes se sont levés et la jettent par-dessus le parapet du pont.

Chute libre.

Elle se réveille en sursaut.
– Justine, ça va ?
– Non, ça ne va pas du tout, Déborah. Je ne veux pas rentrer.
– Enfile ta robe, on va parler un peu dehors.

Elles sortent du dortoir et s'asseyent à côté du linge qui pend. Deborah parle à mi-voix.
– Justine, tu restes un peu là-bas, tu travailles et tu reviens.
– Mais je n'ai personne. Je ne connais personne. Là-bas, je le sens, tout va recommencer.
– Tout ? mais quoi ?
Justine la regarde sans rien dire. Déborah pose sa main sur son épaule.
– Justine, tu as changé. Tu es plus forte maintenant. Tu vas y arriver.
– Je ne veux pas rentrer.
– Tu y es obligée, Justine. Obligée. Arrête de gémir. Il faut maintenant que tu penses à ton retour. Que tu ne te retrouves pas dans la rue.
– J'ai tellement peur, merde !
– Essaie de dormir. Demain, tu vas à Khalighat et puis on va parler à Vincent. Il connaît peut-être des gens à Paris.
– Tout allait si bien.
– Si tu as un problème, je demanderai à mes parent de t'accueillir en Irlande. Je te donnerai l'argent du voyage.
– Tu ferais ça ?
– Et comment donc ! En Irlande, on n'est pas des sauvages ! On a le sens de l'amitié, crois-moi ! Allez, va te coucher et cesse de te faire du mal. On va te procurer de l'aide. Après tout, on en connaît du monde, et même des consuls !
Justine se met à sourire dans ses larmes.
– C'est vrai ! Qui aurait cru, même des consuls !

Le lendemain matin, vers sept heures, la porte du dortoir s'ouvre avec fracas.
– Salut, il y a des Françaises parmi vous ?

Justine ouvre grand les yeux. Caroline, la fille de son arrivée à Calcutta, est postée devant elle, les bras croisés.

– Allez, debout, il faut que je boive un café ou je m'écroule. J'ai presque cinquante heures de train dans les pattes.

– Et Jean, et Marie-Noëlle ?

– Ils sont rentrés. Je suis la dernière. Je prends mon avion demain matin. Dis ! tu m'épates ! Tu as bonne mémoire !

– Vous m'avez bien tiré d'un sacré pétrin, non ?

Elle éclate de rire.

– Allez, je t'attends dehors. Grouille !

Blue Sky Coffee. Michael Jackson et quatre Indiens charrient un bloc de glace qu'ils laissent choir par terre. Ils le brisent en plusieurs gros morceaux. Caroline s'assied.

– Alors, comment ça va ? Qu'est-ce que tu fais ici. Ça fait du bien de parler un peu le français. Depuis que les autres m'ont quitté, je suis au régime « english » cent pour cent.

– Je travaille au mouroir de Khalighat.

– Pas mal !

– C'est bizarre, la vie. Quand on s'est quittées, je n'avais qu'une seule envie : partir de cet enfer. Aujourd'hui, je te retrouve et c'est tout le contraire que je ressens. Je n'ai pas dormi de la nuit parce qu'on m'oblige à partir justement. À quitter ce foutu paradis.

– Tu reviendras ?

– Peut-être...

Elles restent un moment silencieuses.

– Tu as de la famille, Justine ?

– Non.

– Qu'est-ce que tu vas faire en rentrant ?

Justine hausse les épaules. Ses yeux ont repris de leur ancienne dureté.

– Peut-être bien la manche comme tous ces gosses.

– Ne dis pas de bêtise.

– C'est la merde, la vraie merde. Je hais la France, Caroline.

– Tu n'as personne ?

Justine ne répond pas.

– Écoute, j'ai pas passé six mois à travailler comme une damnée auprès des lépreux et des pauvres pour t'annoncer que je me fous éperdument de ce que tu vas devenir. Alors réponds-moi franco : tu as besoin d'aide, oui ou non ?

Justine fait la moue.

– J'ai surtout besoin de ne pas rentrer.

– Pour ça, je ne peux rien mais pour le reste peut-être. Tu vas noter mon numéro de téléphone à Paris et tu vas me promettre de m'appeler dès que tu arrives. Je voudrais pas te faire la morale. Mais toi non plus, Justine, t'as pas travaillé dans un mouroir de mère Teresa pendant six mois pour échouer sur un trottoir. On est d'accord ? J'ai de la famille, j'ai des amis. On pourra toujours s'arranger pour te trouver une petite place pour dormir. Et peut-être bien un boulot.

Justine lève ses yeux vers elle. Ce qu'elle vient d'entendre l'a remuée.

– O.K. ! murmure-t-elle.

– Ah ! les toasts et les lassi, enfin ! je désespérais !

Ce jour-là, à Khalighat, un homme entre sur une civière. Il est couvert d'ordures et de crasse, il respire à peine. Les sœurs le déposent sur un lit. Il est inconscient. Elles commencent à le laver, psalmodiant des prières. L'homme va mourir. Elles frottent durement la peau, elles se dépêchent. L'homme halète. Peu à peu, son corps reprend allure humaine. Les gants mouillés d'eau et de savon éclaircissent la couleur de son visage, de ses lèvres. Les sœurs chantent doucement. Elles le parfument. L'homme ouvre alors les yeux l'espace d'une seconde et souffle dans un dernier râle un « merci ». Il meurt. Les sœurs le recouvrent d'un drap. L'une d'elles fait le signe de croix et s'incline.

– Il est mort dignement. Paix à son âme, dit-elle.

Justine reste un moment immobile avec elles en silence. À dix minutes près, il mourait comme la pire des charognes dans l'indifférence. Dix minutes, et tout bascule soudain dans la vie, malgré la mort et ses abois déments, sa rage, son ignominie. Dix minutes. Et le plus méprisable, le plus répugnant reprend forme humaine, son trépas exposé à la plus noble lumière.

Dîner avec Vincent et Déborah. Justine est muette. Vincent griffonne quelques noms d'amis sur une feuille.

– Tu leur dis que tu m'as rencontré à Calcutta. Je suis sûr que certains d'entre eux pourront te dépanner.

Justine prend la feuille et le remercie. Elle sait d'avance qu'elle n'osera jamais téléphoner à tous ces gens.

– Autre chose. Laisse-moi t'accompagner à l'aéroport.

Justine lâche un soupir.

– Si tu y tiens.

Dernier jour de Khalighat. Veille du jour de son départ. Justine travaille comme une forcenée. Le moindre temps de pause la confronte à une douleur trop aiguë. Elle ne déjeune pas ce jour-là. Elle reste dans la grande salle à laver le sol, cherchant l'épuisement physique : celui-là seul qui pourra anesthésier sa souffrance. Le temps passe. Justine sort des cuisines avec des plateaux, les pose sur les lits et retourne en chercher d'autres. Elle apporte les laits bouillants, le thé, les médicaments. Tous peuvent la voir courir d'une salle à l'autre pleine de dynamisme. Impossible de comprendre qu'elle ne fait que lutter de plus en plus violemment contre la débâcle de son courage… Elle traverse les salles à grands pas sans cesser de se répéter : « Pas de larmes, oublier ce soir, faire comme si de rien n'était. » Les voiles blancs dansent autour d'elle. Ils lui offrent les rires et la tendresse. Demain se peut-il qu'ils ne soient plus là ? Justine contemple la grande salle : ses murs, ses lits, ses corps dont elle connaît les noms, les âges… Elle se met à frissonner. Que restera-t-il de cette image dans un mois, dans deux mois ? Combien seront déjà mortes ?

Le soir tombe. Eden, Simon, Mary et Hope défont leur tablier. Justine est assise sur le lit de Jemmu, elle ne bouge pas. Ses yeux grands ouverts fixent le fond de la salle qui s'obscurcit. Les sœurs sont venues l'embrasser une à une et lui ont proposé de prendre l'ambulance pour aller à la maison mère. Mais elle a juste fait non de la tête. Jemmu à ses côtés la regarde. Elle ne dit mot. Une femme jette son écuelle et crie. Justine frémit. Elle voudrait faire comme elle. Crier. Mais aucun son ne sort de sa poitrine. Son désespoir est trop grand. Elle abaisse ses yeux et touche de sa paume le bras de Jemmu. Elle ouvre la bouche pour parler mais les mots ne viennent pas. Jemmu détourne alors son visage. Justine approche sa main de ses cheveux. Mais Jemmu secoue la tête.

– Pars, semble-t-elle dire, pars vite, abandonne-moi vite, pars.

Justine se lève.

– Jemmu, je ne t'oublierai jamais, murmure-t-elle.

Elle fait volte-face, traverse la salle en courant, passe devant les incurables et pousse violemment la petite porte qui la sépare de ce monde. Tourner le dos. Se livrer à cet adieu le plus loin possible de ces marches qu'elle dévale. Tourner le dos pour ne pas s'affaisser, pour ne pas s'écrouler. S'engager dans la foule. Pleurer dans la foule. Hurler au nom de cet amour qu'elle déserte, hurler au nom de Jemmu, hurler au nom de tous ces visages qu'elle ne reverra plus, au nom de tous ces adieux, au nom de toute la souffrance qui pleure soudain en elle et déchire sa peau.

Huit heures du soir. Déborah a organisé un grand dîner avec Eden, Mary, Simon, Hope, les deux volontaire australiennes, et Vincent, au restaurant de l'hôtel Astor. Justine arrive en retard. Sur son assiette, une dizaine de cadeaux empaquetés. Elle s'assied en silence. Ses doigts ouvrent un à un les paquets : bracelets de verre, tissus du Rajasthan, châle, bâtons d'encens… Des larmes coulent. Vincent lui tend un sac. De trois étuis en velours, elle sort deux colliers et un bracelet en argent massif. Cris d'admiration de tous.

– Tu seras la plus belle de Paris et qui sait, lui dit-il, ils te porteront peut-être chance.

– Tu es fou, Vincent.

– On ne vit qu'une fois, Justine.

Une heure du matin. Échanges d'adresses devant l'Armée du Salut. Eden lève son poing jusqu'à la hauteur de ses yeux.

– Ça c'est pour les larmes.

Il ouvre alors son poing et passe sa main dans ses cheveux.

– Et ça c'est pour que tu restes belle.

Déborah la serre dans ses bras, elle lui glisse une enveloppe.

– C'est l'argent du voyage Paris–Dublin et mon adresse. J'ai écrit à mes parents à ton sujet.

– Je ne peux pas accepter, Déborah.

– Tu ne peux pas refuser. Tu as promis.

– Mais…

– On n'en parle plus.

Justine embrasse Mary, Simon et Hope. Elle se tourne vers Vincent.

– Je passe te prendre à dix heures, lui dit-il, ça nous laissera le temps de passer au consulat. Ça fera plaisir à Desjardin de te dire au revoir.

Jeudi 17 mars 1988.

La voiture de Vincent file. Justine essaie de réaliser qu'elle quitte l'Inde. Mais elle ne sent rien. Desjardin lui a donné quelques lettres à poster à Paris.

– Ça ira plus vite.

Elle aimerait les déchirer, les jeter par la fenêtre. Vincent ne dit rien. Il fume. Justine penche sa tête au dehors. Elle laisse le vent soulever ses cheveux.

Aéroport. Foule de porteurs et de touristes. Justine tend son bagage.

– Une préférence pour votre place, mademoiselle ?

– Près d'un hublot, merci.

Vincent continue de fumer. Il s'est assis à une table.

– Tu veux un thé ?

– Vincent, je préfère y aller vite. Ça me fait trop mal.

– Je comprends.

– Merci pour tout.

Elle lui tourne le dos. Il la rattrape.

– Justine !

– Oui ?

– Tiens.

Il lui tend un trousseau de clefs et une feuille plié en quatre.

– Qu'est-ce que c'est, Vincent ?

– La clef de mon studio à Paris. Il est libre. J'ai beaucoup hésité. Tu m'excuseras. Tu peux y rester jusqu'à fin septembre.

Elle le regarde, interdite. Elle ne sait plus quoi dire.

– Pour le téléphone, fais juste un peu attention, c'est débité tous les mois sur mon compte. Sur la feuille, je t'ai tout indiqué. Tu y seras bien.

– Comment te remercier ?

– En me promettant de ne pas foutre trop le bordel !

Elle ferme les yeux et retient un sanglot.

– Pousse-moi Vincent, j'arriverai pas à partir toute seule.

Il la regarde, inspire profondément et la pousse de toute ses forces en murmurant sans qu'elle entende :

– Je t'aime.

PARIS

L'aile tourne lentement sur elle-même. Les réacteurs se mettent en marche. Justine plaque son front contre la vitre. L'avion démarre. L'aile rase les bâtiments de Dom Dom. Elle rase l'herbe humide, les silhouettes par centaines. Elle se cabre. L'avion décolle. Justine appose sa main sur le hublot froid sans même chercher à essuyer les larmes qui roulent sur ses joues. Elle penche sa tête. Mais l'aile, à une allure vertigineuse, atteint les nuages. Calcutta et l'Inde tout entière sous ses yeux d'un seul coup disparaissent. Éclat d'une mémoire trop admirable.

Dix heures de route. Il n'y a personne à côté d'elle. Elle s'allonge, ramasse sa couverture sur son corps et s'enfonce en un sommeil profond.

« Que la nuit m'emporte se lamente la voix intérieure, que l'absence et le silence me dérobent, que je ne sois plus rien à cette heure, que je ne sente plus rien, que cette douleur prenne fin.

Deux heures du matin. Aéroport de Dubaï. Justine s'accoude au bar. Elle commande un jus d'orange. Dans le reflet du miroir au loin, une fille plutôt maigre, bronzée et fatiguée, qui ne ressemble en rien à celle aperçue il y a six mois. Justine se met à boire. Mais, à plusieurs reprises, ses yeux l'obligent à revenir à ce reflet méconnaissable qui semble l'appeler, la désigner, par l'à peine d'un signe magnifiquement présent et dont le corps, ici, semblerait immuable, conçu d'une matière aussi neuve qu'inaltérable.

L'avion redécolle dans la nuit. Quatre heures de nouvelle route. Il fait nuit noire dehors.

Sept heures du matin. Un « ding » la réveille. Le commandant de bord annonce l'imminence de leur atterrissage. Routes grises. Carrés de champs minuscules cernés de barrières. Arbres sans feuilles. Sans vie. Ciel neutre. Tours gigantesques remplies d'humains cachés. Pylônes. Voitures à perte de vue. Panneaux publicitaires. Pas un enfant pour acclamer l'hiver, pas une femme, pas un village. De la fumée d'usine. De la grisaille. Du vide.

Déblocage des portes. Deux hôtesses lui sourient et lui souhaitent un agréable retour. Justine ne répond pas. Elle suit le mouvement des passagers qui lui font retraverser en sens contraire cette salle d'attente où elle a pleuré, six mois auparavant, perdue. Elle s'arrête un instant, fixe ce siège d'où elle a entendu l'hôtesse prononcer son nom. « Où es-tu ? demande soudain son regard. Où es-tu, Pierre ? Je pourrais te raconter tant de choses ! »

Tapis roulant, escaliers roulants, marches, salle des bagages. Deux passagers se disputent un chariot. Une femme pleure dans un coin. Douane.

– Rien à déclarer ?

– Rien.

– C'est bon, passez.

Foule de regards, de pancartes.

– Mademoiselle Otrad ?

– Non.

Elle passe. Deux portes s'ouvrent. Vent glacial. Elle sort de son sac le châle offert par Déborah. Elle s'en enveloppe. Bureau de change. L'homme lui tend deux mille deux cent cinq francs. Toute sa fortune. Il lui indique l'endroit d'où elle pourra prendre la navette pour le métro. Elle sort. Partout le béton gris, les habits gris, les voitures grises ou noires. Un froid qui lui donne la chair de poule.

Qu'est-ce qu'elle fout là ? Pourquoi s'est-elle pliée à la force des lois ? Pourquoi n'être pas restée là-bas jusqu'à ce qu'on la jette dehors ? Elle aurait eu moins de regrets. Moins de rage envers elle-même.

RER. Un homme lui montre le chemin en la dévisageant. Couloirs. Foule d'hommes et de femmes qui marchent, tête baissée. Pas un cri d'enfants. Le train file à travers des banlieues fades. Trois femmes à côté d'elle discutent pendant une longue demi-heure de la meilleure façon de réussir une pâte feuilletée. Un homme ouvre son journal. Photos de couverture : enfants et femmes kurdes gazés par l'aviation de Bagdad… Elle a juste le temps de lire le chiffre 5000. Le train quitte la surface. Justine a froid. Successions de tunnels et de quais… Néons. Une jeune fille plongée dans un livre, *Les Démons* de Dostoïevski. Une vieille femme qui tricote, l'air absent. Tam-tam. Station Châtelet. La moitié du wagon sort. Une femme sans âge entre. Elle porte trois sacs en plastique Tati. À son cou deux écharpes et des colliers de toutes sortes. Sur sa tête un chapeau d'homme troué. Le train redémarre.

– Mes yeux, mes yeux, ce ne sont pas les miens, j'avais des yeux grands et clairs, pourquoi ne sont-ils plus là ? Et ma bouche, et mon visage ? Je suis malade, vous savez ? Je suis très malade, je n'ai jamais été malade, j'ai mal partout, au cœur, aux poumons, à la tête, je souffre, il faut m'aider, je suis malade. « Allez voir un médecin », marmonne un homme. Mais la femme se met à geindre encore plus fort : « Ils ne disent pas la vérité, ils mentent, ils refusent de me rendre mes yeux, ils ne disent pas la vérité ! »

Sanglots. Justine baisse la tête. Les portes se rouvrent, elles claquent. Le train s'enfonce dans le tunnel. Silence de la foule compacte. Sanglots de la femme aliénée. Désespoir de la ville.

Station Luxembourg. Justine demande deux fois son chemin. Ni la beauté des immeubles ni celle du parc qu'elle longe ne la touche. Elle la hait. Elle ne fait que l'enfermer plus concrètement en un ailleurs qu'elle ne veut pas. Un ailleurs qui l'arrache à son Inde, à sa délivrance.

30 rue Gay-Lussac. Elle pousse la lourde porte cochère et, suivant les instructions, traverse la cour. Escalier C, rez-de-chaussée. Vincent Laguillardère. Elle ouvre la porte sans difficulté. Ici déjà la capitale est loin. Loin derrière elle. La pièce est assez grande. Il y a un lit et

c'est tout ce qu'il lui faut à cet instant. Quelques photos sur la table de chevet. Vincent entouré d'amis. Vincent soufflant les bougies d'un immense gâteau, Vincent en maillot de bain sur une plage bordée de cocotiers, Vincent posant devant un château avec toute sa famille. Elle les regarde une à une. Elle n'a que lui dans cette ville. Que ces quelques images et cet appartement. Ce quelque part où elle pourra pleurer sans qu'on la regarde, où elle pourra crier sa rage à l'abri de ce froid glacial, à l'abri de ce nouvel anonymat qui la pénètre déjà d'amertume et de découragement.

Trois heures de l'après-midi. Sonnerie de téléphone.

– Allô ?

Grésillements. Écho.

– Allô, oui, c'est Vincent. Je t'appelle du bureau de Desjardin. Tout va bien ?

Il crie pour se faire bien entendre.

– Tout va bien.

– J'entends mal !

– Je disais tout va bien !

– Tant mieux ! Pour l'eau chaude, appuie sur le bouton rouge à droite du chauffe-eau.

– O.K. !

– Tu m'as entendu ?

– Oui, le bouton rouge à droite !

– Il fait pas trop froid ?

– Je gèle !

– Prends mes pulls !

– D'accord !

– Je dois te quitter, je t'embrasse ! Bonne chance !

– Merci pour tout, Vincent !

– Je pense à toi ! Tu me manques.

Il raccroche.

Deux jours d'enfermement à éteindre et allumer la petite lampe de chevet. Quelques mouvements dans la cage d'escalier. Des hommes et des femmes dont la vie bien réglée fait qu'ils montent quelque part, qu'ils redescendent vers une autre destination, porteurs, à travers l'assurance de leurs pas, d'une aisance à vivre qu'elle n'a pas et dont l'absence la menace plus ouvertement d'heure en heure.

La faim l'emporte. Elle sort vers quatre heures de l'après-midi et décide de remonter la rue jusqu'au premier bistrot. Une fille la bouscule pour rejoindre un garçon qui sort de sa voiture. Elle porte un beau manteau, une belle écharpe, de belles chaussures. Elle est radieuse. Le garçon qui l'embrasse est tout aussi rayonnant. Ils sont riches, ils sont heureux, ils connaissent Paris, ses rues, ses magasins, ses bars. Ils ne la voient même pas quand ils s'embrassent à pleine bouche. Ils ne se posent pas la question de savoir pourquoi elle porte un pull qui n'est pas à sa taille et pourquoi elle est si bronzée. Ils la laissent passer comme ils laissent passer les dizaines d'autres qui la suivent, dans l'indifférence. Elle aurait des cheveux de couleur bleu, ce serait pareil. Seul peut-être un acte de pure violence serait capable de les éveiller à sa présence, oui, à l'existence de cette Justine mal fringuée qui vient de presque les toucher, de les frôler tous les deux, les suppliant de son regard perdu de la considérer, de l'aimer, de la guider. Mais la pure violence n'est qu'un cri silencieux en elle. Un cri de haine qui n'atteint pas ses gestes, seulement sa pensée. Une pensée qui crache sur ces deux-là et sur tous ceux qui proclament ici même, dans cet enfer, leur bonheur. Cet enfer inconnu qui ne ressemble en rien à l'enfer splendide, à l'enfer brûlant de l'Inde, et qui jette, inextricablement, sur le premier venu, sur sa peau neuve et lisse, le sort éternel de sa future naissance.

Café des Ursulines. Elle s'assied au fond de la salle. Odeurs de cigarettes qu'elle aime. Le serveur s'approche. Elle demande un sandwich au camembert. Deux types au bar. L'un d'eux parle de sa cave inondée. L'autre accompagne ses plaintes de hochements de tête. Une femme corrigeant des copies à sa droite. Trois jeunes buvant des bières devant le flipper. Le sandwich arrive. Elle le dévore. Elle en commande un autre. Attente. Rien ne se passe. Les mondes qui l'entourent vivent, parlent, ne franchissant jamais la frontière de sa table. Elle est seule. Incroyablement seule. Le garçon revient et pose le second sandwich.

– Ça fera trente-cinq francs.

À Calcutta elle en aurait pour deux francs à peine. Deux simples francs. À ce train-là, que lui restera-t-il dans moins de deux semaines ? Plus rien. Plus un sou. Et pas un seul de ces visages pour l'aider, pour lui parler. Elle tend la monnaie.

– Un café ?

– Oui, un café.

– Alors huit francs de plus.

Il ne lui fait pas confiance, elle le sent. Peut-être voit-il qu'elle est paumée. Pourquoi pas ? Il y a tant de détresse soudain au fond d'elle.

– Tenez.

Il prend son billet et jette sa monnaie sur la table. Il lui tourne le dos. N'a-t-il pas de pitié ?

Elle se lève, pousse la porte, se retrouve dans la rue. Que faire maintenant qu'elle est rassasiée ? Quel nouveau sens donner à sa vie ? Elle fait demi-tour et décide de revenir au studio. Marcher ici lui donne le cafard. Elle s'allonge, joue pendant une heure avec sa lampe et se met à pleurer dans le silence, sans autre volonté que celle de s'endormir et d'oublier, d'oublier à jamais.

Matin du 21 mars. Justine hésite longtemps avant de décrocher le téléphone et de composer le numéro de Caroline. Une voix de femme répond.

– Allô ?

– Oui, bonjour, est-ce que Caroline est là ?

Un silence. Justine enchaîne.

– Je suis une amie.

– Écoutez, Caroline est très malade. Elle est actuellement à l'hôpital et son état est critique. Puis-je savoir votre nom, mademoiselle ?

– Justine.

– Justine comment je vous prie ?

Mais Justine raccroche.

– Justine je t'emmerde, souffle-t-elle.

Voix trop snob, trop polie, trop propre, pour annoncer ce qui lui fait soudain si mal. Elle reste immobile un long moment se remémorant le visage souriant de Caroline. Un visage qui n'annonçait aucune maladie et qui lui avait donné, ce matin, une sorte d'espoir fou comme tout à coup le désir de sortir de cette prison et de parler, de rire, de raconter l'Inde, de se la partager, se la boire à deux et de trinquer en son nom.

État critique…

Deux mots qui suffisent pour tout détruire, pour libérer les larmes, rabattre ses draps sur son visage jusqu'à n'y voir plus que la nuit, plus que le noir du silence et de la solitude.

Le lendemain, Justine chemine jusqu'au café pour manger son sandwich-camembert. Elle écoute le tilt du flipper scrutant les profondeurs de sa tasse où fume le liquide à huit balles qu'elle va devoir bientôt débourser. Rien ne se passe. Au bout d'une demi-heure interminable, elle se lève, s'en va. Juste avant de pousser la lourde porte cochère, quelqu'un dans la rue crie le nom de Sarah ! La porte fait clac ! Justine se met à courir. Elle entre dans le studio, fouille son sac et en sort son journal. Sarah ! Comment n'y avait-elle pas pensé ! Sans attendre, elle compose le 12 et demande le numéro qu'une voix de femme lui donne. La sonnerie retentit quatre fois avant que quelqu'un ne décroche. Son cœur bat à tout rompre. Elle a comme retrouvé un certain bonheur.

– Bonjour, je voudrais parler à Sarah s'il vous plaît ?

– Je suis désolée, Sarah est repartie en voyage, elle ne reviendra que dans cinq mois. Je peux peut-être prendre un message ?

– Non ce n'est pas la peine.

– Voulez-vous son adresse ?

– Son adresse ?

– Oui, vous pouvez lui écrire sans problème. Les sœurs lui

passeront le courrier.

– Mais où est-elle ?

– À Madagascar, chez les bénédictines, au monastère d'Antsirabé.

– À Madagascar…

– Vous avez un stylo ?

– Non, je…

Elle raccroche, puis rageusement projette le téléphone par terre.

« Paris de merde ! s'entend-elle murmurer. Elle se lève, le ramasse, le balance à nouveau. « Enfoiré, crève ! Crevez tous ! »

Elle saisit son sac, ses vêtements. Elle les balance à travers la pièce. Livres, photos, disques, dégringolent des étagères. Justine ne se calme pas. Une lampe se brise. Deux flacons d'eau de toilette. Un miroir. Un vase. La chambre est sens dessus dessous. Son nez coule. Elle pleure. Elle tousse. « Pourquoi ? Pourquoi ? » ne cesse-t-elle de répéter dans ses larmes jusqu'à finir par s'allonger sur son lit et s'endormir épuisée d'énervement et de révolte.

Justine passe la semaine dans le studio les yeux grands ouverts. Pour se rassasier, elle va au café et commande toujours le même sandwich.

– Vous attendez quelqu'un ? lui demande un jour le serveur.

Justine hausse les épaules.

– Non, j'attends personne, répond-elle.

– Ah bon ! parce qu'à votre air je croyais.

Elle le regarde s'éloigner du côté du comptoir. Elle mord dans son sandwich. Elle pense à ce qu'il doit penser. À cette gamine qui pousse tous les jours à la même heure depuis une semaine la porte de son café et commande tous les jours à la même heure la même chose avec tous les jours le même air scandaleusement triste, scandaleusement noir, avec tous les jours de moins en moins envie de manger, de moins en moins envie de mordre dans le pain qu'on lui donne, qu'on lui vend.

Dans le studio, elle vit sur le lit. Elle tourne les pages de livres qu'elle a pris au hasard dans la bibliothèque de Vincent. Elle compte deux fois, trois fois, dix fois l'argent qui lui reste. Elle lave son linge sale, prend plusieurs bains par jour, lit et relit la lettre de Monique, la déchire, la recolle, pleure, contemple sur le bureau tous les objets qu'elle a cassés. Qu'elle a brisés. Fume, dort, serre contre elle son oreiller, attend la nuit. La maladie, la mort, l'accident. Le regard doux de quelqu'un d'inconnu, de quelqu'un comme Pierre… Et rien ne se passe. Pas le moindre bruit. Pas la moindre fête. Pas la moindre sonnerie de téléphone malgré les jours qui passent, les jours et leurs allers et retour-sandwich camembert entre le dédain de la ville et celui de sa foule…

Lundi 4 avril matin.

Justine, en se coiffant, s'observe dans le miroir de la salle de bains. Visage tuméfié de cernes et de rougeurs de larmes.

Où donc s'est en allée sa Calcutta ? Qu'est devenue la fougue qu'elle a ressentie là-bas ? Ne reste-t-il donc rien de sa substance, de sa fertile gaieté ?

Vers quel nouveau silence s'engage-t-elle ?

Elle ouvre la porte. Elle sort. Elle marche.

Elle ouvre la ville à elle-même. Elle ouvre la ville à sa vie.

Elle avance, repousse les frontières de sa peur vers l'horizon qu'elle ne voit toujours pas, vers la mer d'Arabie qu'elle aime, les plaines sèches du Rajasthan, les routes humides du Bengale.

Plus question de mourir ici même où n'existent ni les clameurs humaines, ni les parfums d'encens, ni les louanges des dieux.

Plus question de sombrer dans ce naufrage où joies, ferveurs, croyances défaillent, expirent.

Elle marche. Elle jette au devant d'elle cette dernière force, cette dernière rage qui lui vient tout droit du souvenir puissant de l'éclat de rire d'une petite fille de Bombay ; de ses dents blanches comme l'écume et le sel, de sa misère absolue. Et décide, soudain plus forte d'elle-même, de respecter cette mémoire, à partir de ce jour, en affrontant la blessure de sa propre déroute.

Elle parcourt à pied son quartier, poussant la porte de toutes les boutiques, de tous les restaurants.

– Avez-vous besoin de quelqu'un en ce moment ? Je parle anglais.

Les réponses négatives se succèdent. Mais bien loin de la décourager, elles ne font que soulever en elle plus de révolte, plus d'énergie. À la fin de la journée, sans avoir mangé quoi que ce soit, elle pousse la porte d'une pizzeria et tombe sur le patron et ses employés qui dînent. Le patron se lève. Elle renouvelle pour la quarantième fois de la journée sa demande. Il la toise du regard. Elle a mis sa petite jupe courte et ses boucles d'oreilles.

– J'ai besoin d'une serveuse. Je paie au noir. Trois mille francs net, plus les pourboires. Deux repas par jour inclus, excepté le dimanche. Vous commencez à onze heures tous les matins, repos entre seize heures et dix-huit heures, reprise du travail jusqu'à la fin du service.

– Ça me va.

– Vous êtes majeure ?

– Oui.

– Je vous prends à l'essai à partir de demain et vous m'apportez vos papiers. Je veux pas d'emmerdements.

Sueurs.

Non plus de ciel lourd et bas, de ciel indien humide et bouillant. Mais celle de fours en flamme, d'ordres criés à voix haute, et de sa course incessante entre les tables. Elle n'arrête pas. D'une prise de commande à l'autre, elle change les nappes, remet les couverts en place, accueille les nouveaux arrivants, court au vestiaire chercher les manteaux de ceux qui partent. Pas un moment de répit. Pas un moment pour s'isoler ou pour fermer les yeux. Justine ne pleure plus, elle travaille. En rentrant dans son studio, elle est bien trop épuisée pour se laisser aller à sa détresse. Elle s'endort. Elle oublie.

Fin de première semaine : elle se lève, ce dimanche, à midi. Son café est fermé. Elle en trouve un d'ouvert trois cents mètres plus loin et commande à la carte un coq au vin. Sa première fête depuis son retour, sa première revanche sur cette ville.

Deux heures de l'après-midi. Elle longe des rues bordées de magasins et de boutiques. Les prix sont effarants. Veste à deux mille francs, paire de tennis en toile rose à trois cent cinquante, sac de cuir à plus de mille. Que du chic, de la grande mode. Rien pour elle. Elle franchit les portes du jardin du Luxembourg. Un soleil encore froid glisse sur sa peau. Elle l'aime. Devant le grand bassin où des petits enfants jouent avec leurs bateaux, elle se glisse sur une chaise et tire de sa poche un livre qu'elle a pris chez Vincent. *Le Chant du monde* de Giono. Elle l'ouvre. Rires d'enfants proches.

« Une vie épaisse coulait doucement sur les vallons et les collines de la terre. Antonio la sentait qui passait contre lui ; elle lui tapait dans les jambes, elle passait entre ses jambes, entre ses bras et sa poitrine, contre ses joues, dans ses cheveux, comme quand on plonge dans un trou plein de poissons. »

Le jour lent passe. Justine tourne les pages. Elle s'abreuve de la beauté de ces mots qui la traversent. Mots de terre, de courants d'eau, de vent et de lumière ; morceaux de chagrin et de joie qui, tout au long du jour, tombent au fond d'elle-même, ensemençant un nouveau ciel, vierge de larmes…

Appel chez Caroline. Vingt sonneries. Le silence.

Deux semaines de travail harassant. Le samedi surtout quand l'épuisement est tel que les reins et toutes les articulations du corps font mal au moindre mouvement. Vêtements imprégnés de l'odeur des cigarettes, et du graillon. Clients bourrés qui traînent. Le patron, exaspéré, qui s'agite à la moindre faute commise. Fatia, l'autre serveuse, s'excuse de lui avoir « fait la gueule au début ».

– Je suis méfiante de nature.

Bar désert. Deux cafés. Pendant la pause, Fatia raconte : Bobigny, tour HLM, deux frères délinquants, une sœur mariée, mère de trois gamins, chômeuse.

– Mon père est parti quand j'avais sept ans. Ma mère ne s'est jamais remariée, elle est kabyle. Tiens, regarde, c'est elle sur la photo. T'as vu un peu ! La classe ! Et là, c'est le désert. Elle avait dix-huit ans. À cet âge, elle avait encore jamais vu une ville. Je lui ai appris à lire, moi ! N'empêche, je la respecte pour ce qu'elle est.

Elle lui narre son enfance, ses crises d'asthme qui l'avaient persuadée qu'elle allait certainement un jour ou l'autre mourir. « L'angoisse quoi ! » Son adolescence, ses déceptions amoureuses, ses échecs scolaires, ses premiers ménages, ses premiers achats de fringues et puis cette furieuse envie de trouver un type « bien » qui voudrait se marier et avoir des enfants.

– Pour la vie quoi !

Justine lève sa tasse de café comme pour trinquer. Fatia rigole.

– Toi aussi ?

– Non, pas vraiment.

– Il t'a fait du mal, le dernier, c'est ça ?

– Le dernier, il est mort.

– Putain, pas de chance.

– Non, pas de chance.

Un silence embarrassé.

– Ça te dit d'aller avec moi chez Tati jeudi ?

– Où ?

– Chez Tati, tu connais pas ?

– Non.

– Attends, ça fait combien de temps que t'es à Paris ?

– Un mois peut-être.

– Et avant t'étais où ?

– J'étais… en Inde.

Fatia siffle.

– Putain, heureusement que le patron il a pas su !

Justine se met à rire.

– Et pourquoi ?

– C'est chelou quelqu'un qui part aussi loin.

– Chelou ?

– Louche, bizarre, pas normal.

Fatia boit. Justine regarde par la fenêtre. Elle ne sait pas pourquoi, elle s'ennuie. Peut-être Fatia tout simplement. C'est pourtant si agréable de n'être soudain plus complètement seule. Elle pense à l'Inde, à Mickael Jackson dans son café qui doit servir ses lassi. À Vincent et sa Renault toute neuve qui est peut-être en train de traverser Free School Street. À sœur Agnès, assise par terre, en silence dans la grande cuisine de Khalighat, grattant les écuelles, les mains pleines de terre. À Jemmu.

– Alors, Tati, c'est d'accord ?

– C'est d'accord.

Jeudi. Elles sortent et Justine doit courir derrière Fatia. Elle s'en veut déjà d'avoir accepté. Elle est fatiguée. Couloirs de métro. Changement de trains. Fatia fume une cigarette. Un jeune homme la toise.

– On fume pas dans le métro.

– On dit : s'il vous plaît, mademoiselle quand on est poli…

Le jeune homme hausse des épaules.

– Sale Arabe, murmure-t-il

Justine l'a entendue, elle se plante devant lui.

– Répète un peu !

Le jeune homme la regarde, surpris. Pour lui, Fatia était seule.

– Allez, répète ce que tu viens de dire !

– Connasse !

Il lui tourne le dos et se dirige vers les portes qui s'ouvrent. Fatia la retient d'un geste.

– Déconne pas, y'en a qui sont violents.

– Moi aussi je suis violente, Fatia.

– Peut-être mais t'es qu'une fille et lui c'est un mec.

Justine secoue la tête. Fatia la regarde.

– Même si tu les tabasses, ils restent cons. Ça change rien.

Station Barbès. Djellabas et boubous de toutes les couleurs. Odeurs d'épices, de maïs grillé, d'huiles parfumées et de sueur. Foule. Justine retrouve un instant la fébrilité de Calcutta, sa danse comme un envol. Elle se surprend à sourire, à respirer plus fort. Mais très vite la violence des regards, des bousculades et des cris lui ôte toute illusion de retrouvailles… Fatia se fraie un chemin, soulevant les serviettes comme des casseroles, comparant chaque prix, commentant les couleurs, les matériaux, les failles.

– Tiens, regarde, un trou et là, t'as vu, c'est pas propre.

Justine la suit, exténuée. Elle pense au travail qui va reprendre, à son mal de ventre. Ses règles.

– Fatia, ils vendent des tampons ici ?

– Faut aller en face, chez Vanoprix. T'en as trente pour cinq balles. Ça vaut le coup.

File d'attente pour obtenir la petite fiche, autre file pour payer. Caissière éreintée. Agacement des clients. Pleurs d'enfants. Course jusqu'au Vanoprix. Nouvelle file d'attente. Course jusqu'au métro.

Changement de train. Wagon bondé. Contrôle de police. Course jusqu'au restaurant. Travail continu jusqu'à minuit trente. Justine, ce soir-là, s'endort toute habillée.

Dimanche 8 mai. Veille des élections. Justine a reçu sa première paie. En y ajoutant les pourboires, elle compte cinq mille quatre cent cinquante francs. Elle n'a dépensé pour l'instant que trois cents francs pour ses repas du dimanche. Elle doit six mille francs à Monique et bientôt elle pourra les lui rendre. Lui parler.

Deuxième appel chez Caroline. Vingt sonneries. Toujours le silence.

Le printemps naît. Les femmes sortent leurs robes. Les cafés ouvrent leurs terrasses. Justine écoute Fatia qui lui parle du canapé dont elle rêve tandis que le patron dévore ses pâtes favorites. Elle n'a pas faim aujourd'hui. Elle a rêvé de Cambrin. Elle a rêvé d'une vie morose, sans relief, sans surprises, à l'image du flux de paroles dont Fatia l'accable. Elle a rêvé d'eux aussi, ses parents, criant son nom sur la montagne qu'Antonio gravit dans le livre, et d'elle fuyant leurs cris avec une peur nue moins désirable que la mort. Fuite à travers des chambres qui n'en finissent pas d'être vides. Le sang dans sa veine qui s'insurge. Et ses lèvres qui ne trouvent pas les mots pour taire leurs cris. Et la douleur soudaine dans ses poumons. L'étouffement. Le réveil.

– Mais l'important, Justine, c'est de pas se faire avoir. Surtout côté matelas. Les mousses, ça vaut rien et ça tient pas. Ce qu'il faut, c'est lire les étiquettes, tout est marqué. À La Redoute y'en a des pas mal. Avec accoudoirs et même parfois des cendriers incrustés. Trois mille francs. Garantie un an.

– Tu vas t'en acheter un ?

– On verra. J'ai déjà pas mal de dettes. J'ai payé une couleur à ma mère. Ça l'a rajeunie de vingt ans. Et puis des courses par-ci, des courses pas-là. Je suis à sec.

Justine ne poursuit pas. Elle pique le nez dans son assiette. L'histoire du canapé de Fatia l'épuise. Depuis trois jours elle en parle. Comme elle parlait il y a deux semaines des rideaux douches en forme de cœur qu'elle avait aperçus dans une boutique ou de la paire de gants en soie rouge à six cent cinquante francs, la plus « top mode », la plus « secla » qu'elle ait jamais vue. Le patron continue de dévorer ses pâtes en silence. Mario, le cuisinier, balance sa tête au rythme de son walkman. Mme Bartelli, femme du patron et caissière, écoute Fatia, les yeux dans le vague, avec le sourire triste qui ne la quitte jamais. Chaque déjeuner, chaque dîner, invariablement reproduit la même image. C'est comme d'être dans un tableau. Un tableau qui dénonce ce qu'il y a de plus immobile en soi, de plus stagnant.

Reprise du travail. Un client interpelle Justine. Il est seul.

– Je suis avocat, j'ai une maison de campagne, ça te dirait ?

Justine fait volte-face. L'homme la rappelle. Il prétexte une envie de piments.

– Ton jour de libre ?

– J'en ai pas.

Elle lui tourne le dos. D'autres clients l'appellent. L'avocat lève le bras. Justine fait semblant de ne pas le voir.

– Mademoiselle ! crie-t-il

Justine pose une carafe d'eau sur une table et repart vers les cuisines. Elle apporte deux tagliatelles carbonara à la table 6.

– Mademoiselle !

Le patron lève la tête.

– Vous êtes sourde ou quoi !

Justine traverse la pièce en direction de l'homme qui lui sourit grassement. Elle se plante devant lui.

– Qu'est-ce que vous voulez ?

– T'as bien une adresse ?

Excédée, elle se tourne alors vers M. Bartelli qui est à l'autre bout du restaurant.

– Monsieur ? demande-t-elle.

Bartelli l'interroge du regard.

– Ce client voudrait mon adresse !

Un silence dans le restaurant suivi de rires à droite et à gauche. L'avocat se lève brusquement.

– Petite conne !

Bartelli arrive au pas de course. Mais c'est trop tard. L'avocat vient de claquer la porte. Bartelli est furieux.

– Non mais, ça va pas ! Vous vous prenez pour qui ?

Justine fixe la table et se met à débarrasser sans répondre. Petit « dông ! » de la porte d'entrée. Trois nouveaux clients arrivent.

– Bartelli mio amico !

Bartelli sursaute. Il tourne la tête et pousse un cri de surprise.

– Riccardo ! Giovanno ! non lo posso credere !

Il s'est empressé d'aller embrasser les nouveaux venus. Moins une elle était virée. Et peut-être c'eût été mieux ainsi. Elle se sent moche tout à coup, vide, comme si on venait de la dépouiller de tout ce qui est beau en elle. De son Inde noble et rare. Mario lui tend deux pizzas sans rien remarquer. Justine traverse la salle jusqu'à la table 12. Et la journée se prolonge comme toutes ses autres journées. Jusqu'au dimanche 15 mai, puis jusqu'au dimanche 22 mai.

Midi. Justine glisse dans une enveloppe les six mille francs pour Monique et dépose dans une petite boîte le restant de sa fortune. Cinq cent dix francs. Elle décroche le téléphone, hésite longuement puis compose le numéro indiqué sur la lettre de Monique.

Quatre secondes. Cinq secondes. Sept secondes.

– Allô ?

Justine ferme les yeux.

– Monique, c'est Justine.

Un silence.

– Où es-tu ?
– À Paris.
Deuxième silence. Justine est sur le point de raccrocher.
– On se voit quand ?
– Je…
Mais Monique l'interrompt.
– Tu es libre, là ?
– Je… oui.
– Alors viens ! Je t'attends. Je suis seule toute la journée. Premier étage droite. Tu prends un taxi, je te le rembourse.
– Mais je voulais d'abord te dire que…
– On se dit tout chez moi ! Allez, fais ce que je te dis, arrive ! Je peux pas te parler comme ça au téléphone.

Justine sort du taxi. Elle paie soixante-quinze francs. L'immeuble devant elle est haut de cinq étages. Il est flambant neuf, flambant triste. Un peu comme à Cambrin. Mais là, rien ne la touchait plus. Elle coulait.

Sonnerie chantante. Cri d'un oiseau. La porte s'ouvre. Monique apparaît. Justine essaie de dire bonjour, mais elle en est soudain incapable.
– Entre, lui dit Monique en lui prenant la main.
Elle la fait asseoir dans un sofa au milieu d'un salon envahi de plantes. Elle allume une cigarette, la regarde. Silence embarrassé. Justine détourne la tête. Sur le mur une photo-affiche de deux gamins qui s'embrassent. Au-desssous, une chaîne hi-fi, dernier cri. Elle fouille dans sa poche, en retire l'enveloppe et la tend à Monique qui lève les yeux, étonnée.
– Qu'est-ce que c'est ?
– C'est l'argent que je t'ai pris.
Justine pose l'enveloppe sur la table basse.
– Je t'ai pardonné il y a longtemps, Justine.
Nouveau silence.

– Monique, je saurai pas t'expliquer pourquoi j'ai fait ça.
Monique la regarde.
– Parle-moi de l'Inde plutôt.
– C'est long.
– J'ai tout mon temps, Justine. Je t'ai tellement attendue.

Noms de villes, noms de fêtes, noms de trains qui filent à travers l'Orissa, le Bihar, l'Uttar Pradesh, le Rajasthan, le Gujarat, le Maharastra… Noms de dieux, de personnages, de campagnes et d'océans, noms de rues, d'aliments, de gares, de castes… Justine raconte. Monique l'écoute, attentive, les yeux pleins d'admiration. L'atmosphère se détend. On en arrive à Salvatore, à son rire joyeux, à ses cent cinquante cartes de vœux. Monique rigole. Et Justine commence à retrouver le sourire. Pour la première fois elle peut parler, se souvenir à haute voix. Monique lui apporte du thé et ses lèvres touchent le liquide brûlant ne cessant de jeter un flux de paroles qui éclatent de couleurs, d'odeurs, d'anecdotes. La vie revient avec sa sève, sa magie. Le jour passe.

– C'était au mont Abu, nous étions au moins mille. Et ça, juste pour voir le crépuscule. C'était fantastique d'être autant à contempler le soleil rouge. Si tu avais pu être là pour voir la tête des enfants. Et quand le soir est tombé c'est à dos de cheval, sur des charrettes et même certains dans des brouettes qu'ils sont repartis. Un vrai carnaval !

Monique sourit.

– C'est extraordinaire ce qui t'est arrivé.

Justine s'arrête de parler.

– Et toi, Monique ?

– Moi ?

Elle soupire.

– Je pourrais dire que ton départ a tout bouleversé, un peu comme ce voyage pour toi.

Justine fait une moue.

– C'est à cause de moi ?

– Non, c'est à cause de mon passé.

Monique lui demande le briquet et s'allume une nouvelle

cigarette. Sa main tremble un peu. Justine peut voir combien elle est troublée tout à coup.

– Il y a quelque chose que je ne t'ai jamais dit. Quelque chose de très lourd. Et je me suis juré de te le dire si jamais j'avais la chance de te revoir. Je m'en suis tellement voulu.

– Il y a trois ans, Justine, j'ai perdu ma petite fille, elle s'appelait Aurélie. Elle est morte en un mois d'une leucémie foudroyante. Elle avait sept ans…

Un long silence. Monique essuie les larmes qui roulent. Justine s'approche d'elle.

– Je ne savais pas, Monique…

– Personne à Cambrin ne savait, Justine. Personne. Quand tu as poussé la porte de ma maison, quand je t'ai prise dans mes bras, c'est comme si… elle me revenait enfin ! Ce n'est pas toi que j'ai vue, c'est elle ! Ton départ, ça a été comme un raz de marée. J'ai revécu sa mort. J'ai réalisé à quel point je ne l'avais pas acceptée. À quel point je t'avais trompée. Ça a été le trou noir jusqu'à ce que je rencontre Gilles. J'ai tout plaqué à Cambrin. Et puis voilà…

Monique relève les yeux. Justine se penche vers elle, l'entoure de ses deux bras.

– Si t'avais pas ouvert ta porte, je serais peut-être plus là, moi.

Elle restent un instant toutes les deux immobiles, l'une contre l'autre, sans un mot. Monique se détache, la regarde, lui caresse la joue. Justine lui répond par un doux sourire.

– Alors c'est le grand amour ?

– Plus que jamais, ma Justine.

Monique, pensive, pose un instant son regard sur la fenêtre, sur le ciel au-delà. Elle essuie du revers de la main sa dernière larme. Lentement, la joie remonte en elle. Ses yeux s'emplissent d'une grande lumière. Elle secoue la tête, lance un nuage de fumée autour d'elle, ramène lentement son regard vers Justine et murmure tout à coup d'une voix à peine audible.

– C'est fou la vie quand même.

Soir. Justine fixe longuement les fissures du plafond de Vincent. En elle la paix et le vide. Elle pense aux yeux égarés de la petite

Aurélie, à sa mort ignorée d'elle, sa mort ignorée du monde. Elle pense à la souffrance de Monique, à la chaleur de son corps, de son pardon, à son coup de foudre, à ses plantes vertes, son service à thé imitation porcelaine. Elle pense à l'Inde sortie intacte de sa bouche et pourtant, ce soir, si loin de sa chair, si loin de son cœur…

Sensation étrange d'avoir atteint un but et de n'en savourer que la défaite.

« Et moi, ma vie à moi, où est-elle là-dedans ? se demande-t-elle tout à coup. Où est le parfum, où est la rose, où est le sens ? »

Succession de jours sans fin. Pas de réponse chez Caroline.

Un dimanche entier à contempler les fissures sans bouger. Monique à Tours chez les parents de Gilles. La pluie, la solitude, l'absence de désirs, les livres soudain trop beaux, trop irréels, les vitres sales…

Dimanche 12 juin. Traversée de la ville déserte en taxi. Soixante-quatorze francs. La porte s'ouvre. Monique l'accueille.

– J'ai une grande nouvelle, viens.

Elle l'entraîne dans le salon, le fait asseoir dans le sofa, tout excitée.

– Je te sers à boire ?

– Mmmm…

– Qu'est-ce que tu veux ? Un porto ? Un pastis ? Un kir ?

– Un porto s'il te plaît.

Monique ouvre un buffet, en sort un plateau, des verres, une bouteille. Elle va éteindre la télévision.

– Avant de boire tu fais un vœu.

Justine s'étonne.

– Allez ! chez moi on fait comme ça pour les grandes occasions !

Justine ferme les yeux. Elle les rouvre.

– Alors ? demande-t-elle.

– Alors je vais me marier ! C'est décidé !

– Vrai ?

– Oui, c'est sûr !

Bruit de clefs dans la serrure. Monique se lève.

– Le voilà, tu dis pas que tu sais, c'est encore un secret.

Gilles apparaît. Il embrasse amoureusement Monique et tend la main à Justine.

– Heureux de vous connaître enfin.

Ils passent à table. Gilles parle de son métier, des produits cosmétiques qu'il vend dans toute la région parisienne. Monique l'écoute, ravie. Gilles en rajoute. Puis comme Justine se tait, il se met à lui poser un tas de questions sur sa vie à Paris, son travail, ses amis. Justine, mal à l'aise, invente. Elle gagne plus d'argent, loue un studio, sort souvent et apprécie son job. Monique jubile.

– Je te l'avais dit, elle est formidable.

Gilles acquiesce avec un grand sourire. Il lève son verre.

– Alors à notre bonheur à tous ! et qu'il dure !

Fin de journée. En sortant de chez eux, Justine marche jusqu'à la porte de Saint-Ouen puis jusqu'à la porte de Clichy. Elle longe les boulevards extérieurs, les putes, les trottoirs déserts. Et longeant leur matière misérable, prise d'une rage inouïe, elle appelle soudain à la destruction, au carnage, à la malédiction de tous ces murs, pavés, regards qu'elle traverse et qui la remplissent d'un désarroi si profond qu'il semble atteindre en elle l'absence, l'oubli total des parfums et des temples d'encens.

Reprise du travail. Jours qui n'en finissent plus. Abandon des pensées. Abandon du miroir qui reflète de son regard usé. Fatia parle d'un four à micro-onde. Mario hausse les épaules.

– Qu'est-ce que tu fais dimanche prochain ?

– Pourquoi ? lui demande Justine.

– Si tu veux on peut se balader sur les Champs-Élysées.

Elle hésite.

– D'accord.

N'importe quoi, Mario, plutôt que cet étouffement qui l'oppresse, la paralyse.

18 juin 1988. Free Time. Mario et Justine se sont assis près de la baie vitrée. Mario lève la tête.

– J'aime bien l'ambiance ici.

Justine rajoute du ketchup sur son hamburger, sans répondre. Il poursuit.

– Il y a du monde, parfois des stars. J'aime bien.

– Tu viens souvent alors ?

– Presque tous les dimanches.

Justine avale une frite.

– Les frites, je les préfère quand elles sont plus grillées.

– Moi aussi. Bien croquantes.

Mario sourit. Ils se remettent à manger en silence. Justine boit son milk-shake. Mario la regarde.

– Le patron, tu le trouves comment ?

– Le patron ? Je m'en fous un peu.

– T'as raison. Il vaut pas la peine.

Ils ne savent pas quoi se dire. Le temps passe. Mario contemple les gens qui marchent dans la rue.

– Si t'avais de l'argent, tu ferais quoi, Justine ?

– Je partirai d'ici.

– Pour toujours ?

– Je ne sais pas. Et toi ?

– J'irai sur la tombe de Marilyn Monroe et j'y déposerai ma photo. Je suis un fan.

L'après-midi s'écoule lentement. Ils font trois fois l'aller et retour de la grande avenue sans rien se dire vraiment. Dans sa famille tout le monde est cuistot même sa sœur et il rêve un jour de participer au Paris-Dakar.

– Je suis allé au Trocadéro les voir partir. Un vrai spectacle. Faudrait que tu voies ça un jour. Les types sont forts. Ils ont peur de rien.

Dix-sept heures. Justine prétexte un rendez-vous. Il la laisse à la sortie du RER.

– Bon ben, à plus.

– À demain, Mario.

Il se met à rire.

– J'y pensais plus. Merci en tout cas, t'es chouette comme fille, c'est sympa de passer l'après-midi comme ça.

Trois semaines interminables. Bartelli retire cent cinquante francs de sa paie.

– À cause de l'histoire que tu nous as fait avec l'avocat. Pour ce qu'il aurait pris si t'avais été un peu plus polie.

Elle ne bronche pas. Elle le hait. Lui, son restaurant, ses clients pleins de fric, ses pizzas dégueulasses, ses histoires qui ne font pas rire, sa femme frigide, sa vie minable.

– La prochaine fois, je te vire.

Trois dimanches d'affilée entre son studio, le café et le parc. Trois dimanches à écouter les mères de famille, les étudiants, les amoureux, les joueurs d'échecs, les pères tranquilles, les « tout va bien ». Vincent l'appelle pour lui dire qu'elle lui manque. Il tend le combiné pour qu'elle entende la première mousson frapper le sol. Mais c'est trop loin. Elle pleure. Il lui apprend que Déborah est partie. Elle lui demande s'il a eu des nouvelles de Caroline.

– Aucune.

Ils se disent au revoir. Justine le remercie encore. Elle raccroche.

Tout est sur le point d'exploser en elle. Ses tempes. Sa nuque.

Tout est sur le point de recevoir l'impact de la balle qui déchire les membres. Les muscles. Qui fait péter les os comme des brindilles qu'on casse à la force du genou.

Elle ferme les yeux, s'allonge.

Sanglote.

Jeudi 14 juillet. Deux heures du matin. Fermeture du restaurant. Paris en fête. Pétards, couples ivres, attroupements de badauds autour de groupes de musique.

Justine rase les murs. Bal des pompiers. Foule qui danse. Larmes dans ses yeux qui se souviennent. Un an déjà. Une telle envie pourtant ce soir de le serrer contre elle, de l'aimer, de se faire belle en son nom, de lui tendre la main. Mais son absence… Son absence qui n'en finit pas d'être, n'en finit pas de couler comme un vide dans ses veines, un trou béant, tandis qu'autour d'elle rugit la joie. La joie intolérable tandis qu'elle passe dans l'ombre. Endeuillée, affligée.

Deux semaines immobiles. Fin du mois de juillet. Bartelli lui tend sa paie.

– C'est la dernière, je prends quelqu'un d'autre au mois de septembre.

Retour à la case départ. Trois jours de sandwich pâté, gruyère, jambon. Trois jours à allumer-éteindre sa lampe de chevet. Bruit assourdissant des pas dans la cage d'escalier. Désespoir.

Dimanche 7 août. Appel de Monique.

– Tu peux venir ? J'ai quelque chose d'important à te dire.

Taxi. Traversée de la ville désertée. Elle prend le vent dans la figure.

Monique ouvre la porte. Quelque chose ne va pas. Mais Monique ne dit rien. Elle tire sur sa clope, la laisse entrer, son regard se détourne. Alors la deuxième porte s'ouvre.

– Tes parents, Justine.

Elle n'a pas le temps de comprendre. La porte s'ouvre et deux silhouettes recroquevillées dans le canapé lui font un signe du regard.

– Ils voulaient te voir.

Ils ? Le premier se lève. Son visage exprime une réelle désolation.

– Justine ?

Sa mère est comme pétrifiée.

– Ils ont changé, Justine. Ils…

– Va te faire… Monique.

Sa voix est calme. Son père s'est figé.

– Justine, merde, ils sont plus comme avant.

Mais elle ne répond pas. L'imprévu de la scène lui donne

seulement envie d'éclater de rire.

Ils… quoi ? Ces deux choses toutes maigres aux yeux égarés et toutes ces plantes vertes qui puent le plastique.

– Dis quelque chose…

– Mon cul !

– Justine !

Elle fait volte-face. Monique esquisse un geste pour la rattraper.

– S'il te plaît, tu peux pas faire ça !

– Qu'ils crèvent, t'entends ! Qu'ils pourrissent !

– Mais enfin, tu te rends compte de ce que tu dis ?

– Je t'emmerde, Monique !

– Justine, je t'en prie…

– Dégage !

La porte claque. Elle descend en trombe les escaliers, ouvre la porte du palier, reçoit le jour en pleine gueule et se met à courir sur le macadam sans plus savoir où elle va.

Retour au studio. Justine tient son passeport ouvert dans ses mains qui tremblent. Elle est en larmes. Elle compose un numéro. Deux sonneries. Une voix de femme.

– Allô ?

– Allô, est-ce que Salvatore est là s'il vous plaît ?

– Non, il n'est pas là, il sera de retour dans un mois.

Un silence. Justine fait un immense effort pour continuer de parler. Les larmes affluent.

– Excusez-moi, mais j'ai besoin de lui parler. Vous savez pas où je pourrais le joindre ?

– Je suis désolée mais je n'ai que l'adresse de son hôtel à Cartagène. Le Bellavista, avenue Santander. J'ai pas son numéro de téléphone.

Un nouveau silence. La femme enchaîne.

– C'est de la part de qui ?

– De la part de Justine, une amie de Calcutta.

– Oh ! Justine ! Il m'a tant parlé de vous !

Justine baisse la tête. Un flot de larmes l'empêche de répondre.

Elle craque.
– Je voulais parler à Salvatore. J'en peux plus.
– Mais que se passe-t-il ? Il vous est arrivé quelque chose ?
– Non, je suis à Paris et j'en peux plus, c'est tout. J'en peux plus.
Sa voix est entrecoupée de sanglots.
– Mais qu'est-ce que vous faites à Paris ?
– Je sais pas, je sais plus, écoutez je m'excuse, je…
La femme de Salvatore l'interrompt.
– Je voulais dire, pourquoi ne partez-vous pas, Justine ?
Justine sanglote.
– Mais je suis déjà partie ! Et ça n'a servi à rien. J'ai tout oublié.

– Écoutez, Justine, moi aussi ça m'est déjà arrivé d'être dans cet état. N'hésitez pas. Partez ! Ça ne peut que vous faire du bien et puis vous êtes encore si jeune !

Nouvelle montée de larmes. Justine bafouille un « merci » et raccroche.

Nuit blanche.

Neuf heures du matin. Justine se lève. Elle s'habille et rassemble tout son argent.

L'homme, devant elle, finit de pianoter sur son ordinateur. Il lève la tête.

– Je suis désolé, mais pour Calcutta j'ai pas une place charter avant le 30 août. Tout est surbooké. Il me reste plus que des places au tarif normal.

– C'est combien, le tarif normal ?

– Ça peut être le double de ce que je vous ai proposé comme le triple. Là aussi faut que je vérifie.

– Pas moins ?

– Ah ça non ! J'en suis sûr.

Justine reste un long moment silencieuse.

– Bon alors, qu'est-ce qu'on fait ? demande-t-il.

Elle le regarde.

– Et pour Cartagène, vous en avez des places de libres ?

Il prend un air stupéfait.

– Cartagène, Colombie ?

– Oui.

– Ah ben là, c'est tout autre chose ! On peut dire que vous avez envie de partir vous !

Il se remet face à son écran. Ses doigts valsent sur les touches. Justine s'allume une cigarette. Il relève soudain la tête.

– Toujours pour le 5 ?

– Oui.

Il tape sur une touche et lui adresse un sourire triomphal.

– Une place près d'un hublot, ça vous dit ?

CARTAGÈNE

Vendredi 5 - Samedi 6 août 1988

Paris - Madrid - Caracas - Bogota - Cartagène.
Vingt heures de vol.

Joie.

Joie qui danse en elle comme la fête la plus inattendue, la plus surprenante, la plus magnifique. Joie qui lui arrache un cri de victoire lorsque l'avion s'envole et fait disparaître à ses pieds, d'un seul coup, la terre de France, la terre de sa mauvaise mémoire. Joie à Madrid de voir les hommes relever les manches de leur chemise et se mettre à jouer à la pétanque avec des pièces de monnaie. Joie de traverser l'océan des heures et des heures, joie de s'y balancer à plus de sept mille mètres de haut, la toute immobilité de sa vie parisienne, sa toute faiblesse, sa toute insignifiance. Joie de découvrir dans un demi-sommeil les pentes des montagnes vénézuéliennes recouvertes de forêts sombres jusqu'en leur sommet. Montagnes bossues, trapues pareilles à des mamelles de femme. Maternelles et sauvages. Joie de plonger dans les eaux turquoise de Caracas pour reprendre l'envol et s'en aller encore plus loin. Joie et stupeur lorsque l'avion, après avoir survolé des heures la forêt vierge, s'engage entre deux flancs de montagne et vient soudain raser, à moins de vingt mètres, la ville de Bogota, ses bidonvilles, ses hommes. Joie de la fatigue, de l'épuisement. Joie de l'avion à hélice qui l'emporte vers Cartagène. Joie de l'applaudissement général quand il se pose à Medellin, quand il atteint de nouveau les nuages. Joie de la soudaine vision de la mer caraïbe, de son sel qui éclate de blancheur dans le soleil, de ses hommes torse nu qui marchent comme on danse, de ses femmes superbes. Joie d'arriver, de savoir tout à coup qu'elle a eu cette force. Cette force dont elle est fière et qui ressemble à la vie qui explose en elle. Joie de courir vers son sac, son seul bagage, de franchir la douane sans qu'on la questionne, de lever le bras vers le premier taxi, de demander l'hôtel Bellavista, avenue Santander, de se voir emporter le long d'un nouveau rivage où les pêcheurs à la force des bras, lancent leur filet. Joie enfin de savoir qu'elle va retrouver dans un instant son vieux Salvatore. Ce troubadour. Cette âme sœur. Joie de savoir qu'elle va enfin revivre, renaître, grâce à son rire, grâce à sa façon unique d'ôter ces peurs qui grouillent en elle, et de les remplacer en un clin d'œil par des envies de guimauve, de route, de pleine lune, de chansons d'enfants.

Le taxi la dépose, elle le paie en dollars. L'hôtel donne sur la route qui longe la mer. À deux kilomètres derrière son dos les murailles de la haute forteresse qui enserre Cartagène. Il fait chaud. Elle traverse la petite terrasse ombrée, pousse la porte et se retrouve devant un comptoir vide. À sa droite, un grand patio regorgeant de fleurs. Elle appuie sa paume sur la vieille sonnette qui tinte. Une porte s'ouvre. Un gros homme en sueur apparaît. Il la salue en espagnol. Elle s'y essaie. Il éclate de rire.

– Quel accent merveilleux vous avez ! s'exclame-t-il en anglais.

– Je suis française.

– Magnifique ! Nous allons nous entendre ! J'adore Paris.

– Excusez-moi mais je cherche quelqu'un. Il dort dans votre hôtel. Il s'appelle Salvatore.

L'homme fait les yeux ronds.

– Salvatore ? s'exclame-t-il.

Justine lui fait un grand sourire.

– Oui.
L'homme prend un air désolé.
– Écoutez, j'ai tout fait pour l'empêcher de partir avec ces gringos ! Il n'a pas voulu m'écouter !
Le visage de Justine s'assombrit d'un seul coup.
– Quoi ? Vous voulez dire qu'il est parti ?
Le gros homme se lamente.
– Mon dieu oui ! Je n'aurais jamais dû le présenter à ces fous ! Des scientificos qui ne parlent que de papillons et de chenilles ! Il a sauté sur l'occasion ! Et qui sait ce qui va lui arriver maintenant ! Dans cette jungle avec les guérilleros !
Justine bafouille.
– Je… je ne comprends pas. Où est-il parti ?
L'homme secoue la tête en geignant.
– En pleine Sierra Nevada ! Dans les montagnes ! Un vrai malheur !
Justine s'efforce de garder son calme.
– Mais depuis quand ?
– Depuis deux jours ! Et tout ça pour capturer des papillons ! Il faut être fou ! Fou à lier ! C'est la guerre !
Justine s'impatiente.
– Mais pour combien de temps ?
L'homme lève les mains au ciel.
– Combien de temps ! Trois semaines, un mois, qui sait ! Plus peut-être ou moins s'il change d'avis ! Comment savoir !
– Il ne vous a rien dit ?
– Rien ! Il s'est enfui à l'aube ! J'ai tout compris trop tard !
Justine abdique. L'homme continue de s'agiter.
– Mon dieu ! ça n'est pas humain d'agir comme ça ! À son âge en plus !
Elle se tait. Il n'y a rien à répondre à cet homme qui vient de lui annoncer une si triste nouvelle.
En un clin d'œil elle a tout perdu de la fièvre qui l'a poussée jusqu'ici. Sans Salvatore pour l'accueillir, pour l'acclamer, l'enseigner, quel sens prend-elle tout à coup, là où il devait lui donner force, matière, existence, esprit ?

– Une chance que je puisse vous loger ! C'est pas tous les jours que j'ai de la place !

Justine est toujours muette.

– Vous allez rester ici, n'est-ce pas ?

Que faire d'autre ? Elle acquiesce.

– Qui sait, il va peut-être comprendre sa folie et nous revenir ! Que la sainte vierge m'entende !

Elle le suit à travers un dédale de patios. À l'aide d'une grosse clef, il ouvre la porte d'une petite chambre blanche dont la fenêtre donne sur l'océan.

– Ici, vous serez tranquille, señora. Sur ma parole.

Il referme la porte, la laisse devant la fenêtre à contempler au loin les vagues qui s'enroulent sur elles-mêmes.

Les vagues, le sel et le corail.

Images d'une beauté inouïe dont elle ne sait que faire et qui l'appellent à un face à face avec elle-même qu'elle n'a pas le courage, tout à coup, si près du but, de défier.

Jours d'attente immobiles. Jours pleins de chaleur. Justine s'allonge dans le hamac de la terrasse et plonge son regard dans l'océan éternellement bleu, éternellement vide. Elle erre matin et soir dans la Cartagène aux balcons de bois fleuris, aux rues blanches coloniales, buvant ses airs de salsa, son vent chaud et humide, ses jus de guanabana, de papayuela, de granadilla, de manzana… Les jours passent, les nuits, et son attente tous les jours grandit, plus impatiente, prenant l'épaisseur d'un velours.

L'aube se lève sur ses lèvres. Elle a soif et faim mais ne se livre à aucun geste, ne s'exerce à aucune volonté et reste assise au fond d'elle-même à contempler le monde : ce tableau confus et lointain qui ne semble devant ses yeux qu'échouer et mourir.

Des voyageurs vont et viennent. Elle entend dans leur bouche les noms de Mompos, Cali, San Augustin, Lima, Potosi, Iguasu, Cachi… Des noms qui rebondissent, des noms qui décrivent des montagnes, des pays, des chutes gigantesques, des statues millénaires… « Viens avec nous, semblent-ils murmurer, il fait tellement chaud ici, tu es si immobile. »

Mais elle ne leur répond pas et ils partent devant elle, devant sa vie qui semble s'être arrêtée et ne plus savoir vers quelle route s'engager...

– Il ne reviendra pas, señora, j'en suis sûr. Il a dû traverser la Sierra et partir plus loin encore. Il ne reviendra pas. J'aurais eu des nouvelles... lui souffle Fabrizio, le patron de l'hôtel.

Mais elle secoue la tête comme pour ne pas entendre et il se met à croire qu'elle reste parce qu'elle l'aime, ce Salvatore, d'un de ces amours dont on ne guérit pas, d'un de ces amours maudits...

– Ah ! le cruel ! soupire-t-il, el cruel amor...

Trois semaines s'écoulent. De la terrasse, Justine remue sa mémoire : celle de Cambrin, celle de l'Inde, celle de Paris.

Une chose est certaine, elle ne veut plus de la noyade.

Mais alors quoi ?

– Mais alors un mouvement, señora, un geste pour toutes ces terres qui vous attendent, et lui peut-être...

Lui ? Cet amour que j'ai perdu, cet amour enfermé dans ma peur, dans ma peau ?

– Essuyer ses larmes, c'est le sens de ces montagnes, señora ! Le sens de toute cette grandeur autour de nous. Vous me comprenez ? Vous ne pouvez pas rester toute votre vie comme ça, señora... croyez-moi...

Figée devant cet océan lisse et brillant.

– Tu as raison, Fabrizio, je sais.

Pluie.

Une pluie soudaine, venue de nulle part et qui ne cesse de marteler la terre, de mordre ses pierres sèches, de pénétrer la fissure des sols, le craquèlement des rocs. Une pluie comme un rideau de brume qui remue l'océan et gicle sur ses vagues... Une pluie comme personne ne l'avait attendue, comme personne ici n'en a jamais connue.

– Une pluie d'un autre monde, murmure Fabrizio.

Deux jours, trois jours, une semaine, deux semaines. Une pluie qui remplit les vases, déborde des cercueils, encercle les montagnes. Une pluie incessante qui use la peau de ceux qui la regardent, de ceux qui la traversent, et qui creuse le vieux bois des pirogues… Une pluie comme un acte de naufrage, un acte de songe pur d'où émergent les lacs…

– Pluie de l'origine, pluie du ventre des cieux, souffle Fabrizio.

Pluie de silence et d'enfermement. Pluie de chambre close, pluie animale, femelle…

– Quand donc cessera-t-elle ? se demande Justine devant les vitres de la fenêtre. Fabrizio secoue la tête.

– C'est une pluie venue d'ailleurs, comment vous répondre, señora. Moi même je n'ai jamais vu de mes yeux cela.

Et il s'en va, impuissant, la laissant seule, face aux vitres de sa fenêtres sur lesquelles l'eau s'écoule et ruisselle.

Trois semaines. Vingt et un jours qui font monter de partout dans le pays des cris de rage et de désespoir. Justine cogne de son front la vitre de la fenêtre de sa chambre. Mais la pluie tombe toujours, faisant surgir en elle l'impatience du ciel bleu, l'impatience d'un nouveau matin, d'un nouveau voyage.

– Partez, señora, partez ! Il ne pleut pas au-delà des montagnes ! Vous êtes libre. Partez !

– Je partirai quand la pluie cessera.

Mais Fabrizio secoue la tête.

– Cessera-t-elle, señora ! cessera-t-elle ?

Un mois presque. Vingt-neuf jours. Et la pluie derrière la vitre dépouille la terre de ses os, de ses racines, de sa mémoire.

Songe.

Elle traverse de nouveau la terre de cette immense plaine. Aucun arbre à pendus, aucune route. Un fleuve comme le Gange et la pluie tombant du ciel jusqu'à l'intérieur de son corps. Elle marche, elle ne sait où, il n'y a pas de directions, la pluie rebondit dans son ventre, se mêle au vent qui caresse son visage. Tout est eau. Une eau qui dénoue sa chevelure, pénètre son sang, ainsi que le mouvement de ses lèvres... Elle s'avance tandis que la pluie tombe tout au fond d'elle comme si elle n'avait plus de corps, plus de parois contre le ciel, plus de frontières... Elle s'avance et l'eau à l'intérieur de ses entrailles bouleverse sa peur, sa parole.

– Justine, je m'appelle Justine, s'entend-elle murmurer.

« Pierre, mon amour.

Je me suis levée ce matin avec une envie d'ouvrir la porte et de partir. Malgré la pluie qui tombe depuis plus de cinq semaines...

J'ai décidé de marcher tout à coup. De traverser les pays. Par-delà les montagnes.

Cette nouvelle soif, vois-tu, je sens qu'elle est plantée là, tout au fond de moi. Plantée comme un drapeau, une herbe sauvage aux racines tenaces. Plantée comme une sorte de terre d'où jailliront des arbres, des songes, de l'amour...

Il n'y a plus que mes mains ce matin pour être capables d'arracher cela. Il n'y a plus que mes muscles. Je suis désormais responsable de ma mort, de ma vie.

Je dirai cela un jour à mon père, à ma mère.

La pluie a lavé ma tristesse. Elle a posé des fruits dans ma mémoire. Leur mal ne me fera plus mal. Ni leur maison cassée.

Je leur dirai aussi que je pense à eux devant la route qui s'annonce.

Je leur dirai que je me souviens de leur visage quand ils riaient et que ce visage d'eux-mêmes me manque.

Je leur dirai qu'un jour je leur pardonnerai.

Et que la pluie est belle en ce jour. Chaude sur mon corps. Pareille à ton sourire. Tel un soleil.

Ta Justine. »

Elle ouvre la porte, s'en va.
Et dans sa nuit ouvre le ciel…

TABLE DES MATIÈRES

DANS LA MÊME COLLECTION

Renaud Ego, *Le Désastre d'Eden* (poésie)
Fernand Garnier, *La Maison russe* (poésie)
Jean Charlebois, *De moins en moins l'amour de plus en plus* (poésie)
John F. Deane, *L'Ombre du photographe* (poésie bilingue)
Patrick Laupin, *Le Sentiment d'être seul* (poésie)
Sylvie Fabre G., *Première éternité* (poésie)
Ahmed Kalouaz, *Quel temps fait-il dehors ?* (nouvelles)
Nathalie Papin, *Le tout-contre* (récit)
Jacques Roman, *Situation générale hier soir* (poésie)
Lionel Bourg, *Droit commun* (chroniques)
Collectif, *Citoyen Rousseau* (correspondances)
Marcelijus Martinaitis, *Passerelle de nuages* (poésie)
Pierre Giouse, *Chemins* (poésie)
Jacques Ancet, *À Schubert et autres élégies* (poésie)
Jacques Josse, *Vision claire d'un semblant d'absence au monde* (poésie)
Maximine, *Quotidienne à son amour* (poésie)
Jean Charlebois, *L'Oiselière* (roman)
Collectif, *Je texte termine* (anthologie rap)
Fredi Guthmann, *Le Grand matin définitif* (poésie/inédit)
Khal Torabully, *L'Ombre rouge des gazelles* (poésie)
Yvon Le Men, *L'Étoile polaire* (poésie)
Abdellatif Laâbi, *Fragments d'une genèse oubliée* (poésie)
Jean-Pierre Spilmont, *La traversée des terres froides* (roman)
Valère Staraselski, *Un homme inutile* (roman)
Kalouaz, *Ça va la vie si vite* (nouvelles)
Geneviève Metge, *Les Grandes Terres* (roman)
René Pons, *Lettres à des morts plus vivants que les vivants* (correspondances)

DÉPÔT LÉGAL : FÉVRIER 1999.

DIFFUSION/DISTRIBUTION :
Presses Universitaires de France
14 avenue du Bois-de-l'Épine
B. P. 90 – 91003 Évry cedex.

Achevé d'imprimer
en février 1999
par IMPRIMERIE LIENHART
à Aubenas d'Ardèche

Dépôt légal février 1999
N° d'imprimeur : 1267
Printed in France

Caroline Bachès